히포가 말씀하시길

히포가 말씀하시길

인쇄 · 2020년 2월 15일
발행 · 2020년 2월 22일

지은이 · 이근자
펴낸이 · 한봉숙
펴낸곳 · 푸른사상사

주간 · 맹문재 | 편집 · 지순이 | 교정 · 김수란
등록 · 1999년 7월 8일 제2－2876호
주소 · 경기도 파주시 회동길 337－16 푸른사상사
대표전화 · 031) 955－9111(2) | 팩시밀리 · 031) 955－9114
이메일 · prun21c@hanmail.net
홈페이지 · http://www.prun21c.com

ISBN 979－11－308－1563－3 03810
값 15,500원

이 도서의 국립중앙도서관 출판예정도서목록(CIP)은 서지정보유통지원시스템 홈페이지(http://seoji.nl.go.kr)와 국가자료종합목록 구축시스템(http://kolis-net.nl.go.kr)에서 이용하실 수 있습니다. (CIP제어번호 : CIP2020006174)

26 푸른사상 소설선

히포가 말씀하시길

이근자 소설집

책머리에

뿔

밤이 되면 내 머리엔
여러 개의 모양 다른 뿔이 생겨
그 뿔은 제 모양 같은
여러 개의 이야기가 되지
하고 싶지 않은 이야기
해야만 하는 이야기
하고 싶어도 뱉어지지 않는 이야기
해야 한다고 하는 이야기
이야기가 어거지가 되면
날카로운 뿔들이 제 모양 만치
생채기를 낸다 처음이 아닌.

긴 글을 쓰기 전 처음이자 유일하게 쓴 시입니다.

시간이 지나 읽어보니 소설 쓰는 길로 들어설 수밖에 없는 어떤 이의 미래를 알려주는 의지처럼 여겨집니다. 어거지가 아니길, 그 뿔이 가리키는 곳이 진리의 핵에 다다르기를 소망합니다.

그동안 많이 덜어냈습니다. 그렇다고 머릿속이 질서 정연하고 명확한 우주의 거시적인 모습이 되었다고 생각하진 않습니다. 극도로 미시적인 세계에도 그 나름의 질서가 있다더군요. 하지만 미세한 입자는 아주 작은 파동에도 영향을 받고 그건 또 다른 나의 한 시절이 될 수도 있겠지요.

이제 첫 번째 책으로 매듭 하나를 엮습니다. 부족한 부분에 대한 아쉬움은 오랫동안 두려움으로 남을 것입니다. 그 두려움을 꼭 안고 나를 향한 채찍으로 삼겠습니다. 내 앞에 길고 먼 길이 보입니다. 두려움만이 또 다른 세계로 가는 그 길 내내 친구 혹은 스승이 되어 희미한 불빛으로 빛날 것을 의심치 않습니다.

엄창석 선생님과 작마 문우님, 오래오래 제 곁에 있어주셔요. 나의 일부분인 아버지 이제인, 독서 유전자를 물려주신 엄마 류화진과 가족들, 좌청룡과 우백호. 늘 감사하고 미안합니다. 배영숙과 이원숙. 부족한 저를 북돋우는 모든 분께, 꾸준히 쓰는 것 그리고 치열하게 고민하는 것으로 보답하겠습니다.

2020년 2월

이근자

차례

댈러스의 침묵

댈러스의 침묵

친구는 1월 중순부터 아홉 번이나 비행기를 갈아타며 다섯 군데의 외국을 여행한 후에 고막이 찢어졌고 무릎이 아팠다.

다리를 절뚝이며 걸어가 귀를 들이민 친구에게 이비인후과 의사가 말했다. “고름이 폭포수처럼 흘러요. 염증이 가라앉고 나면 인공고막을 붙입시다. 고막이 넝쿨손처럼 서로 엉겨 살아날 겁니다.” 친구의 여행과 비행에 대해 아는 의사는 격심한 기압차를 갖지 말라는 완곡한 말로 휴식을 권했다. 한의사는 양쪽 무릎의 이곳저곳을 생선살 찌르듯 눌렀다. “쉰 살이 퇴행성 관절염이 올 나이는 아닌데, 갑자기 무리했어요?” 친구는 혹시 젊은 날의 산악 등반이 관절염의 원인일까 생각했다. 또 얼마 전에 친척의 초상에 오가느라 아홉 시간 운전한 일을 떠올렸다. 다른 특별한 일은 없었다.

목표 의식이 분명하고 욕망에 충실한 친구는 할 일 앞에서는 엄살을 떨지 않았다. 친구에게 그해의 여행은 쌓이면 씻어야 하는 빨래처럼, 귀찮지만 꼭 다녀와야 할 일이었다. 친구는 아직 숙제가 남은 듯하다고 했다. 그래서 미국에 가야겠다고, 우리 역마(驛馬) 멤버가 모이기만 하면 세뇌하듯 반복했다. 그것도 한 달여 남은 올해 안에.

멤버 중 하나가 친구의 좋지 않은 형편과, 그럼에도 독특하게 사는 것에 질투와 부러움을 내비치며 물었다. "와 그런 정신병적인 생각이 드노. 내년까지 기다리면 죽을 것 같나?" 그때 친구는 스푸라나에 대해 얘기했다. 자신은 지금까지 딱 네 번, 심장이 터질 듯한 감동의 극점인 스푸라나를 경험했는데 그중 한 번이 샌프란시스코에 입성할 때였다는 것이다. 정글의 미로 같은 라스베이거스 호텔의 거대한 인공 불빛에도 황홀경을 느꼈다고 했다. "미국은 위대한 나라가 분명하데이. 난 51개 주를 다 돌아볼 끼다." 어쨌거나 친구는 환희의 스푸라나를 미국 여행의 지표로 삼았다.

고막이 자라 테두리 형태가 잡히고 절지 않고 걸을 만큼 무릎이 나은 후 친구는 댈러스행 비행기 티켓을 예매했다.

●

크리스마스 이틀 전이었다. 나는 민박 전화번호 세 개를 들고 댈러스의 포트워스 공항에 내렸다. 몇 년 전 친구와 둘이서 이탈리아 전역을 민박에서 민박으로 옮겨 다녔던 경험을 믿어서였다. 하지만 세

군데의 민박에서는 아무도 전화를 받지 않았다. 나는 아무 표지판도 없고 먼지만 풀썩이는 사막 한가운데 서 있는 듯 막막했다. 그 길 위로 뚱뚱한 흑인 경비가 느릿느릿 로비를 걸어 다녔고, 덩치도 눈도 매섭고 큰 이방인 택시기사 몇이 나를 노려보며 공항의 안과 밖의 경계에서 서성거렸다. 고개를 돌려 뒤를 돌아보자 내가 타고 온 것인 듯한 비행기 한 대가 유리창 너머 허연 하늘로 이륙하고 있었다.

"경상도 사투리 때문이었어요." 며칠 지나, 그에게 왜 나를 자신의 집에 데려왔냐고 물었을 때 그가 한 말이었다. 그가 목격한 장면에서 나는 아마 민박 세 곳의 전화번호를 번갈아 두드리며 그렇게 중얼거리고 있었을 것이다. "뭐시 이카노. 와 아무도 전화를 안 받노. 분명히 로밍했는데? 살아 돌아가만 전화기부터 바까뿔 끼다. 이 구닥다리!"

그는 오타와에서 오는 딸 수잔을 마중 나왔다가 나를 봤다고 했다. 댈러스란 곳이 워낙 동포가 귀한 동네이기도 하거니와 혼자 허둥대며 중얼거리는 모습에 발길을 돌릴 수가 없었다고 했다. "크리스마스 휴가를 간 듯합니다. 민박이랑 연락이 닿을 때까지만 저희 집에 머무르는 건 어떨까요……." 그는 여자로 쳐도 작은 키에 몸집이 왜소한 육십 전후였다. 하지만 지금 중요한 것은 한국어를 말한다는 것과 딸과 함께 있다는 천혜의 장점이었다. 부모는 무릇 자식에게 본보기가 되고 싶은 법이니, 낯선 남자의 집에서 하룻밤 객으로 머물러야 한다면, 자식 딸린 아비보다 더 좋은 조건은 없을 터였다. 입으론 민박의

횡포와 이렇게 신세를 지면 어쩌나, 등 감사와 미안하다는 뜻의 말을 번갈아 주절대며 나는 그가 트렁크에 짐 싣는 것을 거들었다. 예약할 때 민박 주인은, 공항에 도착해 전화를 걸면 십 분 안에 픽업하러 올 수 있다고 장담했었다.

"어디로 갈 계획이었어요?" 그가 거실 소파에 앉으며 물었다. "민박에 가가꼬 알아볼라 캤어예." 나는 민박에 모인, 이탈리아 각지를 돌아온 배낭족들에게서 제철의 세세한 정보를 얻었던 여행담을 들려주었다. "이야기를 참 재미있게 하시네요. 여기가 민박이라 생각하세요. 저는 좋아요." 나는 그의 말에 환하게 웃으면서도 손가락으론 민박 전화번호를 쉼 없이 눌렀다. 민박에 짐을 부려야만 다음 코스를 진행할 수 있는 사명 같은 부담감과 그들 부녀가 위험한 사람은 아닌지, 생존 확률을 계산하느라 머릿속이 망망했다. 나는 그가 눈치채지 못하게 불안을 감추려 애쓰며, 적이라 간주한 그들과 적진을 살폈다.

수잔은 키가 작고 서른 중반이며 백인 혼혈로 보였다. 내가 고국을 대표하는 듯 숨소리까지 들으려 곁을 맴도는 그와 달리, 수잔의 무심한 움직임은 하얀 그림자를 연상시켰다. 수잔과 나는 서로의 언어에 미숙했다. 그렇다 하더라도 수잔은 디너, 커피 등의 말에 덧붙여 최소한의 몸짓만 건넬 뿐이었다. 내가 제 아버지와 웃고 떠드는 일을 조금도 궁금해하지 않았다. 후식도 먹지 않고 제 방으로 들어가 문을 닫은 그녀에게선 인간과의 관계를 거부하는 깊고 깊은 쓸쓸함이 느껴졌다. 나를 두고 무언가를 공모했다고 보기에 부녀지간은 남보다 더 멀어 보였다.

“집이 참 크네예.” 실내만 사십여 평 남짓한 크기였다. 주방의 타일과 욕실은 물론 벽과 천장, 카펫까지 전부 흰색과 미색 톤이었다. 한국의 아파트(미국에선 콘도라 불렀다)와 같은 구조로 방 세 개, 욕실이 두 개인 집이었다. 특이하다면 주방에 문이 없고 문 너비의 빈 벽을 두 개 뚫어 이쪽저쪽으로 드나들게 만든 것 정도였다. 주방 출입구 사이의 벽체 뒤쪽엔 싱크대가 설치돼 있었다. 거실엔 소파가, 세 개의 방엔 침대와 붙박이장이 있었다. 하지만 그뿐이었다. 우리가 저녁을 먹느라 사용했던 접시들은 전부 식기세척기 안에 들었고 싱크대나 장식장 위는 물론 집을 빙 두른 새하얀 벽조차 텅 비어 손바닥만 한 그림 한 조각 걸려 있지 않았다. TV 또한 없었다. 사람이 기거하는 집이라기보다 공공건물이나 병원으로 불려 마땅할 이곳 또한 그가 음흉한 무엇을 숨겨놓았다고 보기엔 너무 정갈했다. 사람의 무의식적인 사고를 거울처럼 반영하는 곳이 그가 속한 공간이 아니던가. 위험한 데라곤 짐승 울음소리가 간간이 들려오는 창밖의 울창한 숲과 그의 머릿속뿐인 듯했다.

“하던 일이 갑자기 바뀌는 바람에 미시간주에서 이사 온 지 두 달밖에 안 됐어요. 짐은 보관 중이지요. 혼자 살기에 넓어 다음 달에 이사 갈 계획이에요.” “아, 그렇군요.” 여기가 그의 집이 아니라고? ……그가 무슨 말을 했나 보았다. 내가 알아듣지 못해 멀뚱히 쳐다보자 쑥스러운지 과일 접시를 앞으로 미는 그의 팔이 부들푸들 흔들렸다. 내 팔목 두께의 반도 안 돼 보이는, 오소소 흔들리는 그의 팔뚝을 보자 턱없는 안도감이 밀려왔다. "딸이 엄마를 닮았어예?" 긴장했던 탓일까. 불쑥 사적인 질문이 튀어나왔다. "전처가 데려온 딸이에요. 전 자식이 없어요. 민박엔 내일 연락하고, 오늘은 편히 주무세요." 그가 말끝을 자르며 소파에서 벌떡 일어났다.

나는 휴대폰을 쥔 채 그가 지정해준 방으로 들어가며 방문을 잠가야 할지 망설였다. 내일 아침 민박과 연락이 닿는다 하더라도 하룻밤의 목숨을 그에게 의탁한 내 처지가 극명하게 와닿았다. 여기는 미국이고 낯선 남자의 집이며 나는 영어를 잘 못한다. 절대 그의 비위를 상하게 하지 말자. 옆방에 있는 남자의 의붓딸. 남자와는 남과 다름없는 여자가 잠들어 있다. 이곳은 약자의 천국이라 불리는 나라가 아닌가. 수잔은 나를 보호해줄 것이다! 지켜줄 것이다?

……나는 잠그지 않은 방문을 노려보며 가파른 절벽이 내려다보이는 산길을 운전할 때 뇌곤 하던 운명의 삼단논법을 외웠다. 박명(薄命)이려면 미인이어야 한다. 나는 미인이 아니다. 그러므로 앞으로 한참을 더 살 것이었다.

마흔 후반이 박명의 한자 가벼울 박에 어울리는 나이일까, 하는 의문 따위 애써 무시하며 현실적으로 그의 친절과 맞바꿀 수 있는 모든 일을 꼽아보았다. 그에게 민박을 얻는 비용보다 더 많이 지불하자. 일찍 일어나 청소를 하고 한국식 밥상을 차려주고, 음, 또 뭐가 있을까. 그때 문득 부르르 흔들리던 그의 팔과 과장스런 헌신과 조근하고 공손한 말투가 떠올랐다. 나는 공항에서부터 바로 코앞의 시간까지 그의 행동 전부를 되짚어보았다. "여기 있어주면 나는 좋겠어요. 오랜만에 사람을 만났는데……." 그제야 몇 번이나 했던 그의 간청이 꾸물꾸물 가슴을 파고들듯 진심으로 다가왔다. 잠이 들 즈음엔 죽지만 않으면 희한한 경험이 될 것이 분명한 댈러스 체류에 가벼운 흥분마저 일었다. 그러다 문득 이야기를 좀 재미있게 한다는 이유로 낯모르는 사람을 열흘이나 집에 들이겠다는 사람이 있을까, 이해할 수 없어 잠을 뒤채기도 했다.

"다행인지는 모르겠지만 저희도 애가 없어예." 다음 날 아침 식탁에서, 나는 그의 비위를 맞추고 싶었을까. 그와의 공통 화제가 되리라 생각되는 나의 가정사를 들려줬다. 신혼 초 남편의 교통사고 후에 재정립된 우리의 결혼관에 대해 들으며 그는 커다란 눈동자를 깜빡였다. 가난과 병원 생활에 지쳐 행복하지 않았던 신혼 시절. 자식에게 낳아줘서 고맙다는 말을 들을 수 있을 것 같지 않은 현실에 대한 자각. 그 모든 것에 대해 한마디로 요약해줬다. "세상이 뭐 그렇게 살만 한가예? 나쁜 유전자는 우리 대에서 끝내자고 합의 봤어예." 그는 묘한 표정을 지었다.

욕망의 거세를 믿지 않는 사람들이 짓는 표정이었다. "가족한테 전화하세요. 이 전화기는 한국 통화 전용이에요. 정액제라 오래 통화해도 요금 걱정 없어요. 친구나 남편이 궁금해할 텐데 전화 걸어요." 전화기를 손에 쥐여주는 그의 강요에 못 이겨 몇 군데 통화를 했다. 스스럼없는 통화 내용을 옆에서 듣고 난 후에야 그의 표정이 밝아졌다. 이제까지보다 훨씬 편안해진 그의 태도가 궁금증을 일으켰다. 자기 집에 머물라는 얘기와 더불어 한국에 전화하라는 말이 어제부터 그가 내게 끈질기게 되풀이한 권유였다. 통화 후에 안심을 했다는 것은 그도 내 실재가 불안했다는 것인가? 그렇다면 그도 나와 다름없이 연약하고 착한 사람이 아니던가. "사실, 이상한 여자가 아닌가 생각했어요. 미국에 오고 싶어 하는 여자들 중에 그런 사람이 간혹 있어요. 죄를 짓고 도망을 왔거나 젊은 육체를 미끼로, 뭐 그런 거요. 영주권이나 돈 때문이지요." 며칠이 지나 친해지고 난 후 우리는 서로의 불안했던 첫날밤에 대해 이야기하며 웃었다.

"멕시코는 가기 힘든가예?" "멕시코요?" 나는 민박을 호텔로 바꿔 여행 계획을 새로 짜는 중이었다. "미국인들은 멕시코로 여행 잘 안 가요. 총기사고가 많고 실종자도 있대요." 인터넷에 실린 멕시코의 멋진 사진과 다시 가고 싶다던 여행기가 떠올랐다. "스페인어 하세요?" "……" "못하면, 멕시코는 생각도 마세요." 그가 두 손을 절레절레 내저었다. 나는 그를 따라 고개를 끄덕였다. 미국에서도 안전을 보장받지 못하는 판국에 들어본 적도 없는 스페인어의 나라, 멕시코라니. 지난번에 미국 동서부를 패키지로 여행했다. 그곳을 제외한 아래쪽 지역과 멕시코를 통해 중남미까지 둘러보겠다던 여행 계획의 전면적인 수정이 불가피했다. "플로리다는 어때예?" 그가 멕시코를 제외하고 어디에 가고 싶으냐고 물었을 때 나는 혼자라도 다녀올 의

향을 내비치며 마이애미비치 얘기를 꺼냈다. 미국에 사는 노인들이 퇴직 후 살고 싶어 하는 꿈의 피한지(避寒地)라는 글을 인터넷에서 읽었다고, 사실이냐고 물었다.

내 대답을 듣자 벌떡 일어선 그가 거실 구석으로 수잔을 데리고 가 속삭였다. 그러곤 폐지를 모아둔 더미에서 광고지 한 장을 찾아 들고 왔다. "저 혼자라면 생각도 안 했을 거예요. 덕분에 나도 좋은 데 구경 가네요. 크리스마스라 텅 빈 동네에서 청승맞게 집이나 지킬 뻔했어요." 그는 당장 여행사에 전화하고 준비를 했다. 짐을 꾸리는 중간중간 수잔에게 들려 보낼 물건까지 챙기느라 온 집안을 헤집어놓는 그는 신명이 돋은 친아비와 다름없었다. 수잔의 원래 스케줄이 내일 플로리다에서 친구를 만나 그곳에서 며칠 지낸 뒤 집으로 돌아가는 거라고 했다. "아, 그래요?……" 나는 수잔을 붙잡고 싶은 마음을 말로 표현할 뻔했다. 수잔이 없다면 그와 함께 있는 건 불편할 수 있을 터였다.

혼자 갈 마음으로 플로리다를 계획했는데. 그와 헤어지는 건 불가능한 일일까. 하지만 아, 라는 말조차 너무 큰 소리로 말해 그가 마음 상하지 않았나, 걱정이 됐다. 불현듯 첫날밤의 다짐이 떠올랐다. 그에게 다가가 들고 있는 광고지를 기웃거리며 지갑을 열자 그는 종이를 구기다시피 주머니에 넣으며 온몸을 휘저었다. "에이, 계산 같은 거 하면 곤란해요, 제 집에 온 손님인데. 이러면 진짜. 그러지 마세요!"

나는 혹시 그가 내두르는 팔에 맞을까 싶어서라도 뒤로 물러나야 했다. 영어조차 완벽하지 않으니 그와 헤어지는 것도 불안했다. 그에게 직접 돈을 건네려던 것이 그의 비위를 상하게 했다면, 다른 방법을 생각해내야 했다. 나는 이러지도 저러지도 못하고 그의 눈치만 살폈다. 작은 얼굴에 반이나 차지하는 그의 커다란 눈동자는 내 우려와 달리 싱글거리고 있었다. 그는 자기의 명령이 먹혀 내가 지갑을 물린 것이 자랑스러운 듯 보였다. 나는 어렸을 적 할머니의 손님 접대 방식을 기억했다. 끼니를 걱정하는 처지에서도 손님에게만큼은 극진히 대접하던 시절이었다. 할머니가 들려준 이야기가 있었다.

선진국의 가발 공장에서 여자들의 긴 머리카락을 사들였고 신체발부 수지부모라 하여 불효와 머리 깎는 것을 동일시하던 때였다. 궁벽한 집에 지아비의 오래된 벗이 찾아왔단다. 지아비의 반가워하는 얼굴을 보니 술상은 차려야겠고 술과 맞바꿀 곡식은 없고, 아낙이 제 머리카락을 잘라서 판 돈으로 탁주 한 주전자를 대접했단다. 머리카락을 자르는 것이 죄스럽고 부끄러워 보자기를 두르고 돌아누워 잤다는 이야기가 미담처럼 공기를 떠돌던 시절이 있었다.

그즈음 고국을 떠난 그는 한국의 정서가 변하지 않았다고 생각할 수도 있었다. 나는 내밀었던 지갑을 도로 거뒀다.

공항에서 차를 빌리고 길거리에서 햄버거를 사면서도 내 돈은 한 푼도 쓰지 못했다. 친구들에게 줄 작은 선물도 그가 돈을 내는 바람에 하나밖에 사지 않았다. 에스키모의 격언에 채찍이 개를 만들고 선물이 사람을 노예로 만든다는 말이 꼭 맞는 상황이었다. 나는 어느 순간부터 그의 행동거지만 눈여겨봤다. 찬란한 하늘도 그가 바라보지 않으면 머리 위에 있지 않은 것이나 같았다. 다행히 그는 자주 어딘가를 가리켰다. "저 아래 바닷길이 있대요. 마이애미비치나 에버글레이즈, 내셔널 파크는 내일 둘러보고 오늘은 그곳에 가봅시다. 괜찮지요?" 나는 선택의 여지 없이 아래위로만 끄덕이는 노예 원숭이처럼 고개를 까딱였다. 공항에서 수잔은 제 친구에게 간다며 버스정류장으로 갔고 우리는 미국 본토의 최남단이라는 키웨스트로 차를 몰고 달렸다.

나는 그도 낯선 사람과의 동행을 불안해할 것이라는 추측으로, 수잔이 떠나 불안한 마음을 다잡았다. 나는 그처럼 팔을 떨지 않으니, 곧 미국을 떠나면 그뿐이지 않은가. 그와 잘 지내다 돌아가자고 생각을 바꾸니 이국의 풍경이 아름다웠다.

"오버시즈 하이웨이랍니다." 끝없이 펼쳐진 시퍼런 바다 위에 서른 두 개의 섬과 섬을 다리로 이은 길이라고 했다. 앞에 달리는 자동차 꽁무니와 도로 가의 가드레일이 보이지 않았다면 바다 위를 가고 있다고 해도 믿기는 풍경이 이어졌다. "이래서 오버시즈구나." 나도 고개를 끄덕였다.

"여러 나라를 다녀보니 어디가 좋았어요?" 그가 말했다. "이제 말이지만 여어는 여자애들이 정말 예쁘네예. 보드라운 금발에다 눈동자가 사근사근한 계집애들이, 정말 쭉쭉빵빵이네예. 이태리에선 모퉁이마다 영화배우 같은 남자들이 툭툭 튀어나와 심장 뛰게 하더니."
"하하." 그는 내가 말만 하면 웃었다. "여기 남자들은 별로구나. 이태리 남자들이 그렇게 잘생겼던가요?" "전부는 아니고예. 북쪽 지방이 그랬어예. 곤돌라를 모는 뱃사람도 그렇고 길거리에서 불량 아이스크림 파는 노인도 얼마나 잘생겼던지, 남쪽은 달라예. 북쪽 지방이 로맨틱 영화에 나오는 주인공 같다면 남쪽엔 엑스트라급이라고나 할까?" "엑스트라요? 하하하." 그런 농담을 하며 우리는 대서양의 푸른 바다 위를 달렸다.

"크리스마스에 시작해 신년 휴가 기간 동안 키웨스트 섬들이 북적인대요. 일단 최남단에 발을 찍고 돌아오는 길에 천천히 구경해요. 가는 데 네 시간 걸려요. 괜찮죠?" 나는 고개를 끄덕였다. 네 시간만 운전하면 미국의 땅끝을 구경할 수 있다는 얘긴 나도 알아들었다. 하지만 그건 차가 안 막힐 때의 말이었다. 예약된 호텔에서 자려면 구경은커녕 오늘 안에 마이애미 시내로 돌아올 수 있을지조차 의문이었다. 이렇게 차가 밀리니 날 밝은 시간에 섬을 둘러볼 틈도 없을 터이고 공예품 몇 개를 살 기회조차 없을지 모른다고 생각하자 경치도 심드렁했다.

아니나 다를까 술통처럼 생긴 최남단 포인트에 손바닥 도장을 찍고 헤밍웨이가 살았다던 집을 둘러보고 나자 일몰이 시작됐다. 키웨스트의 볼거리 중 반이 일몰이라 들었지만 지나쳤던 섬들과 그 섬에 촘촘히 들어찬 특산품 가게들이 어둠에 묻혀버린다니. 돌아오는 길엔 조는 일만이 화를 가라앉히는 방법이었다. 졸다가 일어나니 그는 앞만 보며 운전대를 잡고 있었다.

나는 어둠을 방패 삼아 그를 찬찬히 살폈다. 앞뒤 자동차의 헤드라이트 불빛이 있다 해도 망망대해 위 검은 어둠 속에 홀로 앉은 그의 실루엣은, 뭐랄까 사람이 아닌 사물처럼 보였다. "제가 운전하까예?" 하늘과 바다가 너무 넓고 커서인가. "아뇨." 대답을 해 그가 사람으로 돌아왔어도, 느림보처럼 기어가는 좁고 답답한 차 안에서 열 시간을 넘기자 멕시코 만인지 대서양인지에서 불어오는 바람조차 지겨웠다.

싫증나지 않는 것은 허기와 그의 이상한 버릇을 살피는 일이었다. 그는 옆에 앉은 나를 칠 듯이 팔을 쭉 뻗었다가 제 가슴께로 당겨 시계를 들여다보았다. 숟가락질을 하면서도, 선글라스를 꺼내 쓰고 벗을 때도, 심지어 소형자동차 문을 열고 닫을 때도, 그는 세상이 너무 넓은 듯 제 신체를 가장 크게 휘둘러 뻗고 휙 거둬들였다. 걸음걸이 또한 특이했다. 오십 킬로그램이 넘을까 싶은 얇은 몸피의 상체를 한껏 뒤로 젖혀 다리를 팔자로 쩍 벌리고 건들건들 걷는 폼이 금방 길거리에 침이라도 뱉을 듯 불량했다. 이제 나는 그가 무섭다기보다 부끄럽다는 나 자신의 생각과 싸워야 했다. 어쩔 수 없이 고개를 돌려 다른 데를 쳐다봤다.

이튿날 휴양지를 돌아다닐 때도 나는 그의 과장된 몸짓에 시선을 피해야 했고 그는 여전히 내가 손대는 기념품 값을 지불했다. 그와 함께 있는 동안 물건을 단 한 개도 사지 않기로 다시 마음먹었다. 예쁜 도자기와 나무 공예품들. 나는 그 모르게 한숨을 내쉬느라 애를 먹었다.

내 돈 쓰는 것도 맘대로 못 하게 하는 그의 옛날식 배려에 짜증이 났고 그 공격성 덕분에 그가 만만해진 것일까. “시계를 와 그렇게 봐예?” 해변에 나갔다 시내를 어슬렁대며 걸어다니던 길목 어디쯤에서 나는 그의 이상한 습관을 지적했다. “그냥 이렇게 보면 되잖아예.” 나는 일반적인 동작으로 손목을 꺾었다. ……몸짓이 큰 외국인들 틈에서 작은 남자로 살아야 한다는 것이 그에게 어떤 일이었을까. 모든 전쟁이나 살인은 이 같은 사소한 지적질로 촉발되지 않았을까. 후회가 됐지만 이미 뱉은 말을 거둘 수도 없었다.

오후의 그림자가 길바닥과 사람들 머리에 내려앉았고 내 지적질에 우린 금세 서먹하고 어색해졌다. 그러자 우리 사이에 그림자가 길게 들어서더니 사람도 끼어들었다. 처음 작은 백인 아이였던 것이 동양 남자, 그리고 여자 두셋이 목줄을 쥐고 가는 커다란 개의 부피로 차츰 멀어졌다. 나중엔 사람뿐 아니라 핫도그를 파는 리어카와 분수대, 심지어 수십 종의 꽃이 피어 있는 공원의 넓은 화단이 우리 사이에 가로놓이기도 했다. 그러다 언뜻 그의 모습을 놓쳐 깜짝 놀라, 다시 그에게로 다가가던 순간이었다.

탕! 뭐지? 탕! 비명 소리보다 정적이 먼저였다. 사람은 물론 바람도 멈춘 듯 찰나의 정적이 세상을 움켜쥐더니 곧 가까운 데서 질러대는 비명 소리와 순식간에 흩어지는 사람들로 길은 혼잡 그 자체가 되었다. 나는 그가 있던 마지막 장소에 필사적으로 눈길을 주며 그곳으로 가기 위해 몸을 틀었다. 하지만 사람들에 떠밀려 앞으로만 내달리

게 됐다. 제자리에 섰다간 밟히기 십상이었다.

좀 뒤, 달리는 무리에서 길가로 겨우 빠져나와 벽에 붙어서 헐떡였다. 고개를 들어 올려다본 모퉁이엔 21-스트리트란 철제 팻말만이 바람에 흔들려 삐걱대고 있었다. 길거리는 아무도 없이 텅 비었다. 가게 안에서 유리문에 눈을 대고 바깥 동정을 살피는 틈에 섞이지 못하고 나는 적요의 태풍을 견디며 길가에 웅크리고 서 있었다. 그래서 텅 빈 지역의 길거리를 혼자서 내달리는 이상한 사람, 그가 쉽게 눈에 띄었다.

나는 그의 달음박질을 멈추려 두어 발짝 길 가운데로 나섰다. 그는 달려오던 관성 그대로 와락 나를 안듯 밀어붙여 등 뒤의 은행 문을 열었다. 들어가고 보니 은행이었다는 말이 맞을 것이다. 길거리에서 없어졌던 사람들 중 몇이 은행 직원과 함께 어우러져 웅성대고 있었다. 우리는 한마디도 하지 않았다. 그냥 의자에 앉아 멈추지 않는 땀을 닦으며 빠르게 뱉어내는 그들의 귀 설고 빠른 말소리를 들었다. 문 닫을 시간이라 내쫓기지 않았다면 우리는 은행에서 밤을 새웠을지도 몰랐다.

느리게 터벅터벅 걷는 우리는 영락없는 늙은이였다. 길거리엔 온갖 옷차림으로 연말 휴가를 즐기려는 젊은이들로 활기가 넘쳤다. 우리는 수영복 차림의 젊은이들 뒤를 따라 십여 분 거리에 있는 호텔에 와서야 사고 경위를 들었다. 프런트 직원의 손발짓 섞인 설명에 의하면 애인의 변심에 복수한 멕시코 남자의 총격이라 했다. "멕시코 사람들이 저래요." 그가 속삭였다. 나는 멍청하게 고개만 끄덕였다. 각자의 방에 올라가 씻고 내려와 저녁을 먹었다. 침묵 속의 식사였다.

나는 자러 간다고 방으로 올라가 양치만 하곤 다시 로비로 내려왔다. 로비엔 그도 내려와 있었다. 우린 그렇게 오르락내리락하며 텔레비전과 서로의 얼굴을 보며 늦은 밤까지 로비에서 시간을 보냈다. 창밖으로 내려다본 해변엔 불꽃놀이와 밤 수영을 나온 사람들의 실루엣이 꺼무레하게 움직이고 있었다. 낮의 총격 사건 같은 일은 아예 없었던 듯 휴양도시는 일상으로 돌아갔다. 늦은 밤까지 커다랗고 알록달록한 타월을 어깨에 걸친 젊은이들이 로비를 지나다녔다.

그래도 나는 그들 무리에 섞여 밖으로 나가고 싶지는 않았다. 맞은편 소파에 무덤덤하게 앉은 그도 나와 비슷한 마음인 듯 말수가 적었다. 우리는 만난 이후 처음으로 잠들기 전 대화하는 시간을 갖지 않았다. 나는 그에게 사소한 동작 따위를 지적해 미안하단 말을 건네려 기회를 노렸지만 끝내 하지 못했다.

이튿날 새벽 렌터카를 돌려주느라 시간을 허비하면서 나는 그의 진면목을 봤다. 그는 렌터카를 돌려주는 공항 내 지정 장소를 알지 못했고 주차료가 아까워 차를 호텔 주차장에 세우지도 못했다. 전화를 걸지도 않았고 누구에게 물어볼 엄두도 못 냈다. 길거리의 문 닫힌 렌터카 상점 앞에서 두어 시간을 서성인 뒤에야 호텔로 돌아갈 궁리를 냈고 프런트 직원에게 정확한 정보를 알아왔다.

"여행은 어머니가 왔을 때 나이아가라 폭포에 다녀온 게 다라서,

……자동차로요." 그는 변명을 했다. 우리는 결국 비행기를 놓쳐 한 시간 늦게 댈러스로 돌아왔다. "정말 고마워요." "뭐가예?" "답답했을 텐데 잔소리 한마디 안해서요. 어떻게 그럴 수 있어요?" 나는 말없이 그냥 웃었다. 낯선 나라에 불시착해 낯선 남자에게 적응하려 죽도록 참고 있는 내 처지에 대해 한마디도 내비치지 않았다. "전처였다면 전 아직 공항에서 출발도 못 했을 거예요." "수잔 엄마예?" 그는 고개를 끄덕였다. "예. 저 앞에서 신호등이 빨간색으로 변하잖아요. 그러면 전처는 차가 완전히 설 때까지 계속 소리를 질렀어요. 스탑! 스탑! 스탑! 그러면 제 브레인도 몸도 스톱이 되곤 했지요." "……"

플로리다에서 돌아온 다음 날부터 우리의 댈러스 생활은 매일 일정한 패턴을 갖게 되었다. 그는 아침으로 우유에 시리얼을 부어 먹고 전화 대리점으로 출근했다. 나는 그가 돌아오는 오후 두세 시까지 동네를 산책하거나 어제 걸었던 길을 거슬러 구경했다. 플로리다의 살인 사건이 떠올라 겁이 나면 집에 머물러 낮잠을 자거나 물끄러미 창밖 숲을 바라보았다.

그가 보지 않을 때 이비인후과 약과 두통약을 몰래 먹었고 한국 식품점에서 사 온 사과를 깨물어 먹고 그가 바구니에 담아둔 빵을 뜯어 먹었다. 인공고막이 또 찢어진 듯 귓속이 왕왕 울렸지만 정신은 또렷했다. "휴스턴이 볼 만하다던데 거기라도 다녀올까요?" 나는 주차비가 아까워 길거리를 서성이던 그가 떠올라 고개를 흔들었다. "어차피 여기도 외국인데, 근처 구경하지예. 참, 여어가 구천만 년 전에는 오션댈러스라 이름 붙여진 바다였대예. 다큐 프로에서 봤어예. 공룡이나 어룡이 많았다던데, 알아예?" "그래요? 몰랐어요." 겨우 두 달 살았다니 그에게도 이곳은 새로 알아야 할 장소였을 것이다. 그날 우리는 댈러스-월드 아쿠아리움에 다녀왔다. 그날 이후 오후마다 우리는 댈러스 교외와 쇼핑센터, 백화점 등을 쏘다니다 찬거리를 사 와 저녁을 해 먹었다.

그는 여전히 내가 만지작거리는 물건 값을 지불하려 했고 저녁 준비도 직접 했다. 밥 양도 매번 정확했다. 한번은 내가 이인분이 넘는 쌀을 푸자 그가 바가지를 뺏어 쌀통에 되부었다. 쌀에 물기가 번지는 것도 아랑곳하지 않았다. 그러곤 늘 하던 대로 정확하게 두 컵을 펐다. 내가 몇 번이나 한국식 요리를 해주겠다고 제의한 건 배부르게 먹고 싶었던 때문이란 걸 그는 몰랐다. 그가 손님을 접대하겠다며 직접 조리하는 걸 말릴 재간이 없었다.

아무리 열심히 더듬어도 그는 문이 없는 철벽같았다. 나는 무엇 하나 흐트러진 것 없는 허허로운 그의 집에서 허기에 허덕였다. "점심은 편하게 조리해 드셔도 돼요." 그는 출근할 때마다 내 배고픔을 아는 듯 되풀이 당부했다. 하지만 거울처럼 되비치는 그의 마음속의 나는 조금 먹는 사람이었다. 이곳에 도착한 첫 이틀 동안 두통과 긴장으로 조금 먹은 게 그의 뇌리에 각인된 듯했다.

몇 번이나 그의 말대로 요리를 하려 냉장고를 열었다. 그와 함께 있는 시간에 손을 못 댄 살림살이니 그가 없으면 살가워야겠지만 그렇지 않았다. 냉장고에는 여러 종류의 빵과 버터, 잼이 들었고 쌀과 반찬거리도 차곡차곡 쌓여 있었다. 냉동고엔 우리가 함께 장을 봐와, 먹고 남겨두었던 불고기와 대구도 얼어 있었다.

한번은 반찬을 하려 냄비를 꺼내기까지 했다. 그가 해준 대구탕을 국물까지 맛있게 마신 다음 날이었다. 실제로 맛있었지만 국물까지 다 마신 이유는 진짜로 배가 고파서였다. "무와 파, 마늘 등 양념을 팔팔 끓이고 난 뒤에 내장부터 익히면 고소해요." 그에게 들은 조리법을 실습도 할 겸 배부르게 먹어보겠다는 굳은 의지를 갖고 냉동실 문을 열었을 때였다. 검정 비닐에 둘둘 말아 마구잡이로 쑤셔 넣어 뭐가 뭔지 모르는 우리 집 냉동고와는 판이하게 다른 모습이 눈앞에 펼쳐졌다.

투명한 지퍼 백에 비슷한 크기로 줄을 지어 빼곡히 쌓아놓은 것들은 내용물이 말갛게 다 보였다. 한때는 파닥파닥 살아 있었거나 제 새끼에게 젖을 먹였을 불그스름한 것들의 벽돌을 나는 멍한 눈길로 쳐다보았다. 치가 떨렸다. 왜 그런 생각이 들었는지 모르겠다. 벽돌 하나를 꺼내면 그 철벽은 순식간에 와르르 무너져 그 뒤의 감당할 수 없는 어떤 것이 나를 덮치게 될 것 같은 난감한 마음이 들었다. 나는 그가 보고 있기나 한 듯이 냉동고 문을 조용히 닫았다. 냉장실 또한 마찬가지였다. 나는 자신에게 또 하나의 행위를 금지했다. 차라리 굶어라!

나를 옴짝달싹못하게 만든 것을 아는지 모르는지 그는 여전히 최선을 다했다. 최선을 다해 팔다리를 고요히 움직이려 애썼고 천일야화를 들려주듯 밤마다 자신의 인생을 얘기했다. "총 한번 만져볼래요?" 귀국 전날 밤이었다. 자신은 미국이나 한국, 어디에서건 혈혈단신이었다는 이야기 끝이었다. "부모형제는 내 돈이 필요할 때만 가족이었지요. 어떤 날은 이걸 들어 관자놀이에 겨눠봐요. 이렇게 빈 방아쇠를 당기고 나면 눈물이 그쳐요. 희한하죠? 이게 위로가 되는 날이 있더라고요."

그는 자신이 방금 방아쇠를 당겼던 총을 기어이 내 손에 들려주었다. "빈 총이에요. 총알이 딱 한 발밖에 없거든요." 그는 손바닥을 펴 누런 총알을 보여주었다. "괜찮으니까 한번 당겨보세요." 나는 가늠보다 묵직한 총을 쥐고 쇳덩이를 관자놀이에 댔다. 서늘한 총구에서부터 시작한 그의 소리 없는 신음이 서서히 내 온몸으로 건너와 심장을 옥죄었다. 나는 그의 설움이 척추를 따라 점점 커져 울부짖는 듯한 요동에 진저리를 치며 그에게 총을 넘겼다. 결국 방아쇠를 당기지 못한 채였다.

"미국엔 언제 왔어예?" "미국요?" 그가 잠시 나를 쳐다봤다.

그가 얘기하는 동안 피스톨 한 자루가 분노나 슬픔 같은 감정을 가진 사람처럼 그 옆에 오롯이 앉아 있었다. 권총은 단지 언젠가 한 발의 총알을 품기 위해 그저 그런 일상을 견디는 우리네처럼 소파에 버티고 있었다. 다른 점이 있다면 나 자신은 무엇을 위해 이 시간을 견디고 있는지 알지 못한다는 것이었다. 며칠 이르게 집에 돌아가도 괜찮을 것이었다. 나는 왜 굳이 처음 세웠던 여행 일자를 지키겠다며 아무도 강요하지 않은 시간을 견디고 있는가. 그와 함께.

"어떻게 미국으로 오게 됐냐고요? 서른 중반이었어요. 상사와 대판 싸웠어요. 사표를 쓰고 난 뒤에도 회사 근처 식당에서 월식을 대먹고 있었지요. 버스를 이십 분이나 타고 가는 곳이었어요. 미련한 습관이었지만 운명이었던가 봐요. 어느 날 제 사정을 아는 식당의 주인 여자가 미국에 가지 않겠냐고 묻더군요. 딸애 하나 딸린 이혼녀가 남편감을 구한다고요. 안 될 게 뭐냔 생각이 들었어요. 번번이 여자에게 걷어차인 처지에다 해고까지 당한 못난 놈이라는 열패감에 빠져 있던 내가 총각이란 건 차라리 단점이었지요. 총각 딱지 떼러 미국에 왔어요. 그렇게.

처음 몇 년은 좋았지요. 수잔은 아빠와 함께 살았고 우리는 신혼이었어요. 아내는 나의 헌신에 고마워했어요. 일자리를 몇 번 옮기기는 했지만 우리는 열심히 돈을 모았고 살림살이도 나아졌지요. 나 모르게 아내가 제 오빠에게 돈을 주는 눈치였지만 그걸 개의치 않을 만큼 우리 벌이가 좋았어요. 차츰 오빠가 가져가는 돈 액수가 커지고 우리 살림은 제자리걸음이 되었지요. 아내의 얼굴색이 어두워지고 내가 제자리 살림을 알아차린 후에도 뭐 그런대로 살아지더라고요. 그러다 일이 났지요. 결혼한 지 구 년이 지났고 수잔이 열네 살 때였어요.

비가 억수같이 쏟아지는 겨울이었어요. 아시다시피 이곳은 남쪽이라 겨울에도 눈이 아니라 비가 오지요. 저는 그때 처음으로 아내의 전남편, 그 백인을 보게 되었지요. 그의 동생이라는 놈도 형과 똑같이 징그럽고 뻔뻔하게 생겼더군요. 그때 저는 아내의 남매와 악연으로 얽힌 그들의 이야기 전부를 알게 됐지요. 경찰서와 병원, 심리치료센터를 드나들면서요.

아내의 오빠는 에스대 법대를 나왔어요. 지금도 한국 제일의 대학이지요? 아내는 똑똑하고 잘난 오빠를 미국 영주권자로 들이기 위해 백인인 남편과 서류상 이혼을 했대요. 아내의 전남편은 자동차공장에서 교대 근무를 하는 노동자였지요. 아내와 아내의 오빠는 낮에 일을 하러 다녔어요. 아내의 올케가 수잔을 돌보며 두 집 살림을 했고요. 그러다 시누의 백인 남편과 아내의 올케는 그렇고 그렇게 얽혔다네요. 오빠네도 이혼을 하고 그 뒤 아내는 나와 결혼을 한 것이지요.

아내의 오빠는 미국 생활에 적응을 못 했어요. 미국이란 나라는 차라리 저처럼 모자라는 사람은 받아들이지만 그는 넘치는 사람이었거든요. 그는 늪처럼 더럽고 차가운 자신의 삶에 아내를 끌어들였어요. 하지만 아내를 우울증으로 내몬 건 수잔이었지요. 아니 전남편의 동생, 그 개자식이었지요. ……그는 아동 성폭행범으로 감옥에 갔어요.

그 사건 이후 수잔은 우리와 살게 되었지요. 수잔은 시간이 지나면서 상처가 차츰 회복됐지만 아내는 그러지 못했어요. 수잔이 다 커서 집을 나갈 때까지만 겨우겨우 버텼어요. 이후에는 아내의 불안증이 갈수록 커졌죠. 나중에는 전혀 통제하지 못했어요. 모든 소리, 신호

등 지키기와 같은 사소한 규범, 밥 짓는 양이나 초 단위의 시간 등 많은 일에 예민했지요. 저는 아내와 같은 공간에 있는 동안 소리를 내지 않는 것은 물론 잠꼬대도 자제해야 했어요. 갑자기 소리를 지르고 아무 물건이나 마구 집어던지는 아내의 히스테리가 깨어날까 봐요. 내가 조심하고 헌신할수록 아내는 나를 더 못 견뎌냈지요. 자살을 시도하기 전에 아내는 끈질기게 이혼을 요구했어요. 제 오빠를 데리고 와, 왜 이혼해야만 하는지, 저급하고 저열한 나의 단점을 밤새 소리쳐 반복했어요.

지금요? 아내는 한국에서 친정 언니와 함께 살고 있어요. 이제는 일도 하러 다니고 약도 끊었다고 하더군요. 다시 합치면 어떻겠냐고 처형이 묻더군요. 생각해보겠다고 했지요. 제 의견이 궁금하다고요? 싫어요. 서글프고 외롭거나 그래서, 총알을 장전하는 밤이면 나는 자신에게 물어보지요. 아내와 가장 행복했던 시절도 떠올려봐요. 그래도…… 싫더라고요. 다시 그때로 돌아가고 싶지 않아요. 내 피를 물려받은 자식이 하나도 없는 게 다행이란 생각이 드는 밤이지요.

한국에요? 안 그래도 고향에서 노년을 보내야겠다는 생각이 들어 좀 알아봤어요. 한국 물가가 엄청 비싸더라고요. 집값이나 생활비가 여기 못지않던데요? 가게를 팔려고 해요. 이곳 상황이 어려워 업자가 안 나타나네요. 내놓은 지 좀 됐어요."

나는 그가 울까 봐, 지금 이 순간 총알을 장전하고 싶을까 봐 숨소리조차 죽이고 가만히 있었다. 하지만 그는 자기가 한 얘기가 그저께 밤에 들려준 기독교 한 종파의 실천 교리에 대한 내용과 무게가 다를 바 없다는 듯 어깨를 으쓱 치키고는 총을 들고 일어나 잠자리에 들었다.

그가 몸담은 종파의 교인들은 자신들의 몸과 영혼의 정화를 위해 극단적으로 절제된 생활을 한다고 했다. 몸을 깨끗하고 맑게 만들어 고요한 영혼으로 기다리면 그리스도의 신성이 자신 안으로 깃든다고 믿는 사람들이라고 했다. “장사를 하는 사람은요, 사장이나 종업원이나 똑같이 이익을 분배해요. 정직한 것이 기본이죠. 타인을 사랑하기 위해선 먼저 자신을 사랑하는 일이 우선이에요. 그래서 담배나 술도 가까이하지 않아요. 물이나 음식물도 가장 순수한 자연 상태로 섭취하고요. 저는 아무리 해도 담배를 끊을 수 없더라고요. 이해가 안 되죠? 흡연이 부끄러운 곳이에요. 저는 그냥 개인적 기호품이라 생각하려 했지만 죄책감을 가지는 것도 습관인지…… 관대한 종교로 바꾸라고요?” 내 말에 수긍을 하듯 그는 고개를 끄덕였다. “가봤죠. 위선이 더 참을 수 없더라고요.”

나의 꿈속을 그의 찡그린 표정과 수잔의 무심한 눈동자가 밤새 헤집고 다녔다. 수잔의 눈동자와 그의 허망한 표정이 냉동실에 쌓여 있던 얼음 벽돌과 겹쳐졌다. 그 벽돌을 가슴 한가득 올려놓은 듯 밤새 속이 시렸다. 몸살이 올 것 같았다.

●

친구는 댈러스에서 나오고 나서도 다섯 번이나 비행기를 더 타고 돌아와 결국 인공고막을 새로 붙이고 한동안 지팡이를 짚고 다녔다. 그러면서도 인터넷에 접속하면 맨 먼저 여행 사이트부터 검색했다. 우리는 친구의 여행담을 듣느라 밤늦게까지 모여 있었다. “니 댈러스 아저씨랑 연애했나? 안 그라만 와 그 아저씨가 그 많은 돈을 니한테 썼노.” 친구는 그의 집을 나서기 전 눈에 잘 띄지 않는 서랍장 위에 돈 봉투를 올려놓았다고 했다. 하지만 그는 봉투를 찾아내 공항으로 가는 차 안에서 기어이 돌려주었단다.

“그 사람 정말로 외로웠는갑다.” 소설을 쓰는 친구가 가만히 속삭였다. “외로워? 외롭다고 천만 원을 그리 쉽게 쓰나? 아무래도 뭔 일이 있었지 싶다. 안 그렇나?” 다른 친구의 농담에 소설가는 더 작은 목소리로 중얼거렸다. “총알이 한 발밖에 없었다잖아. 방어용이 아니라 자살용인 거지.” “……” 잠시 사위가 고요해졌다. “그래? 그럼 우리 모두 댈러스에 놀러 가주자. 신세는 지지 말고, 말 그대로 놀러 갔다 오자. 전화해라.”

네 명이 댈러스에 가겠다고 했다. 친구는 그와의 통화에서 그렇게 전했다. 어차피 여행 계획이 잡혀 있는 팀이니 방향을 댈러스로 잡아도 되겠냐고, 예쁜 과부도 멤버 중 하나라고. 이후 그는 친구에게 보내던 전화나 편지, 메일을 끊어버렸다. 이사를 간다고 했지만 이렇게 연락이 두절되다니. 다시 모여 그 소식을 들은 우리는 여러 가지 추측을 했다. “우리가 뭘 잘못했을까?……”

여섯 번째 직녀

여섯 번째 직녀

"내가 인서 옷감 좀 끊어줬다."

시어머니의 말은 삭아서 반 토막이 된 몽당이빨 사이로 잘려 나와 불분명하게 들렸다. 게다가 졸업식이 진행 중인 대학 강당은 시장판처럼 소란스러웠다. 옷감? 내용을 제대로 이해했는지 반신반의하며 시어머니를 빤히 쳐다보았다. 옷이나 옷감에 대해서는 지독하게 인색한 시어머니였다.

"구시장 포목점에 갔더니 요새 유행하는 옷감이라고 펼쳐놓았는데 어찌나 곱던지. 대학 졸업이면 할미가 주는 선물도 마지막일 텐데. 이젠 어른이지 싶다. 제 운으로 살아갈 나이지. 돈으로 주려다가 큰맘 먹었다."

시어머니는 졸업 전에 임용고시에 합격해 선생님이 된 기특한 외손녀에게 특별한 선물을 주고 싶었을 것이다. 남들이야 옷을 맞춰주거나 사주는 일이 일상적인 선물일 수 있겠지만 시어머니가 당신 손으로 옷감을 사서 누군가에게 줬다는 것은 파격적인 일이었다. 내가 알기론 처음이었다.

무엇이 불편한지 시어머니의 말투가 입가에 삼 찌꺼기를 매단 때처럼 웅얼거렸다. 시어머니는 과한 부탁을 하거나 마음이 불편하면 그 내용에 따라 심하거나 약하게 말을 웅얼거렸다. 나의 오른쪽 엄지손가락 뿌리가 시린 강도처럼.

"잘하셨네요. 어머님이 골랐으면 예쁠 거예요."

"……"

앞자리에 앉은 시누이는 뒤돌아보며 그 옷감으로 인서 코트를 맞췄다고 했다. 나는 의자에 앉았기를 지겨워하는 초등생 딸아이를 앉히는 척하며 시어머니에게서 등을 돌리고 엄지손가락을 주물렀다. 그랬다. 시어머니는 우리 애들에게 옷은커녕 그 흔한 양말 한짝 사준 적이 없었다. 그런 시어머니가 인서에게 옷감을 끊어준 것이 시샘이 나는지 내 손가락이 아렸다. 스트레스를 받으면 남들은 머리가 지끈거린다지만 나는 엄지 뿌리가 아팠다. 감기에 걸려도 손목 근처가 아렸고 추워도 그 부분이 먼저 시렸다.

졸업식 내내 나는 남들이 눈치채지 못하게 왼손바닥으로 아픈 엄지를 감싸 쥐고 따스하게 데웠다. 그리고 시어머니의 고백 같은 말을 곱씹어보았다. 소소한 일이라도 미리 의논을 하여 큰며느리인 나를 대접하던 시어머니가 아니었던가. 내 마음을 다치지 않으려 애써온 시어머니의 성정을 내가 몰라주었던가. 무슨, 서운한 마음을 비치시려나.

"이야 끝났다. 엄마, 빨리 가요!"

졸업식이 끝나자마자 아이들은 밖으로 뛰어나갔다. 왁자한 박수와 먼지 나는 실내를 벗어난 우리는 양지바른 잔디동산에서 인서를 만났다. 사진을 찍고 난 후 검정색 졸업예복을 벗자 시어머니가 보내준 옷감으로 만들었다는 인서의 코트는 마술가루를 뿌린 듯 주변을 환하게 빛냈다. 빨강과 주황, 밤색 등의 체크무늬가 잘게 교차되어 있는 두툼한 모직 천에다 소매 깃이나 목 부분을 빨강의 원색으로 덧대어 멋을 냈고 목깃에는 부드러운 갈색 털을 둘러 통통하고 귀여운 인서를 발랄하면서도 기품 있어 보이게 했다.

"인서 코트 정말 이쁘네. 입다가 싫증나면 동생 줘. 다른 사람 주면 절대 안 된다. 알았지?"

나는 물론이고 다들 인서에게 졸업과 취직, 예쁜 코트에 대해 축하를 했다.

"요즘엔 누가 옷을 맞춰 입히나. 사는 것보다 더 비싸더라고. 잘 아는 집에 특별히 부탁한 거야. 털목도리 어때. 코트랑 잘 어울리지?"

백화점을 몇 군데나 뒤져 색깔 맞는 목도리를 찾았다는 시누이의 들뜬 자찬을 들으며 우리는 예약해놓은 식당으로 갔다. 코트를 벗고 점심을 먹고 있는 인서는 평소보다 약간 상기되어 있는 질녀일 뿐이었다. 시어머니가 직접 돈을 지불하고 옷감을 보내줘 만들었다는 빨간 코트. 옷걸이에 걸려 있는 인서의 코트에 자꾸만 눈길이 갔다. 나는 식탁 건너편에 앉아 점심을 먹고 있는 시어머니를 바라보았다. 시어머니는 입안에 넣은 음식을 씹는다기보다 우물우물 뭉개고 있었다.

—네 시어머니 이가 성치 않겠구나.

옛날 방식으로 삼베 실을 삼는다는 얘기를 하자 친정엄마는 눈에 본 듯 시어머니의 몽당이빨을 유추했다.

—베 한 필 짜려면 사람 손이 얼마나 가는지 아니. 한여름 땡볕에 대마 줄기를 베어와 커다란 솥에 삶아. 한참 삶으면 무른 살은 녹아버리고 껍질만 남겠지. 흐르는 물에 잔여물을 깨끗이 씻어내고 나면 넙적넙적한 섬유질만 남아. 이것을 빨랫줄에 널어 말리지. 마른 이파리를 삼톱으로 가늘게 빗어. 처녀 머리채마냥 풍성하게 찢은 삼단을 말아서 곱게 갈무리를 해두지. 아직 콩도 털고 나락도 베야 하거든. 가을걷이 끝내고 남정네들이 새끼나 가마니를 짜러 행랑채로 나가면 그제야 여인네는 자새를 어린 자식마냥 옆구리에 끼고 윗목에 자리를 잡고 앉는단다. 한 겹 문풍지를 넘어 달빛이 방 안을 비추는 날은 호롱불도 끄고 틀에 매달린 삼단에서 실 한 올을 빼 입에 넣지. 그 실이 입속을 가로지르는 동안 혀로 가늠하고 이빨로 째 굵기를 조절한단다. 수만 개의 섬유질 끝과 시작을 침으로 붙여 길게 엮으니 사람 입에서 삼실이 뽑아진다고 봐야지. 얘야, 대마 이파리가 마취제로 쓰인단다. 얼마나 독하겠니. 이집트에서 찾은 미라의 수의를 마로 만들

었단다. 수백 년 지나 사람의 살이 썩어 없어져도 옷감은 남아 있다니. 산 사람 입안이야 말해 뭣하겠니. 네 시어머니 섭생을 제대로 못해 어쩌누, 쯧쯧.

나는 시어머니가 무릎 위에 침 묻힌 실을 올려놓고 기계처럼 손바닥으로 비벼대던 모습을 떠올렸다. 눈은 텔레비전을 보고 있어도 오물거리는 입과 손동작은 멈추지 않았다. 누렇게 삭은 이빨과 마찬가지로 시어머니의 무르팍도 거멓게 죽은 색을 띠고 있었다.

시어머니는 우리가 몇 번이나 권유해도 치과 치료를 거부했다. 틀니를 끼면 입안의 감각이 둔해져 실의 굵기를 조절할 수 없다고 했다. 시어머니의 입으로 뽑아낸 실을 팔아 인서 옷감을 끊어 보냈다고 생각하니 빨간색 코트가 더욱 값져 보였다. 나는 시어머니와 천, 옷에 대해 되새김을 하듯 시간을 거슬러 올라가보았다. 첫 번째 기억은 아이를 낳으러 시댁에 간 때였다.

친정엄마가 몸이 아파 산후조리를 해줄 수 없다고 했다. 불편한 시댁에서 산후바라지 기간을 견뎌야 하다니. 하필 때맞춰 아픈 엄마가 원망스러웠다. 힘든 일은 겹친다고 출산 예정일이 다가오도록 남편은 체불 임금을 받지 못했다. 아기의 배냇저고리를 구비하지 못한 나는 불안하고 우울했다. 곧 아기가 태어나 벌거벗은 채 바들바들 떨며 울음을 터뜨릴 것 같았다. 나는 시댁의 천장 높은 한옥 방에서 악몽에 시달렸다. 누워 똑바로 바라보이는 천장의 얇은 합판 위에선 쥐떼가 전쟁판을 벌였고 다락에선 나무 벽을 갉아대는 낯선 숨소리가 들려왔다. 밤마다 뒤척이다 웅크려 선잠을 잤다. 아파트인 친정에서 쫓겨난 듯한 강박증까지 들었다.

출산 예정일을 닷새나 넘기고 난 뒤에는 어쩔 수 없이 시어머니에게 돈을 꾸어달라고 부탁했다. 하지만 시어머니는 단 한마디로 거절했다. 비료를 사 돈이 없다거나 뭐 그런저런 부연 설명이 없는 단호한 거절에 나는 또 며칠 동안 차갑고 저린 엄지를 문지르며 아픔을 견뎌야 했다. 물론 이런 일들은 전부 남편을 통해 전해 들은 말이었다.

친정엄마가 아이용품을 사주마 했을 때 나는 거절했다. 하나밖에 없는 자식의 산후 몸조리도 못 해주겠다는 엄마에게 화가 나서였다. 하지만 시어머니가 돈을 꾸어주지 않자 엄마에게 손을 내밀지 않은 어리석고 성급한 자신에 대해, 무능한 남편의 회사 사장에 대해서 등등. 화를 낼 곳은 많았지만 시어머니에게 낼 화는 아니었다. 시간이 길고 서운하게 느껴지던 때였다. 주말에 남편이 아기용품을 가져와 고민거리는 해결됐지만 나는 그때 시어머니가 진심으로 원망스러웠다. 달라는 것도 아니고 금방 갚겠다는 돈을, 술값이 아니라 손녀의 옷가지를 마련할 돈이었는데…….

세월이 지나면서 기저귀나 옷을 제외한 다른 것들에 대해 한없이 너그럽고 희생적인 시어머니를 겪었다. 사람의 살갗에 입히는 것에 대해 유독 마음을 내지 않는 분이구나, 포기하고 살았다. 그랬던 시어머니가 인서에게 옷감을 끊어주다니. 강렬한 궁금증이 일었지만 대놓고 물어보기는 좀 유치하게 여겨졌다.

식사가 끝난 뒤 빨간색 코트를 입은 인서는 약속이 있다며 시내로 갔다. 나머지 식구들은 친척 할머니의 병문안을 갔다 집에 오기로 하고 나는 찬거리를 사러 시장에 갔다. 겨울 재래시장엔 찬바람이 먼지를 몰고 구석구석 돌아다니고 있었다. 시어머니와 옷에 대한 생각이 머릿속을 떠나지 않아서였을까. 노랑이나 연두, 분홍색의 철 이른 봄옷을 입고 양품점 밖에 서 있는 마네킹에 눈에 갔다.

나는 마네킹을 외면하려 애썼다. 꼭 내가 저 마네킹이 되어 얇고 알록달록한 옷가지를 걸치고 고스란히 시장통의 찬바람을 맞고 있는 듯한 이 황망한 기분은 무언가. 추운 내색도 못 하는 민망하고 당혹스러운 기분은 어렴풋한 기억으로 이어졌다. 딸애 돌맞이 한복을 사러 간 그날도 이렇게 바람이 천지사방으로 불었다. 시어머니와 처음이자 마지막으로 아이 옷을 사러 간 날이었고, 거의 십 년이나 전의 일이었다. 고등어와 귤, 채소가 있는 좌판 위로 시어머니의 남색 치맛자락이 겹쳐졌다. 그날 시어머니가 남색 한복 치마를 입었었구나. 꽃샘바람처럼 차갑고 어두운 남색. 나는 부끄럽고 불편한 일을 외면하듯, 진짜 장면은 못 본 척 시어머니의 남색 치마꼬리만 집요하게 떠올렸다.

우리 집에 시어머니가 오면 놀러 오는 친척 몇 분이 있었다. 시골에서 살다 도시로 이사를 오기도 하고 나이가 들어 아들집에 나와 있는 또래 할머니들이었다. 허리가 굽었건 버스를 타고 왔건 그녀들은 한결같이 예쁘게 치장을 하고 왔다. 그들의 멋낸 모습이나 모여앉아 소곤거리는 말투를 들어보면 천상 갈래머리 소녀들이었다. 부모님 몰래 동네 밤마을을 나온 그들만의 들뜬 세계에 나도 섞여 어울리고 싶을 지경이었다. 내가 그런 감정을 얘기하자 시누이나 동서도 고개를 끄덕였다.

"형님, 피곤하지요. 제가 할게요."

시어머니는 시동생 집과 번갈아 머물겠다는 뜻을 내비쳤지만 집안의 잡다한 모임은 주로 우리 집에서 치르고 있었다. 혹여 다음 차례에 자기 집으로 가게 될까 봐 동서는 미리 애교를 부린다. 그런 동서가 밉지만은 않았다.

"저녁하고 아침만 드시고 갈 텐데 뭘. 술상이나 차리면 할 일도 없어. 추운데 떨어 피곤할 텐데 여기 와서 앉아, 동서. 전은 뜨거울 때 먹어야 제맛이지."

네에, 하는 대답 소리만 멀어졌다. 조금 있다가 아이들 장난감을 정리했다며 주방으로 돌아온 동서도 프라이팬 앞에 둘러앉았다. 동서가 따끈한 배추전을 찢어 도로록 말아 간장을 찍어 한입 맛있게 먹었다. 접시가 비자 시누이는 우리 앞에 새로 구운 따끈한 전을 얹어 주었다.

"형님, 어머님이 어쩐 일로 옷감을 끊어주셨대요? 여태까지 옷감은커녕 애들 팬티 하나 사준 적이 없었잖아요."

내가 밀가루 옷을 입힌 동태에 계란을 묻혀 프라이팬에 얹어놓았다. 동서가 내가 묻고 싶은 걸 콕 집어 질문했다.

"재작년 여름에 저 휴가 받아 시골에 갔잖아요. 조카들 데리고 어머님이랑 구시장에 갔었거든요. 시장을 한 바퀴 도는데 작은조카가 신발이랑 닭튀김을 사달라고 할 때에는 금방 사줬거든요. 그런데 큰조카가 빨간 망토 차차 셔츠를 사달라고 했는데 글쎄 들은 척도 않으시데요. 큰 게 먹을 것도 마다하고 인형도 싫다고 한참을 내리삐쳐도 어머님이 아는 체도 안 했어요. 비싸지도 않은 걸. 결국 제가 그 옷을 사주고 나서야 큰조카는 화도 풀고 먹을 것도 먹데요. 돌아오는 길에 어머님께 왜 옷을 안 사줬냐고 여쭈어도 대답도 않고. 그 뒤에 아무리 살펴도 아이들 옷에는 이상하게 인색하시던데, 형님은 왜 그런지 아세요?"

나는 눈을 동그랗게 뜨고 놀란 듯 동서를 바라보았다.

"그런 일이 있었어? 자네가 어째 그 얘기를 이제야 하누?"

동서의 수다는 집안의 분위기를 활달하게 해주는 활력소였다. 시누이와 나는 마주 보고 빙긋 웃었다. 돌아가며 이야기를 나누는 분위기라서 그랬을까. 좀 아까 시장에선 굳이 떠올리기 싫다 밀쳐둔 기억을 꺼낸 나는 얘기를 끝내고 싶어 몸을 앞으로 내밀고 목소리를 높였다.

"나도 비슷한 이야기가 하나 있거든. 큰애 돌 때 어머님하고 시장에 갔는데 다른 데는 돈을 많이 쓰면서 애 한복만 안 사주시데."

"그렇게 오래된 일을 아직도 기억하세요? 어머님이 한복 값이 없었나 보죠."

동서는 촉빠르게 내 말을 잘랐다. 평소 같았으면 나는 그쯤에서 동서가 하고 싶은 말을 하게 내버려두겠지만 오늘은 달랐다. 아니, 아니. 나는 고개를 저으며 다급하게 말을 이었다.

"내가 그 날을 기억하는 특별한 이유가 있어. 버스에서 내리고 보니 업고 있던 애의 신발 한 짝이 없어졌더라고. 자기도 알지. 어머님이 애 때리거나 꾸중하면 되게 싫어하는 거. 그래서 아이들이 할머니와 같이 있기만 하면 좀 버릇없이 구냐. 그날 신발 한 짝 잃어버린 게 속상해서 업고 있던 애 엉덩이를 살짝 때렸는데 어머님이 그게 화가 나셨나 봐. 돌짜리 애가 뭘 아냐 하곤 말을 안 하시데. 그 화 풀어드린다고 내가 애교도 부렸다는 거 아니냐."

"자네가 애교를 부려. 어떻게?"

시누이마저도 웃으며 말꼬리를 잡았다. 나도 그들을 따라 멋쩍게 웃었다.

"어머님이 국수 좋아하시잖아요, 그래서. 어머님 칼국수 드실래요? 제가 사드릴게요, 하면서 팔에 매달렸지요. 제 성격에 그렇게 하기가 얼마나 어려웠는지 아세요. 하여간 말은 그렇게 했지만 국수 값도 기어이 어머님이 내셨죠. 신발뿐만 아니라 한복 값보다 더 비싼 아이 머리방울이랑 핀을 많이 샀다니깐요. 어머님 잘 알잖아요. 손주들이 뭐라도 손에 쥐면 쌈짓돈 다 떨어질 때까지 무턱대고 사주는 거요. 애들은 할머니한테 사달래야지 하는 말을 얼마나 자주 하는데요."

시누이나 동서도 망설임 없이 고개를 끄덕거렸다.

나는 당연히 시어머니가 한복 값을 낼 줄 알고 기다렸다. 시어머니는 바람이 일도록 치마를 들어 올리고 속바지에 매달린 복주머니를 꺼냈다. 그러곤 잠시. 한복 상자를 건네받던 내가 시어머니의 멋은 손길을 느끼기에 오랜 시간이 걸리지 않았다. 눈이 마주치기 전에 나를 외면한 시어머니는 내 손에 들고 있던 한복 상자만 빼앗듯이 낚아채 홱 뒤돌아섰다. 좁은 상가 골목을 돌아나가는 시어머니의 발길이 황망해 보이는 것은 나만의 착시였을까. 남색 치맛자락이 꼬리를 끌며 사라진 골목길에는 차양으로 가둬놓은 짙은 어둠이 시어머니의 뒤를 따랐다. 할머니가 돈을 낼 것 같더니만 그냥 가버리시네. 나의 멍한 표정이 불안한지 주인 여자가 한복 값을 채근했다. 시장통의 좁은 골목으로 꽃샘바람이 불어오자 마네킹이 입고 있던 알록달록한 봄옷이 스산하게 펄럭였다. 으스스 한기가 돌았다. 골목을 돌아가는 시어머니의 남색 치맛자락이 부끄럽고 민망한 감정과 함께 머릿속에 또렷이 각인된 날이었다.

나는 동서와 시누이를 번갈아 보며 잠시 쉬었던 이야기를 계속했다.

"그때 어머님이 한복만 안 사주고 다른 것은 다 사주셨거든……."

시어머니가 사준 핀이나 방울, 그물 모양의 장식 몇 개는 십 년이 지난 오늘도 딸아이의 머리를 장식했다. 왜 시어머니는 남 보기에도 번듯한 한복을 두고 머리방울 쪼가리에 돈을 썼을까.

"형님은 어머님이 왜 그런지 아세요?"

나는 이어달리기에서 바톤 터치를 하듯 시누이의 경험담을 들추었다. 내 물음에 시누이가 고개를 갸웃거렸다.

"글쎄, 인서 이전에 아들이 하나 있었어. 갓 태어난 아이였는데 심장이 약하다고 했지. 지금 의술 같았으면 퇴원을 안 시켰을 텐데. 의사들은 며칠을 못 넘길 거라며 집으로 보냈지. 근데 그 아이가 백일이 다 되도록 살았어. 젖도 제대로 못 먹고 숨만 헐떡이는 아이를 보며 나는 울기만 했지. 미역국 끓이랴 아기 쌀죽 끓여 먹이랴, 엄마가 고생 많이 했어. 아이를 보내고도 난 몸을 추스른다고 친정에 머물렀거든. 그러던 와중에 엄마는 내 탓이다, 내 탓이다, 그 말을 자주 했어. 한두 번도 아니고 그 말을 들으면 그렇게 화가 치밀더라구. 불같이 성을 내곤 했지. 걔 베넷저고리를 엄마가 만들어 입혔거든…….
그러고 보니 그 뒤로 인서는 옷을 못 얻어 입었네."

시누이는 이후 아이가 생기지 않아 애를 태우다가 몇 해나 지난 뒤에야 인서를 가지게 되었다고 했다. 안주 좀 들여라. 방 안에서 시어머니의 목소리가 들려왔다. 우리는 얘기하느라 깜빡 잊고 있었던 주안상을 차렸다.

깜깜한 밤중이었다. 나는 오른쪽 엄지손가락을 조물대며 안방 문을 살며시 열고 어둠 속으로 천천히 발을 밀어 넣었다. 하필 약상자는 문에서 가장 구석진 서랍 안에 들어 있었다. 어디쯤에 사람이 누웠는지 어렴풋했다. 발을 끌며 몇 발짝 앞으로 나간 후 이불인 줄 알고 내디뎠는데 작은아이의 발끝을 밟았다. 나는 발끝을 오므리고 아이는 다리를 접었다. 아이는 낮은 비명을 지르며 몸을 돌려 눕더니 다시 잠이 들었다. 나는 더 좁은 보폭으로 살그머니 걸음을 옮겼다.

"뭐 찾니?"

시어머니가 일어나 전등 스위치가 있는 벽을 더듬었다.

"아뇨, 불 켜지 마세요!"

손사래를 치며 급하게 소곤거렸지만 소용없었다. 갑자기 밝아진 빛 때문에 나는 잠시 눈을 감고 서 있었다.

"약 찾으려구요."

돌아눕는 친척 할머니가 깨지 않기를 바라며 서랍을 가만히 열었다.

"또 아프니? 병원에 가보지 그래."

걱정하는 시어머니께 주무시라며 얼른 불을 끄고 주방으로 나왔다. 일회용 비닐장갑을 끼고 깡통 속의 연고를 떠내 엄지손가락 뿌리 위에 얹었다. 둥글게, 아래위로 싹싹 비비다가 또 둥글게. 그렇게 한참을 만지작거리다 보면 통증은 가시게 마련이었다. 피곤하고 추운 밤, 어김없이 단잠을 깨우는 반갑지 않은 나의 손님이었다.

임신을 해 첫 친정 나들이를 했을 때 엄마는 얼굴을 돌리며, 우리 집안에 몹쓸 유전병이 있다고 했다. 뭐가? 엄마는 내 오른손을 잡아당겨 꼭 쥐었다. 성형수술로 실처럼 가는 자국이 남았다고 했다. 나는 엄마에게서 손을 빼 엄지 뿌리께의 손등을 가만히 들여다보았다. 그냥 돌부리에 치인 상처 자국이 아니었구나. 이곳에 손가락이 하나 더 있었다고? 불쑥, 돌출된 여섯 번째 손가락이 나를 가리키듯 그곳에 돋아나는 모양이 그려졌다. 그것은 잡아달라며 손끝을 앞으로 내밀어 꿈틀대고 있었다. 나는 질끈 눈을 감았다. 유전이라니? 이 끔찍한 것이 내 자식에게 물림되다니…….

엄마는 그랬다. 꿈틀대는 제육의 손가락이 뇌리에 들러붙어 떨어지지 않는 밤이면 죽음을 생각하고 또 생각했었다고. 미안하다. 미안하다. 고개를 숙이고 엄마는 자꾸 미안하다는 말만 되풀이했다.

공포는 그렇게 뒤통수를 치듯 갑자기 찾아왔다. 일 퍼센트의 의지가 개입되지 않아도 나는 죄인이었다. 죽을힘을 다해 거부해도 내 마음은 한없는 절망으로 되돌아갔다. 그저 입을 다무는 것 이외에 내가 할 수 있는 일이란 아무것도 없었다.

남편은 임신우울증이라는 병명을 어디선가 듣고 와서 나를 위로하려 애썼다. 나는 퉁퉁 부은 눈의 부기가 빠질 새도 없이 멍하게 앉아 눈물을 흘렸다. 그러는 사이에도 아이는 자라 제 날짜에 태어났고 다행히, 온전한 정상이었다. 나는 원기를 회복했고 몇 대에 걸쳐 내려오는 원죄를 끊었다는 도취감에 빠졌다.

그러나 그런 후련한 마음도 잠시. 가슴 한켠에 남아 있는 적취(積

聚)가 차갑고 피곤한 겨울밤이면 복병처럼 그 존재를 드러냈다. 역류하는 시간에서 자유롭지 못한 나는 아픈 손가락을 쥐어뜯으며, 실같이 희미한 수술 흔적 뒤에 깊숙이 박혀 자신의 출현을 포기하지 않고 있을 그것을 증오했다. 한 번도 미세한 흔적을 의식하지 못하고 살았던 과거가 그리웠다. 드러나지 않는다면 복병이 수없이 널려 있은들 누가 그것을 개의할 것인가. 내게 있는 복병. 복병의 옷깃을 본 사람이 가지는 공포. 나는 목줄이 묶여 멀리 가지 못하는 개 같은 느낌이 들었다.

더 이상 아이를 낳지 않을 작정인 지금도 나는 내 아이들이 자라고 난 후의 먼 미래를 떠올린다. 언제 다시 혈흔의 기억 속에서 원인을 알지 못하는 그것이 깨어나, DNA 기둥의 작은 가닥에서 여섯 번째의 움이 싹을 틔울지도 모른다……. 그것을 상상하는 것은 고통이었다. 내 아이들에게 어떻게 설명해야 하나. 언제나 죄수의 역할을 충실히 하고 있는 엄마의 모습을 나도 배워야 하는가. 그런 고민은 손가락을 문지르다 잠이 들고 가위에 눌린 가슴을 싸안고 벌떡 일어나 다시 잠들지 못하는 밤의 고통 속에서 더욱 깊어졌다.

"손으로 발라야 효과가 있지. 웬 비닐장갑이냐. 어디 한번 보자."

언제 일어나 나왔는지 시어머니가 약이 묻은 손가락을 낚아챘다.

"이제 괜찮아요."

엉겁결에 손을 뒤로 뺐지만 꽉 잡아채는 힘이 얼마나 강한지 잡힌 손을 움직일 수가 없었다.

"오토바이가 얼마나 세게 쳤으면 그래, 잠을 못 자니. 자주 그러냐? 니 나이 때는 누가 업어 가도 모르게 잘 땐데 얼마나 아프면 쯧쯧. 침이나 뜸이 소용없더냐?"

고개를 주억거리는데 괜히 눈물이 핑 돌았다.

"괜찮아지겠죠. 잠이 안 오세요?"

시어머니의 손놀림이 친정엄마의 그것과 흡사한 것에 놀라 목소리에 와락 힘이 들어갔다. 시어머니는 흠칫해 있는 나를 보더니 이내 자신의 일감으로 시선을 돌렸다. 나는 고개를 들 수가 없어 시어머니의 손짓만 보고 있었다. 우리의 손가락은 물론 손 전체가 약 범벅이 되었다.

"너를 보니 옛날 생각이 난다. 너만 한 때 난 부지깽이에 불이 붙어도 모르고 졸았지. 애비가 어릴 적이었지 아마. 이따 밀어 넣을 요량으로 긴 장작을 아궁이에 찔러두고는 글쎄, 그새 잠귀신이 들었던가 봐. 나무를 타고 넘어온 불이 치마에 옮겨붙지 않았겠니. 부엌 바닥을 굴러 불을 끄긴 했지만 누가 그 치마 어쨌냐고 물을까 봐 한동안 울렁병이 났더랬지. 나이가 드니 몸은 아프고 밤은 길고. 콩밭에서 졸아도 그때가 좋았어. 한번은 글쎄…… 너 졸리나 보다. 들어가 자거라."

일정한 손놀림에 따라 마음까지 느슨해졌는가. 나는 시어머니 앞이라는 불편함도 잊어버린 채 고개까지 끄덕이며 졸고 있었다.

이튿날 점심을 먹고 손님들을 배웅한 후 시어머니와 우리 부부는 방을 하나씩 차지하고 해가 저물도록 낮잠을 잤다. 같은 시각에 잠자리에 들었는데도 시어머니는 어느새 일어나 저녁을 먹자며 아이들을 들여보내 우리를 깨웠다. 며칠간 사촌이랑 북적였던 아이들은 낮잠을 잔 어른들과 달리 저녁을 먹자마자 일찌감치 잠자리에 들었다.

남편은 TV 앞에 누워 시어머니가 까놓는 땅콩을 먹으며 친척들 얘기를 하고 있었다. 누구는 그새 늙었고 소방공무원 시험에 합격한 사람이 누구의 아들이라는 등. 자주 보지 않아 낯이 선 친척에 대해 궁금해하면 어떤 옷을 입고 무슨 말을 하던 사람이 누구의 사촌이라고 남편은 내게 집안의 가계도를 설명해주었다.

"옛날에 하루거리라는 병이 있었다."

시어머니는 TV 소리보다 그리 크지 않은 목소리로 얘기의 물꼬를 텄다.

"아이들이나 노인들이 많이 걸렸다. 참 희한한 병이었지. 누워 있던 아이가 하루는 멀쩡하게 일어나 뛰어놀고 밥도 잘 먹고 하다가 다음 날이 되면 토하고 춥다며 벌벌 떨며 겨울이불을 찾아 들어가지. 그때 촌에서 약이라고 제대로 있기나 하나, 쓸 줄이나 아나. 한약 몇 첩 달여 먹이면 며칠을 빠꼼하니 낫는 것 같다가는 다시 시작하고, 시작하고. 오빠나 옆집 동생도 그렇게 죽었지. 시집오고 난 뒤 한 해에는 마을 사람 반이 그 병에 걸렸어. 늦여름만 되면 하루하루가 꿈과 생시를 반복하는 것 같았지. 멀쩡한 날이면 이밥이라도 먹이려고 사방으로 뛰어다니고, 앓아누운 날에는 두꺼운 이불 옆에서 동동걸음을 치고. 큰집 조카나 네 형도 그 병을 앓았는데. 갈 때 내가 지어준 옷을 입었어. 풍차바지 가랑이에 설사 자국이 누렇게 말라 있었지. 물려 입은 바지라 광목 조각을 덧대어 이은 자국이 선명했어. 네 형은 그래도 아들 맏이라 새 옷을 해 입혔다. 다섯 살짜리인데, 새 옷에 밥 국물을 흘리는 게 미안했던지 손바닥으로 입가를 자꾸 닦아냈어. 그러다 기운이 빠지니까 침이 흘러 옷에 축축이 번지는 것을 가만히 바라보더구나. 그렇게 가만히 바라보다 고개를 떨구었지. ……그해, 동네가 눈물바다였다. 험한 세월이었다."

시어머니의 낮은 목소리 끝에는 그렁그렁한 가래가 걸려 있었다.

"병 이름이 뭐라고? 뭐 때문에 그 병이 생기는데?"

과일 깎던 손을 멈춘 나와 달리 남편은 뉴스가 방영되는 TV 화면에서 고개도 돌리지 않고 시어머니에게 물었다.

"학질이라고 여름 지나면 걸리는 병이다. 말라리아 모기 있잖아. 의사가 그러는데 여름에 물린 모기 독 때문에 몇 달 후에 병증이 나온다데."

시어머니의 목소리는 평정을 찾아가고 남편은 고개를 끄덕이며 사과를 한입 깨물었다. 나는 뉴스가 끝난 후에도 곧바로 시어머니의 얼굴을 볼 수 없었다. 다만 가위로 필터를 일 센티만 남게 뒤를 잘라내고 담배를 돌려 납작해진 그곳을 둥글게 매만지는 시어머니의 손길을 바라보았다. 내 입에는 솔이 제일 맛있다. 독하다고 싫어하는 사람도 있더라만 순한 담배 찾으려면 뭣 하러 피워, 돈 아깝게. 농사짓던 때는 종이에 마른 이파리를 말아 엽초를 피웠지. 머리가 핑 도는 게 제 맛이었어. 더 이상 담배전에서 솔을 살 수 없게 되었을 때 했던 시어머니의 말이 생각났다. 시어머니는 짧은 필터를 입술 끝에 겨우 걸치고 담배를 세 대나 연거푸 피웠다. 쏟아낸 말의 여운이 시어머니가 뱉은 담배연기와 함께 방 안에 맴돌았다.

시아버지가 돌아가시기 전까지만 해도 식구들의 한복은 당신 손으로 직접 만들었다던 시어머니. 바느질 솜씨가 꼼꼼하고 좋았다던 시어머니는 그것만으로도 당신의 시어머니에게서 칭찬을 들었다고 했다.

쓰윽, 쓱. 손으로 방바닥을 쓰는 소리가 났다. 시어머니가 앞섶과 바닥에 떨어진 담뱃재를 긁어모으고 있었다. 쓰윽. 손으로 옷을 쓸어내리는 소리. 시어머니의 이야기와 방바닥 쓰는 소리는 맑은 하늘에 나부끼는 하얀 배냇저고리를 기억 속으로 불러들였다.

첫 아이를 가져 만삭의 몸을 풀러 시댁에 내려와 시어머니와 병원에 다녀오던 이른 봄날은 맑고 따스했다. 봄볕을 이기지 못한 길가의 개나리는 노란 꽃을 피우고 겨우내 비닐에 덮였던 마늘대는 허리를 펴고 한 뼘이나 되는 키를 자랑하고 있었다. 시댁에 도착하자마자 시어머니는 두 오리나 사다 놓은 미역과 껍질을 벗기고 갈았다는 들깨가루, 쇠고기 등을 내게 보여주었다.

"애, 넌 이걸 다 먹어야 집에 갈 수 있다."

나는 그저 고개를 끄덕이며 마주 웃었다.

"오늘은 진통이 없었니?"

바깥일을 하다 짬짬이 집에 들른 시어머니가 나를 살피며 묻는 말이었다. 남편이 아기용품을 가져오고 나자 이번엔 병원비 걱정을 했다. 하지만 병원비 걱정에 앞서 나는 아이가 육손일까 봐 더 불안했다. 거기다 예정일을 훌쩍 넘기고 나서도 진통의 낌새가 없는 것이 갑갑해 한숨이 절로 나왔다. 의사가 사진 속 태아의 손발가락 하나하나를 가리키며 정상임을 확인해주었지만 날이 갈수록 불안은 증폭되었다. 불안한 마음으로 기다리는 것에 지치자 나중에는 기형이건 말건 빨리 분만을 하고 싶었다. 의사는 며칠 내에 진통이 오지 않으면 유도분만을 하자고 했다. 며칠만…… 나는 시댁 식구들에게 들키고 싶지 않은 비밀까지 감싸 안느라 시간을 싹뚝 잘라서 내다버리고 싶은 심정이었다.

나와 달리 시어머니는 무척 바빴다. 아기가 태어나면 산모 몸조리에 시간을 들여야 한다며 서둘러 밭갈이를 마쳤다. 시어머니의 밭에만 검붉은 속흙이 드러났고 비료 포대가 처마 밑에 쌓였다. 나는 더 열심히 걸어 다녔고 힘들지 않은 집안일은 알아서 해놓았다. 산책을 하느라, 농사 준비를 하느라 나와 시어머니의 얼굴은 봄볕으로 하루가 다르게 까맣게 타들어갔다.

아침이 되어 밭으로 가는 시어머니를 배웅하고 나면 나는 청소를 했다. 문을 열면 알싸한 시골의 공기가 마루턱을 넘어 들어왔다. 따뜻한 볕이 마루턱에 걸려 있는 날이었다. 나는 햇살 속에 게으르게 다리를 펴고 앉아 밖을 내다보았다. 봄빛을 받은 화단이 눈에 들어왔다. 날이 풀리면 마루 한쪽 구석에 놓여 있는 십여 개의 화분이 그 화단 가를 뺑 둘러서게 될 것이다. 초췌하게 추위를 피하고 있는 화분의 화초들과 달리 화단에 뿌리를 박고 있는 다년초들은 꽃눈을 단 채 또는 금귤처럼 제 색의 얼어버린 열매를 매단 채 겨울을 지나고 있었다. 대문간에는 장차 아치 모양의 꽃천지가 될 장미 줄기가 마른 채 지주를 빽빽하게 감고 있었다.

바람이 살랑거리자 화단의 이파리들이 사라락 소리를 냈다. 화단 위를 가로지른 빨랫줄에 매달린 빨래들은 흔들리다 마는 것 같은 화단의 나무들보다는 움직임이 크고 경쾌했다. 빨래가 널려 있지 않은 때 마루에 앉아 담 너머를 건너보면 빨랫줄은 시야를 아래위로 갈라놓을 뿐 아니라 골목길에 들어서는 사람의 목에 목걸이처럼 걸려, 그가 발걸음을 옮길 때마다 사람이 아니라 줄이 아래위로 출렁이는 듯 보였다.

오늘은 골목길 대신 빨래가 시야를 가득 채우고 있었다. 누군가 흔드는 깃발처럼 빨래가 바람에 나부끼며 나른해진 눈길을 사로잡았다. 널려 있는 하얀색의 빨래 때문에 하늘이 하얗게 보였다. 무어지, 저렇듯 흰 것은? 널려 펄럭이는 옷가지들이 갓 태어날 아기의 물건이라는 것이 의식 속으로 들어왔다. 세 개의 배냇저고리와 기저귀들, 요의 덧깔개나 아주 조그만 양말까지도 색색의 집게에 집혀 크고 작은 동작으로 펄럭이고 있었다. 가까이에서 보면 모두 푸르거나 분홍색의 작고 연한 무늬가 있지만 멀리에서 그것들은 새하얗게 보였다. 어머님이 삶아 널었구나! 낮에는 밭일을 하고 밤이 되면 삼을 삼아 실을 뽑느라 바쁘셨을 텐데 언제 세탁까지 했을까. 실눈을 뜨고 팔랑거리는 그들의 움직임을 따라가다 보니 나른하고 포근한 졸음이 몰려왔다. 내일 삶을게요. 게으르게 미적거렸던 나는 미안하면서도 흐뭇한 마음이 들어 평소 시어머니가 드나드는 동구께로 눈길이 갔다. 호미를 들고 옷자락을 펄럭이며 뒷밭으로 걸어가고 있는 시어머니를 본 듯했다. 돈을 빌려주지 않아 섭섭했던 마음이 누그러졌다.

저녁상을 물리고 나자 시어머니는 무릎을 걷어 올리고 삼을 삼았다. 삼단에 묶인 굵고 가는 삼 한 올이 시어머니의 입을 거쳐 무르팍에서 비벼 꼬이면 처음과 끝의 굵기가 똑같아졌다. 입가에는 두꺼운 부분을 이빨로 끊어 뭉쳐놓은 삼 찌꺼기가 동그랗게 매달려 있었다. 굵기가 콩알만 해지면 시어머니는 삼 찌꺼기를 손으로 떼어내 방바닥에 모아놓았다. 침과 섞여 꾸덕꾸덕 마른 삼알을 바닥에 던지면 콩알처럼 딱딱 튀었다.

삼베는 세(細)수가 많을수록 실이 가늘고 등급이 높았다. 가늘디가는 실을 차곡차곡 둥글게 돌려 채워 콩나물시루 열 통 분량이 되면 삼베 한 필을 짤 수 있었다. 그 삼베 한 필로 건장한 남자 도포와 속바지 하나를 만들 수 있다고 했다.

나는 삼을 삼고 있는 시어머니 옆에 두 다리를 벌리고 앉아 가쁜 숨소리를 내며 빨래를 개켰다. 무릎 위에 침 묻은 삼실을 걸쳐놓고 나를 물끄러미 바라보던 시어머니가 배냇저고리 하나를 당겨 들여다보았다. 내가 쳐다보자 시어머니는 배냇저고리의 소매를 모으고 마주 접더니 손으로 등판을 쓰다듬었다. 시어머니의 새까만 손이 지나가자 얇고 보드라운 등판에서 옷감 할퀴는 소리가 났다. 메마른 손에 일어난 가시랭이가 옷감을 스치는 요란한 소리는 새하얀 천에 구멍을 낼 것만 같았다. 빤히 쳐다보는 내 걱정과 달리 시어머니의 손길에는 세심하고 꼼꼼한 정성이 배어 있었다.

그때 천천히 배냇저고리를 쓸어내리던 시어머니의 손길에는 내가 모르는 염원이 담겨 있었겠구나. 배냇저고리를 벗을 때까지, 동생에게 배냇저고리를 물려줄 수 있을 때까지, 아니 몇 명의 손자들 몸을 거쳐 이 배냇저고리가 닳아 해질 때까지! ……산골에 겨울이 오면 시어머니는 또다시 삼실을 꼬아 옷감을 짤 것이다. 이제는 수의로 대표되는 삼베. 그 때문에 시어머니의 작업은 사람이 이을 수 없는 시간의 마디를 엮어주지 않던가. 수만의 매듭마다 짙푸른 상심과 절절한 염원을 매달고 있으리라. 나는 자신의 상처를 깊디깊게 묻어두었다 아름다운 손길로 풀어내는 시어머니의 거칠고 마디가 굵은 손을 바라보았다. 내가 여섯 번째의 공포를 가졌듯이 시어머니도 자신만의 슬픔을 간직하고 있구나!

오랜 세월 자신에 대한 책망을 가슴속에 묻고 살아온 시어머니. 나는 시어머니의 가슴속에 묻어두었던 진흙 한 줌을 내 심장 한복판에 받아 넣은 기분이었다. 시어머니의 가슴속에서 수정보다 맑게 정제되었을 따스한 진흙 덩이는 내 속을 집요하게 파고들었다. 육손이에 대한 공포로 차갑게 얼어붙은 한 곳. 진흙 덩이가 그곳을 어루만져 녹이고 있었다. 인간의 오감을 넘어서는 여섯 번째의 감정과 다섯 개의 손가락을 벗어난 육의 움이 마주 얽히는 순간이었다. 나는 이기적이게도 이 순간 시어머니에게서 내 미래의 해결점을 찾으려 했다. 운명이라 이름 붙여진 못된 힘에 굴하지 않으려는 인간의 위대한 노력은 무엇일까? 울컥, 뱉어버릴 수 없는 설움이 올라오고 있었다. 나는 침을 꿀꺽 삼켰다. 다시는 서러워하지 않으리라. 다시는…….

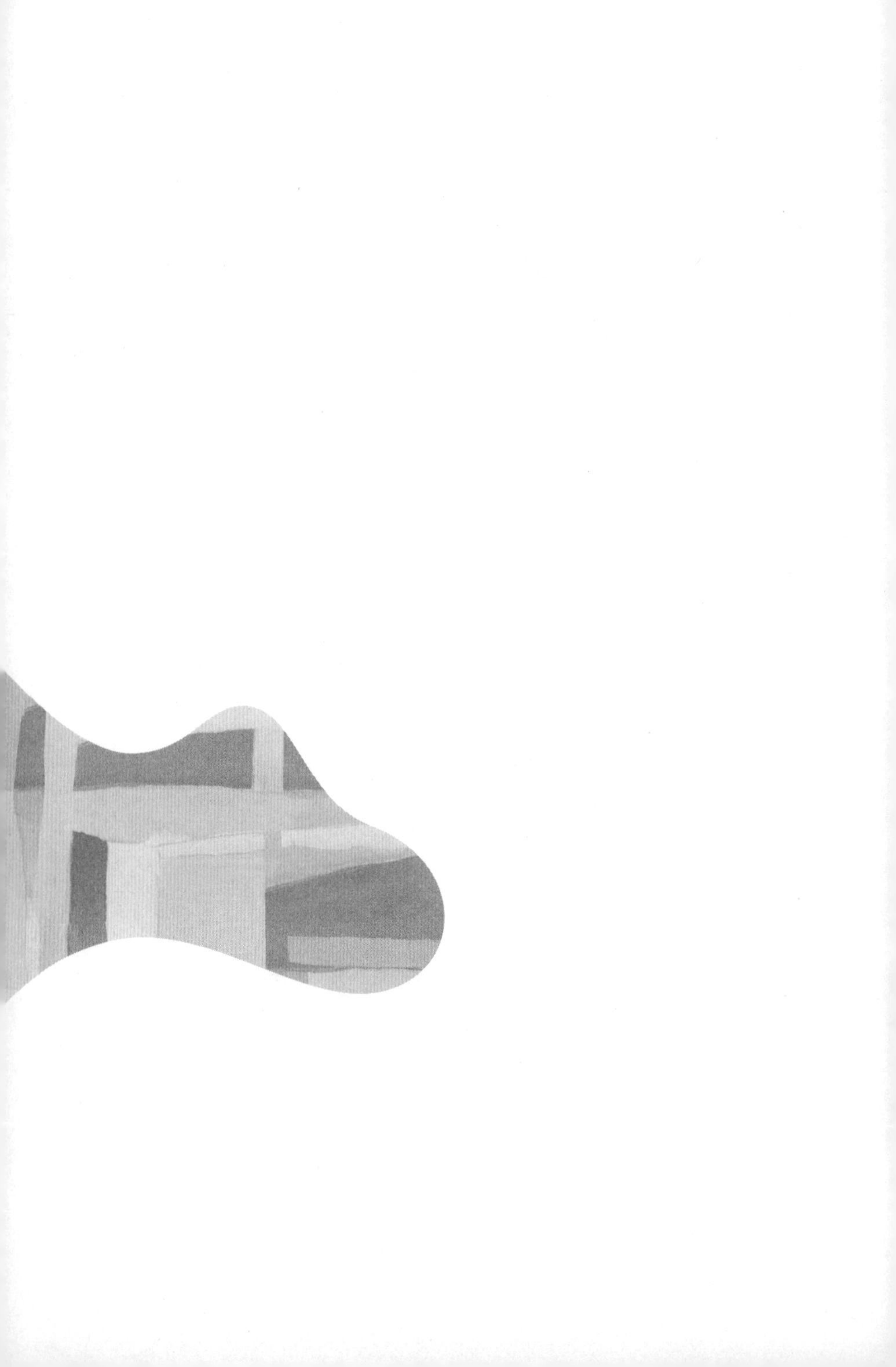

지하철과 달팽이

지하철과 달팽이

출근 시간, 사람들이 전동차역 계단을 날다시피 내려갔다. 여자도 지각을 염려하는 직장인처럼 사람 적은 줄로 잽싸게 다가섰다. 줄 선 사람들 대부분이 반팔 차림이었고 초여름이었지만 추웠다. 여자는 트렌치코트를 벗었다. 얇은 원피스와 스타킹을 신은 아니 거의 벗은 채로, 여자는 진동하는 동굴과 함께 온몸을 떨었다. 여자를 떨게 하는 건 추위만이 아니었다. 객차가 다가오면 여자는 가슴이 설렜고 자신의 신혼 시절이 떠올랐다. 그 시절 남편은 뜨거운 팔을 벌려 그녀를 맞았다.

전동차의 출입문이 남편의 앞자락처럼 열렸다. 여자는 사람들 사이에서 자신이 서고 싶은 곳을 겨냥했다. 이쯤이다 싶어 발을 들였지만 사람들의 어깨와 팔꿈치에 찔려 밀려났다. 여자는 푸시맨 앞에 서고 싶었다. 지난달 푸시맨에게 떠밀린 여자의 어깻죽지에 커다란 멍이 들었다. 그곳에서 번지는 생생한 통증은, 여자가 살아 있다는 것을 느끼게 해줬다. 그것도 치열하게.

전동차를 타기 시작한 이후 그처럼 깊은 멍은 오랜만이었다. 여자는 푸르다가 누렇게 변한 뒤 점점 희미해지는 멍의 소멸을 거울에 비춰보곤 했다. 운이 좋았다면 그런 멍이 다시 생길 수도 있었다. 하지만 사람들의 회오리에 휘말린 여자 뒤에 몇 사람이 끼어들었다. 푸시맨이 문에 매달린 사람의 등짝에 못을 치듯 제 몸뚱이를 짓밀어 넣자 전동차가 출발했다.

여자의 상체와 하체는 육십 도쯤 다른 방향으로 틀어졌고, 팔 하나는 남자 둘의 등과 어깨에 끼어 하이파이브라도 할 듯 비스듬히 들려 있었다. 여자는 숨을 쉴 때마다 머리카락이 콧구멍을 들락거리는 것을 아랑곳하지 않았다. 한쪽 가슴으로는 앞에 선 아가씨의 심장 소리가 전해졌고 옆구리엔 아저씨의 두툼한 뱃살이 얹혔다. 그렇게 여자는 객차 한 량을 꽉 채운 사람들과 온기를 나누었다. 떨리던 몸이 가라앉았다. 이대로도 좋았다. 이렇게 꼭 안겨 여든 개의 정류장을 지나치며 환승을 치르고 나면, 온기 충전을 위한 순례가 마무리될 것이었다.

다섯 번째 환승역을 지나칠 때였다. 순례 여정에 흠집을 내어줄 짜릿한 발길을 감지했다. 탱탱한 허벅지 하나가 여자의 다리 사이를 파들고 있었다. 은밀하고 집요했다. 운동이 취미인가. 속근육이 잘 잡힌 몸이었다. 남편의 몸도 이러했다. 여자는 남편에게 하듯 그에게 기댔다. 그도 여자에게 온몸을 밀착해왔다. 전동차의 요동대로 사람의 물결대로 둘은 서로에게로 흘러들었다. 목덜미에 식은땀이 맺히고 가슴이 저렸다. 머릿속 적도에서 열기가 끓어오르던 중이었다. 그때였다. 수많은 어깨 사이로 학생의 교복 깃이 보였다. 이 타이밍에 교복이라니. 세상의 모든 교복은 희수의 것이었다. 여자는 정신을 차리고 꿈틀꿈틀 몸을 틀어 뒤쪽의 남자를 떼어냈다.

여자는 희수가 교복 입은 모습을 일 년도 채 보지 못했다. 딸아이는 겨우 중학생이었는데, 집을 떠나 기숙학교로 갔다. 남편과 여자가 만나러 가면 아이는 늘 체육복에 티셔츠나 스웨터를 걸치고 나왔다. 주름치마와 프릴 레이스가 달린 블라우스를 사줘도 아이는 입지 않았다. 아이는 할머니 생일 때나 제가 좋아하는 이모가 외국에서 잠깐 들렀을 때에도 낡은 청바지와 점퍼 차림으로 며칠을 버텼다. 이모가 보다 못해 체육복과 다름없는 바지 몇 개를 사주자 아이는 또 그 옷만 입었다. 여자는 가끔 아이의 옷장을 들여다보고 싶었다. 여자가 큰 맘 먹고 샀던 가죽 점퍼나 트렌드에 맞춰 산 항아리치마, 핫팬츠 등의 옷이 제게 있는 것을 알고나 있는지 확인하려 해도, 희수는 여자를 제 숙소에 들이지 않았다.

얼마 전이었다. 희수가 치킨을 먹다 지옥 얘기를 꺼냈다. 목소리가 낯설었다. 차갑고 낮았지만 어떤 열기에 휩싸인 목소리였다. 외출 시간 내내 시끄럽고 냄새 나는 지옥 풍경에 대해 이야기하는 희수. 심지어 종교에서 얘기하는 불지옥이나 얼음지옥, 꼬챙이지옥은 일반적인 곳이라고 했다.

“북유럽의 한 종족은 칼에 찔려 죽지 않으면 니플하임으로 떨어진다고 믿는대요. 명예로운 전사로 운명 지어진 그들에게 니플하임은 사람이 상상할 수 있는 가장 끔찍한 지옥이래요. 그래서 가족이 병에 걸리면 다른 가족이 칼로 찔렀대요, 죽을 때까지……. 아버지가 다치면 아들이 칼로 아버지의 심장을 찌르고 오빠가 병에 걸리면 누이가 목을 땄대요. 찔러야 하는 부위별로 칼의 종류도 달랐대요…….”

여자는 자신의 심장을 생각했고 목젖을 생각했다. 남편을 건너다봤다. 남편은 평소와 다름없이 양념치킨의 다리와 날개에서 살을 분리하고 있었다. 분리한 단백질 덩어리는 아이의 접시에 놓였다. 그리고 남편은 무엇을 했던가. 남편은 희수와 마찬가지로 여자를 외면했다. 여자는 자신을 외면하는 그들의 눈길을 잡으려 허둥대며 처참한 니플하임에 대해 되풀이 들었다. 희수가 상상하는 지옥은 얼마나 생생할까.

희수의 분노를 가늠하자 물렁한 살들 속에서의 포옹 같은 휩쓸림이 아니라, 거친 각목에 주리라도 틀리고 싶었다. 사람들이 여자를 패대기치듯 세차게 밀쳤다. 온기를 건네받겠다는 기대를 포기하자 몸에 기운이 빠졌고 늘어진 몸뚱이는 거슬리는 물건처럼 길목을 가로막았다. 전동차에 타고 내리는 사람들의 발길과 어깨에 치인 몸뚱이가 구겨진 상자 안의 사과처럼 물컹, 속이 뭉개졌다. 폭행 같은 몸길질로도 여자의 몸은 덥혀졌다.

여자는 여동생의 집 근방에서 전동차를 내렸다. 휴대폰 문자를 확인했다. 란은 오늘 모임에선 꼭 보자고 했다. 지난달 모임에 빠진 탓이었다. 여자는 이따 보자고 답문자를 보냈다. 동생 집의 세입자가 통장 번호를 달라는 문자도 있었다. 오늘은 월세를 받는 날이었다. 세입자의 문자를 지워버렸다. 우울했다. 하던 대로 순환선을 타고 한 바퀴 더 돌아올까 아니면 계획대로 쇼핑몰에 갈까, 잠깐 고민을 했다. 며칠 전 역사 근처 자라 매장에서 특가 세일을 한다는 광고를 봤다. 저번 모임에서 친구가 원피스를 입었는데, 가슴이 아플 정도로 아름다웠다. 그 원피스가 눈앞에 아른거렸다.

여자는 광고 문구대로 스페인을 만나러 매장 안으로 들어갔다. 강렬한 색의 꽃무늬와 원시적인 문양, 지중해 코발트라는 푸른색과 발목을 덮는 원피스, 썸머-컬렉션에 런칭한 바지와 가슴골이 드러날 법한 탑 등. 투우와 바다와 뜨거운 여름의 나라답게 특이한 디자인이 눈길을 끌었다. 원피스가 예뻤지만 친구끼리 같은 옷을 입긴 싫었다. 남편과 희수의 옷까지 한 아름 골라 계산대로 가던 여자가 걸음을 멈췄다. 자신의 드레스룸이 떠올라서였다. 품에 안은 것과 비교했다. 여자 가족의 옷은 이보다 비싼 것이 대부분이었다. 문득, 여자는 깨달았다. 자신이 부러워한 것이 모양을 갖춘 천 조각이 아니라, 친구가 한다던 가족 나들이라는 것을. 친구는 원피스를 입고 후원 행사에 간다고 했다. 온 가족이 다함께. 여자는 고른 옷을 일일이 되걸었다.

매장 밖에 나오자 따가운 햇살 아래로 바람이 불어 서늘했다. 걸

옷을 여몄다. 바쁘게 걸어가는 행인을 보며 멍청히 섰는데 휴대폰이 울렸다. 문자였다. 영어 문제집 갖다 줘, 빨리. 냉정한 사고와 달리 가슴이 철렁 내려앉았다. 희수가 보낸 게 아니었다. 제 엄마의 폰 번호와 착각한 시내 고등학교에 다니는 남자아이였다. 서너 번째 메시지를 잘못 받은 날 여자는 남자아이와 문자를 주고받았다. 너는 몇 반이니? 3반요. 너는 사과와 망고스틴 중 무슨 과일을 좋아하니? 망고스틴이 뭐잉? 너도 엄마를 마녀라고 부르니? 헐!! 미친…… 마녀……. 이후 남자아이는 실수하지 않았는데, 웬일인가. 이상하게 조금 반가웠고 슬프기도 했다. 엄마에게 연락해. 남자아이에게 답장을 보냈다. 여자는 제가 쓴 문자를 가만히 들여다보았다. 희수에게 건네고 싶은 말이었다. 희수야, 엄마에게 연락해. 꼭. 내 딸 희수야…….

우리 가족은 왜 이렇게 되었을까. 꿈속에서도 되물어본 질문이었다. 마지막엔 달팽이가 있었다. 그렇다면 처음엔?

그건 그냥 교통사고였다. 날마다 전 세계에서 일어나는 수백만 건의 실수, 단지 그중 하나일 뿐이었다. 여느 날과 다름없이 아이를 학원에서 데려오는 길이었다. 여자와 남편은 가게의 인테리어를 바꾸면서 의견이 날랐고 그들에게 말싸움은 그저 습관이었다. 연두색과 노란색을 두고 실랑이를 하는 동안 아이는 뒷좌석에서 눈을 감고 있었다. 매일 오가던 길이었다. 탕. 뭔가에 부딪치는 소리도 크지 않았다. 단지 남편이 급브레이크를 밟았고 조수석에 앉은 여자가 조금 앞으로 쏠렸을 뿐이었다. 여자는 차가 선 후에도 잔소리를 그치지 않았다. 운전 좀 똑바로 하라며 팔을 더듬더듬 살피고 헝클어진 머리카락을 만지느라, 남편과 희수가 서두르는 것을 제대로 포착하지 못했다. 여자는 화를 다 삭이지 못한 상태에서 뒤늦게 차에서 내렸고, 희수와 남편이 피투성이를 뒷좌석에 실을 때 그렇게 소리칠 수밖에 없었다.

신지 마!

얼마 전에 새로 뽑은 외제차였다. 잠시만 기다리면 구급차가 올 테고 그것이 부상자에게 더 안전할 것이었다. 병원으로 가면서 여자는 진심을 담아 솔직하게 구급차의 장점에 대해서, 차도로 뛰어들었다는 그것에 대해 중얼거렸다. 언뜻 남편의 부주의와 자동차 시트에 묻을 냄새나는 것에 대해 투덜댔던가. 여자는 제 얼굴이 창에 가 부딪히는 것만 생생했다. 잠시 뒤 여자는 남편의 첫 손찌검에 놀라 울음을 터트렸다.

겨우 오 분이었다. 여자는 자신의 인생에서 가장 위선이 필요했던 때가 그 오 분 내외의 시간이었다고 곱씹어 생각했다. 자신이 손가락 하나만큼만 남편을 사랑했더라도 그렇게 말하지는 않았을 것이다. 아무리 이기적인 사람이라 하더라도 엄마라는 이름으로 아이와 자리를 바꾸어 앉았을 것이다. 여자는 그들을 돕지 않았고 앞자리에 앉아 불평만 해댔다. 노파는 응급실에 도착하기 전에 차 안에서 죽어갔다. 아이는 죽어가는 사람이 내는 소리를 바로 옆에서 들었을 것이다. 천천히 식어가는 육체의 냉기를 느꼈을 것이다. 겨울 벌판에 버려진 듯 제 엄마가 원망스럽고 부끄러웠을 것이다.

그 당시에 여자는 이런 생각을 할 수 없었다. 남편의 손찌검과 상식 이상으로 많은 보상액을 요구하는 사자의 아들과 딸들, 집을 나가겠다고 고집 부리는 희수 등. 매일 머리 아픈 일이 너무 많았다. 여자가 문제에 맞서 가정을 지키려 노력하면 할수록 모든 것이 어그러졌고 흩어졌다. 여자는 가끔 생각해본다. 만약 똑같은 일이 다시 일어난다면, 이전과 다르게 행동할까?

한 달에 한 번 여자를 맞는 세입자는 늘 못마땅한 얼굴이었다. 동생 가족이 남미로 파견 간 동안 여자가 집의 관리를 맡았다. 월세를 직접 받으러 와 집 안팎을 둘러보겠다는 게 애초의 계약 조건이었다. 아무 하릴 없이 말 그대로 집을 둘러보고 월세를 받는 것이 전부였다.

"통장으로 넣어준다 해도 싫다고, 왜 저런대."

사층 다락으로 올라가다 세입자가 가사도우미에게 하는 말을 들었다. 속삭이는 것이 아니라 지하실 구석에서 쭈그려 잠자는 거미도 들을 만큼 대놓고 하는 큰소리였다. 여자는 거실 창밖으로 보이는 소이산에 눈길을 줬다. 산 깊숙이까지 이어진 오솔길이 가물가물 보였다. 여름이면 희수가 사촌동생의 손을 잡고 계곡에 물장구를 치러 가고 겨울이면 눈사람의 빨간 입술을 가리키며 손을 흔들던 곳이었다.

"누가 벽이라도 파먹는대. 어쩜 돌아다니는 순서도 매번 똑같냐. 아줌마, 뭐 훔쳐가는 거 없나 잘 살펴요!"

그 집에 머무는 십여 분 동안 여자는 다락방에 남아 있는 희수의 낙서를 쓰다듬었고, 정원에 나와 아이들의 키 표시를 계급처럼 지닌 채 쑥쑥 자라는 나무를 껴안았으며, 아이들이 숨바꼭질을 하면 한 명은 꼭 숨곤 했던 굴뚝 뒤를 돌아다녔다. 어떤 설명도 없이 집 안을 돌아다니는 여자에게 내보이는 세입자의 적대감은, 유령 취급보다는 나았다.

여자는 대문 밖에 나와서도 골목을 서성거렸다. 처음엔 대문 앞 길거리를 왔다 갔다 했다. 그래도 성에 차지 않자 집을 끼고 가까운 블록을 두어 바퀴 돌아온 다음엔 버스정류장보다 먼 데 있는 마트까지 걸어 다시 골목으로 왔다. 아무리 서성여도 만족스럽지 않았다.

희수는 제 사촌동생과 한 이불에서 자는 걸 좋아했다. 이 집도 좋아했다. 희수가 여섯 살 때였다. 저녁을 먹는 도중 이모부를 쳐다보며 불쑥, 말했다. 이 집 저 주세요. 한 박자 늦게 그 말을 이해한 어른들은 박장대소를 했다. 동생과 제부는 사이가 좋았다. 집은 넓었고 온기가 돌았다. 사람들이 북적였고 기운이 좋은 집이라고들 칭찬했다. 여자네 식구도 동생 집에 다녀오고 나면 흡족한 기분이 며칠을 갔다. 희수가 달라고 했던 것이 다락과 정원이 있는 건축물은 아니었을 것이다. 어린 나이에도 사람 사이의 다정함을 갈구했던 희수가, 니플하임이라니…….

"너네 신랑 아직도 달팽이만 사랑해?"

이번 달 모임을 위해 친구의 별장으로 가던 중이었다. 운전을 하던 과부 오가 여자에게 말을 건넸다. 뒷좌석에 앉은 란이 상체를 들이밀어 우리와 얘기를 나눴다. 친구들은 여자의 남편이 취미로 전원 생활을 하는 줄 알았다. 여자는 친구 별장이 남편의 비닐하우스와 물길 하나 갈라진 가까운 곳에 있어 놀랐다.

"달팽이? 그렇지 뭐……."

여자는 씁쓸했다. 남편이 달팽이만 들여다보느라 자신을 팽개쳐 둔다는 넋두리가 아직까지 유효하다니. 달팽이를 사육했던 비닐하우스에는 지붕이 해져 철근만 남았고, 새끼가 젖은 톱밥을 밀어올리고 꼬물꼬물 기어 나오던 양철 양동이엔 녹슨 바람만 드나든 지 오래였다.

"내가 남자 하나 소개시켜줄까?"

오가 여자에게 말했다.

"……"

"내가 얘기했지? 증권 하는 그 사람 친군데……."

"그러지 말고 얘, 말 끊어서 미안. 그러지 말고 희수야, 나랑 십자수 배우러 가자."

란이 어물쩍 끼어들었다.

"뭐, 십자수? 무슨 조선시대 염소 풀 뜯어먹는 소리 하고 있네. 넌 무슨 사오정처럼……. 야, 얘가 제일 좋아하는 게 밤일인데, 못하면 살 수 있겠니? 그거 못해 이혼하는 거보단 애인 두고 이혼 안 하는 게 낫지. 안 그래?"

제 말이 잘려 화가 난 오가 랩처럼 빠른 말을 란에게 쏘아붙였다.

"그래? ……그래도 애인 없이 남편하고 사이좋게 사는 게 낫잖아."

"지 배가 안 고프니까 맘대로 말한다. 그거, 운동 아무리 해봐라. 쇼핑 한 트럭씩 매일 해봐라. 절대 해갈 안 된다. 원초적인 대화가 안 통하는데 어쩌냐. 애들이 있으니까 가정은 그것대로 두어야지. 배고프면 간식 조금씩 먹는 게 현명한 거야. 알겠냐!"

"얘는 그렇다고……."

"알았어, 둘 다 그만해. 남자든 십자수든 내가 깊이깊이 생각해볼게. 너는 뭐 샀니?"

여자가 란 쪽으로 고개를 돌렸다. 란은 할 말이 남은 표정이었다. 착한 네가 참으라는 신호의 눈짓을 란에게 보내고 오의 쇼핑백을 뒤졌다. 오는 증권 하는 그와 함께 크루즈 여행에 가서 입을 드레스라고 했다. 여자가 좋아하는 맑은 청색이었다.

밤마다 벌어지던 선상 파티와 바다의 푸른 물빛. 여자는 자신의 신혼여행을 떠올렸다. 부부는 밤마다 크루즈 꼭대기에 있는 수영장에서 헤엄을 쳤다. 여자는 물속에서 남편을 안고 별에게 맹세했다. 앞으로 자신에게 남자는 이 사람 하나뿐이라고. 통속적인 달에게 맹세했고 밤하늘로 퍼지는 음악과 여자를 행복하게 해주는 남편의 건강한 신체에 맹세했다. 어느 누구보다 순진하고 강하고 다정한 사람이었다. 그가 자신을 사랑하다니, 믿을 수 없을 만큼 행복했던 시절이었다.

친구의 별장은 비닐하우스였다. 그곳에서 친구가 점심상을 차려놓았다. 밥을 먹고 난 뒤 오가 명품 드레스 자랑을 하려던 참이었다.

"야, 네가 말했지?"

"……"

"네가 말했다며?"

H가 란에게 무언가를 따졌다. 둘이 그러거나 말거나 오는 원피스를 꺼냈고 별장 주인은 과일을 내왔다. 비닐하우스 별장은 애인이 그녀를 위해 마련해줬다고 했다. 등산용품점이 다섯 개나 있다는 그녀의 애인은 들판 가운데에 밀회 장소를 마련한 셈이었다. 말이 비닐하우스지 내부는 호텔 펜트하우스만큼이나 호화로웠다. 에어컨과 비데는 물론 가구도 전부 명품으로 채워졌다. 채소를 키우는 비닐하우스보다 천장이 높은 것이 주거용 비닐하우스라고 별장 주인이 설명했다. 여자는 고개를 끄덕이며 남편의 비닐하우스와 비교했다. 실내를 먼저 꾸미고 그 위에 검은 그늘막을 가리개용으로 뒤집어씌운 별장과 말 그대로 벽도 천장도 비닐인 남편의 하우스.

"우리 집 인간한테 내가 장무랑 사귄다고 꼬발랐다며!"

스크린 골프장을 운영하는 H가 자신의 남편과 란의 통화 내용을 시빗거리로 삼고 있었다. 란의 얼굴에 삿대질을 하는 H는 머리에 뿔이 난 게 보일 지경이었다. 란은 좀 어눌하고 순진한 평소의 표정에 억울한지 두 눈이 처진 세모꼴로 바뀌었다.

"아닌데, 난 그런 말 한 적 없어……."

"너 어젯밤에 그 인간이랑 통화했니? 안 했니?"

"응. 했는데, 어제는 아니야. 그게 언제냐면……."

"어제건 그제건 그 인간이랑 통화하는 애는 너뿐이란 말이야!"

보톡스를 맞아 뺨이 퉁퉁 부풀어 오른 H가 인상을 쓰자, 날뛰는 말의 엉덩이처럼 얼굴이 반쪽씩 번갈아 씰룩댔다. 여자는 눈꼬리나 입이 미세하게 화를 표현하지 못해 덩어리져 움직이는 H의 얼굴이 웃긴다고 생각했다. 그런데 H는 무슨 억지를 쓰는가. H의 남편은 부부싸움만 하면 아내의 친구 누구에게나 전화를 걸었다. 며칠 전에도 오가 H 남편이 전화해 귀찮았다는 말을 했다. H가 란을 몰아붙이기 위해 하는 말꼼수에 빠져 란은 허우적 당황하기만 했다. 란은 늘 어떤 혐의들을 저렇게 뒤집어썼다.

"아냐……."

"장무가 기다린다고, 내가 이혼하기를 기다리는 거하고 관계가 이년 됐다는 걸 그 인간이 어떻게 아냐고? 이거 아는 사람 우리뿐이거든. 전할 사람이 너밖에 더 있니!"

그러면서 H는 친구들을 둘러봤다. 여자는 H와 란, 둘의 눈을 모두 피했다. 마음속으로는 혹시 H가 말하는 내용을 자신이 발설한 게 아닌가, 곱씹어보았다. 여자도 물론 H의 남편과 통화를 했다. H가 전하는 것보다 H 남편은 많은 걸 물었다. 넘겨짚는 것치고 구체적인 질문이었다. 여자는 어떠한 물음에도 직접 시인한 건 없었다. 하지만 침묵과 모르쇠 사이의 간극을 캐내다 보면 진실은 누설되기 마련이었다. 모르는 것을 알아차리는 것이 중요하다지 않던가. 정면으로 불륜을 확인하지 않는 H의 남편이나 멤버 중 가장 마음 약한 란에게만 화살을 돌려 억지를 부리는 H. 둘 다 비겁하기는 마찬가지였다. 여자는 어차피 해프닝으로 끝날 H의 분풀이에 휘말리기 싫어 이 판에 개입하지 않기로 마음먹었다. 밖으로 나왔다.

친구의 말처럼 들판에는 높낮이가 다른 비닐하우스가 드문드문 산재해 있었다. 그늘막 지붕도 꽤 있었다. 집광과 단열. 또 무엇이 들판에 비닐하우스를 마련케 한 이유일까. 별장 주인의 애인은? 남편은?……

산등성이 아래 들판의 비닐하우스를 가만히 바라보고 있으니 그것들에도 품격이 나뉜다는 것을 알 수 있었다. 이름만 비닐하우스라 부르는 친구의 집은 하위였다. 새로 비닐을 덮어 햇빛을 유려하게 반사하는 투명한 비닐하우스들. 무지개의 파편 같은 빛 조각들이 비닐하우스 주변에 반짝반짝 날아다니고 있었다. 여자는 알고 있었다. 밤이면 몽환적인 별빛이 비닐하우스 안을 기웃거리고 낙엽이 바람 소리를 앞세우고 달려들어 연인들의 신음을 삼키는, 자연의 장난꾸러기를 만나는 곳이 그곳이었다. 여자는 남편과의 격정적이었던 밤을 떠올리곤 미소를 지었다. 하지만 곧 쓸쓸한 얼굴로 되돌아왔다. 아무리 아름다웠던들 그건 결코 되돌아오지 않는 과거일 뿐이었다.

"……솔직히 장무는 아니잖아. 백수에다 제비과인 거 모르냐. 걔라고 언제까지 너만 볼 거 같아? 적당히 해라."

"……"

여자는 오가 H의 시비에 종결 짓는 말을 들으며 소파에 가 앉았다. 별장 주인과 란은 좀 지나 방에서 나왔다. 란의 눈가가 붉은 걸 보니 또 운 듯했다. H는 여전히 기세가 등등했다.

여자는 H가 골프장 차리는 돈을 마련하려고 남편에게 했다던 제안이 생각났다. 이혼 위자료 주는 셈치고 사업 자금을 달라고 했단다. 그렇게 마련한 돈으로 H는 요지에 스크린 골프장을 얻어 인테리어를 했다. 원하면 이혼해주겠다고 하자 H의 남편이 아이들 핑계를 댔다. 여자는 아이들보다 H 오빠의 정치권력이 둘의 결혼을 묶었을 거라고 짐작했다. 오빠가 국회의원에 당선된 후 H가 제 남편을 대하는 태도가 고압적인 것도 사실이었다. 여자는 오늘 참석 안 한 친구까지 포함해 멤버들에 대해 생각해봤다.

다들 알고 있지만 표내지 않는 그들 관계의 중심에는 별장지기의 삼촌이 있었다. 삼촌이라고 해봐야 별장지기보다 일곱 살밖에 많지 않았다. 삼촌은 별장지기가 아이였을 적부터 잘 데리고 놀았다. 여고생이었을 때에도 별장지기는 삼촌과 친했다. 삼촌이 별장지기를 불러내면 그녀는 친구들 중 누군가를 데리고 나갔다. 맛있는 것도 얻어먹었고 놀이공원에도 따라다녔다. 삼촌은 나쁜 남자였고 멋진 남자이기도 했다. 결혼하기 전까지 삼촌은 친구 중 한 명과 돌아가며 사귀었다. 친구들의 친구 외에도 무수한 여인들이 삼촌과 만났다. 여자에게도 삼촌은 나쁜 남자였기도 멋진 남자였기도 했다. 여자는 가끔 별장지기도 삼촌과 관계를 가졌을 거라고 확신할 때가 있었다. 하지만 별장지기에게서 그런 기미를 본 적은 없었다. 비밀을 공유한 조직이 그렇듯 우리는 너무 친했고 조금 가학적이거나 피학적이었다.

란은 주춤주춤 뒤로 밀리다 남편에게 쥐여 사는 전형적인 가정주부였다. 새벽에 일어나 칠첩반상을 차리는 것은 물론 가족 여행을 가서도 외식을 하지 않았다. 여관에서 휴대용 버너로 밥을 지은 적도 있었다고 했다. 오늘 참석하지 않은 다른 친구는 119가 출동할 정도로 남편과 폭력을 쓰며 싸웠다. 그녀는 피가 흥건한 바닥에서 섹스를 하는 맛이 짜릿하다고 했다. 경찰이 돌아가고 난 후 분노의 회오리 속에서 관계를 가지고 또 싸움을 하는 그들은 절대 이혼 따위는 하지 않겠다고 말했다. 그것도 사랑이라고 했다. 우리 중 가장 평온해 보이는 오는 쾌활하고 단순했다. 술자리가 자기 뜻대로 흘러가지 않으면 일어나 집에 가버렸다. 남자를 대하는 태도도 충동적이었는데 그게 매력인지 돈 많은 과부에게는 남자가 끊이질 않았다. 별장지기의 말에 의하면 사랑이란 변용 가능한 인스턴트 음식 맛과 같았다. 남편이 싫증나 애인을 만들었고 그 애인들은 인공감미료의 무한한 혼합과 선택처럼 쉽게 버려지고 바뀌었다. 가족 중심적인 란과 119 가정, 여자의 별거, 그리고 오와 별장지기. 여자와 친구들이 란을 조롱하는 것은 자신과 부류가 다른 것을 참지 못하는 인간의 속성 때문이 아닐까, 하는 생각이 스치듯 지나갔다.

또, 부부라는 관계는 어떻게 엮인 사이일까. 전생의 원수가 현생에서 부부로 만난다는 말이 있었다. 여자와 남편, 누가 누구에게 원한이 더 깊을까. 여자 부부는 어디로 향하는가.

처음엔 교통사고가 있었다. 그렇다면 마지막엔?

교통사고가 나고 일 년 후 남편이 짐을 싸 들고 집을 나갔다. 그동안 여자 부부는 그들이 만난 이후 가장 격렬한 시간을 보냈다. 먼저 희수가 집을 떠났다. 초등학교 단짝이 있는 곳으로 가겠다고 했다. 여자가 반대하자 음식을 끊고 드러누워버렸다. 희수를 전학시켰다. 아이가 없는 빈자리를 느낄 새도 없이 피해자에게서 독촉 전화가 왔다. 그리고 손찌검. 피가 뚝뚝 흐르던 장면과 함께 손찌검이 여자와 남편 사이에 지옥의 강물처럼 가로놓였다. 여자는 교통사고와 아이의 전학, 부부의 불화까지, 나쁜 일 모두를 남편 탓으로 돌렸다. 남편은 여자의 원망을 들으며 사업을 정리해 피해자가 원하는 대로 합의했다. 그리고 여자 곁을 떠나 비닐하우스로 가버렸다.

남편이 비닐하우스에 살며 달팽이를 키우고 있던 때 여자는 하루가 멀다 하고 남편을 찾았다. 섹스라도 하지 않으면 남편이 정말 떠날 것 같았다. 어느 때보다 여자는 남편을 사랑했다. 남편을 기쁘게 해주려고 이쁜이 수술도 했다. 아프리카에서는 출산을 할 때마다 할례라는 질 축소 수술을 한대. 어땠어, 좋았어? 수술 후 첫 관계를 가진 후 여자는 남편에게 물었다. 여자는 수술까지 감행한 희생에 보답을 받으리라 기대했다. 하지만 남편은 대답 없이 일어나 밖으로 나갔다. 영문을 알 수 없었다.

여자는 깜깜한 들판에 대고 남편을 불렀지만, 나중엔 개 짖는 소리만 돌아왔다. 이후 남편은 여자를 유령 취급했다. 여자가 매달리고 애원을 하면 남편은 밖에 나가 돌아오지 않았다. 싸움을 걸고 술주정을 부려도 남편은 바깥으로 나갔다. 뒤에는 여자를 보기만 하면 어딘가로 사라졌다.

혼자 비닐하우스에서 며칠 밤을 새우고 난 뒤 여자는 표백제를 들고 달팽이 사육장으로 갔다. 양철통 뚜껑을 열고 살아 꿈틀대는 수천 수만 마리의 달팽이 위에 액체를 뿌렸다. 여자는 자신의 손과 발에도 미끈거리는 무색의 액체를 부었다. 손등은 빨개지고 발바닥은 간질거리기만 했다. 하지만 사육장엔 화공약품 냄새와 죽어가는 생명이 내는 아우성이 가득 들어찼다. 소리 없는 아우성은 여자를 거부한 한 사람, 남편을 향한 여자의 간절한 절규였다. 잠깐 통쾌했던 그 아우성은 곧 여자에게로 되돌아왔다.

여자는 달팽이보다 더 처참해졌다. 자신의 모든 것이었던 남편을 잃었다. 아무것도, 아무도 남지 않았다. 그래서, 그래도, 라는 말을 삿대질처럼 내뱉으며 처참한 상황을 받아들여야 했다. 여자가 최선을 다해 해야 할 일은 사랑하는 희수와 남편으로부터 거리를 두는 것이었다. 하지만 지금도 여자는 다 이해하지 못했다. 남편이 자신으로부터 도망쳤다는 것을, 남편의 권리를 모두 포기했다는 것을, 자신이 허락하지 않았는데, 그럴 수는 없었다.

그 일이 있은 몇 달 뒤 희수의 학교에서 남편과 마주쳤다. 남편은 아이에게 산삼을 건넸다. 아빠가 캔 거야. 아침에 일어나면 물도 마시지 말고, 이파리까지 통째로 입에 넣어서 오래 씹어야 한다. 꼭 꼭……. 희수와 남편, 둘은 공모한 듯 여자를 거부했다. 아이는 아빠에게 신뢰의 눈길을 보냈고 남편은 아이를 보듬었다. 하지만 여자를 보는 둘의 눈길은 무심했다. 그림자 보듯, 그곳에 없는 듯. 여자는 너무 섭섭해 가슴속 어딘가에서 살기가 일어나는 것을 대책 없이 느껴야했다. 적의라니! 희수의 눈웃음 한 번이 자신의 목숨보다 귀하다고 생각했던 여자가, 남편의 숨결이 세상의 전부라던 여자가 그들에게…… 살기를 품다니! 여자는 그제야 자신이 남편과 아이를 얼마나 멀리 집 밖으로 내몬 것인지 적확하게 깨달았다.

여자는 아이에게 가는 횟수와 남편에게 보내던 문자를 줄였다. 이제야 겨우 그들의 리듬에 맞추는 부드러운 방법을 알았다고 생각했다. 이후 여자는 비닐하우스에 들러도 남편을 찾지 않았다. 그저 반찬을 만들어놓고 청소를 끝내고나선 밖으로 나와 주변을 서성였다. 달팽이를 키웠던 비닐하우스 세 동에, 철근이 삭은 것을 보았고 바람소리에 섞여 양철 뚜껑이 덜그럭대는 소리를 들었다. 몇 달을 그렇게 보내다 일주일에 한 번씩 남편에게 들른 것이 열 번을 넘겼다.

모임이 끝나자 왔던 것과 같은 식으로 뿔뿔이 헤어졌다. 오가 집까지 태워주겠다 했고 란은 십자수를 배우러 가자고 속삭였다. 여자는 그들과 헤어져 장을 본 다음 남편의 비닐하우스로 갔다.

사흘밖에 지나지 않았지만 밑반찬이 줄었다. 냉장고엔 갖가지 산나물이 신문지에 쌓인 채 쟁여져 있었다. 여자는 나물을 삶을 요량으로 냄비에 물을 올렸다. 방에 올라가 비닐벽도 닦았다. 마음만큼 깨끗하지 않았지만 괜찮았다. 푸른 산자락과 색색의 꽃들이 어른댈 만큼은 맑았다. 고기를 양념에 재고 냉장고를 닦았다. 지난번 옷걸이에 걸어두었던 바지가 자리를 바꾼 것으로 남편의 실재를 믿었다. 벽에 붙여놓은 가족사진이 없다면 이곳이 남편의 거처인지 알 수 없을지 몰랐다. 사진 속의 여자와 희수처럼, 가전제품과 옷도 하얗게 바래고 있었다. 햇빛만 오지게 드는 곳이었다. 조급증이 목구멍까지 올라왔지만 억지로 삼켜 눌렀다. 서서히 삭는 사진과 옷가지처럼 시간을 견뎌야 한다고, 남편과 같은 색으로 순하게 바래야 한다고 생각했다. 하지만 정말, 진짜, 마음 내키는 대로 하자면 허술하고 빛바랜 비닐하우스에 불을 확, 질러버리고 싶었다. 갈 곳이 없으면 남편이 여자에게로 돌아오지 않을까, 이상한 희망이 팽팽하게 부풀었다. 이렇게 오래 기다려야 하나, 억울했다. 여자는 추운데 이곳이 따뜻하다니. 여자는 남편 곁에 머물고 싶었다. 남편은 왜 여기 있는가. 왜 이렇게 오래 자신을 버려두는가. 와락, 분노가 치솟자 여자는 재빨리 비닐하우스를 떠났다.

농로 끝에서 여자는 문득, 뒤를 돌아보았다. 비닐하우스가 빨갛게 불타고 있었다. 가스버너 앞에서 서성이다 정말 불꽃을 당긴 건 아닐까. 휘청, 다리에 힘이 풀렸다. 미친 듯이 비닐하우스를 외면하고 그곳을 떠났다.

전동차에 올라탔다. 아침과는 다른 떨림이 여자의 온몸을 휘감았다. 여자는 핸드백을 끌어안고 의자 귀퉁이에 가 앉았다. 휴대폰을 꺼냈다. 일부러 그러듯이 휴대폰을 쥔 손이 흔들렸다. 여자는 폰을 핸드백 손잡이와 겹쳐 그러쥐었다. 잠시 눈을 감고 펄떡이는 심장을 가라앉혔다. 폰에 저장된 앨범을 열어 가족사진을 불러왔다.

희수와 남편의 웃는 모습을 보고 싶었다. 행복했던 시절을 보면 앞으로의 시간을 보장받을 수 있을 것만 같았다. 네 살의 희수가 아빠와 같은 포즈로 잠들었다. 둘의 발가벗은 몸이 욕조에 가득 찼다. 희수가 초등학교에 입학한 해였다. 서른다섯 살의 남편이 희수와 같은 생일 모자를 쓰고 있었다. 둘의 코와 볼에 하얀 생크림이 묻었다. 둘은 한쪽 다리를 뻗어 슬리퍼를 하늘로 날렸다. 희수가 엉덩방아를 찧었다. 여자는 피식 웃다 흠칫 주변을 둘러보았다. 의자에 드문드문 앉은 사람 중에 자신을 보고 있는 이는 없었다. 한 장 한 장 사진을 넘겼다. 심장 박동이 제 리듬을 찾고 곧 가족이 함께 모여 소풍 계획이라도 짤 수 있을 것 같은 희망이 싹트려던 참이었다.

놀라 경직된 표정의 여자가 이마를 찡그렸다. 여자가 들여다보는 사진에는 달팽이들의 잔해가 흰 거품에 덩어리져 거무튀튀하게 썩고 있었다. 이 사진은 어디에서 온 걸까. 처음 보는 것들이었다. 거품 주변의 검은 공간엔 여자의 머리채를 잡아당기는 아우성이 숨어 있었다. 달팽이와 희수의 처절한 몸부림과 울부짖음, 그리고 잦아드는 비명. 그 모든 장면을 남편도 또한 지켜보았을 것이다. 희수는 이 사진을 찍으며 비명을 삼켰을 것이다. 카메라를 들이대면서, 여자를 지옥에 보내고 싶었을 것이다. 자신의 손바닥과 팔다리는 물론 얼굴에까지 달팽이를 올려놓고 느린 행보를 지켜보던 아이였다. 교통사고 후에 가족이 만나면 누군가 화를 내거나 화를 참거나 했다. 희수가 달팽이를 좋아하면서 웃을 일이 생겼다. 그 모든 것이 사라진 공간……. 여자는 니플하임이 어떤 곳인지 알 것 같았다.

전동차가 도심으로 들어서자 차 안이 북적였다. 여자는 일어섰다. 가만히 앉아 있을 수가 없었다. 불안했고 아침보다 더 추웠다. 통로에 아무렇게나 선 여자가 사람들의 몸길질에 툭툭 부딪혀 흔들렸다. 그러다 사람들에 끼어 꼼짝없이 서 있어야 할 만큼 객차 안이 복잡해질 즈음이었다. 손길 하나가 여자의 치마를 들쳤다. 피하려 했다. 진짜로 피할 마음이었다.

하지만 여자를 더듬는 손이 여자보다 차가워 피할 수가 없었다. 여자보다 더 차가운 사람이 있다니. 얼마나 추울까. 아침 같았으면 여자는 그에게로 몸을 숙여 어루만졌을 것이다. 하지만 지금, 손가락 하나 제 힘으로 들어 올릴 의지가 없는 여자는 그가 하는 대로 내버려두었다. 전동차에 오르고 내리느라 사람들이 파도처럼 자리바꿈을 해도 그 손은 여전히 여자를 더듬었다. 또다시 복잡한 환승역을 지나느라 그와 여자는 폭풍과 회오리를 맞았다.

언뜻언뜻 보이는 차창에는 노을이 온 하늘가를 붉게 물들이고 있었다. 서산 쪽이 남편의 비닐하우스가 있는 곳이라 어림잡으며 눈으로 더듬었다. 문득 여자가 불을 지른 게 아닐지도 모른다는 생각이 들었다. 그럴 것이다. 불길처럼 보였던 건 아마도 남은 하루를 태우는 노을빛이었을 것이다. 여자는 검붉은 대가리를 일렁이며 건물 뒤로 숨는 노을에서 눈을 떼지 않았다. 분명 그건 노을이었다고, 고개까지 주억이며 그렇게 객차가 흔들리는 대로 멈추는 대로 물결처럼 휩쓸렸다.

옥시모론의 시계

옥시모론의 시계

도마질 소리였다. 대주는 오랜만에 그 소리를 들으며 잠이 깼다. 가족 소풍을 가기로 한 날이었다. 대주가 김밥을 싫어해 아내는 불고기와 계란말이, 밑반찬 등으로 도시락을 쌌다. 아내는 음식 만드는 것을 좋아했다. 요리하기를 좋아하는 사람이 그렇듯 아내는 조리 기구를 많이 사용했고 뒷정리를 싫어했다. 대주도 설거지가 싫었다. 그래서 대주가 집에 있는 날엔 외식을 하거나 배달음식을 먹자고 했다. 몇 번 부부싸움을 한 뒤 아내는 미리 반찬을 만들었다. 찌개도 물만 부어 끓일 수 있도록 손질해, 냄비째로 냉장고에 넣어두었다. 낮잠을 자든지 TV를 보며 칼질하는 소리를 듣지 않아서 좋았고 외출했다 돌아와 곧바로 허기를 채울 수 있어 더 좋았다.

오늘 같은 날, 대주가 청소기라도 돌리는 것이 평화로운 가정의 불문율이었다. 대주가 모른 척 침대에서 뒹구는 시간이 길어지면 어느 순간 아내의 칼질이 거칠어졌다. 앙탈을 부리듯 점점 커지는 도마 소리가 집 안의 다른 소리를 부추겼다. 아들 녀석 우가 산만하게 뛰어다녔고 시계의 침들이 큰 소리로 째깍댔다. 집 안의 모든 초침이 대주더러 일어나라고 짝칵짝칵, 합창을 해대면 귀를 막아도 소용없었다. 하는 수없이 벌떡 일어나 우의 외출복을 챙기고 생두를 커피머신에 넣었다. 아내는 대주가 내린 커피가 맛있다고 했다. 커피나 당근 하나도 맛있는 것을 고수하는 아내였다.

가끔 가는 산행에서 아내가 싸준 도시락을 펼치면 음식 맛과 모양에 사람들이 감탄했다. 당연히 요즘 보기 드문 내조의 여왕을 얻었다는 칭찬이 쏟아졌다. 대주가 말려도 아내의 요리 솜씨는 나날이 늘었다. 조리사 자격증을 따라고 권하자 자기는 시(詩)에서만 전문가가 되고 싶다더니, 소망대로 작년 신춘문예에 당선되었다.

"아빠, 앞을 잘 봐. 갑자기 공기가 흐리고 먼지가 아지랑이처럼 꾸물대지? 트럭이나 나무가 쓱 사라지면 멈춰. 딱 멈춰야 해. 싱크홀이야."

얼마 전부터 녀석은 차에 타기만 하면 타조처럼 목을 앞으로 빼고 싱크홀 타령을 했다. TV 다큐멘터리를 보고 난 후부터였다. 텔레비전 화면에는 지반이 약한 쪽의 지층이 털썩, 주저앉으며 생긴 커다란 구덩이가 비쳤다. 속을 파먹은 아이스크림콘의 껍질이 내려앉듯 도로째로 푹 꺼진 구덩이에서 하얗고 빨간 자동차가 장난감처럼 작아

보였다. 찢어진 아스팔트의 검은 실금이 뚜렷했다. 대주는 구덩이에서 살아 있는 것의 그림자를 찾았지만 방영되진 않았다.

"헤라쿨레스에서는 내가 X맨이었거든. 땅속 싱크홀이 다 보여. 요리조리 피해 다녔잖아. 아빠도 기억나지?"

대주는 고개를 끄덕였다. 우는 드라마 제목을 본떠 자기가 저 멀리 헤라쿨레스라는 별에서 왔다고 주장했다. 제 아빠와 엄마를 그곳에서 만나 지구로 따라왔다고 했다. 아이는 이런저런 얘기를 돌연변이들의 초능력과 연결해 그럴 듯하게 지어냈다. 대주는 아이 눈에 보였다는 지표 아래, 텅 빈 길의 갈래를 상상했다.

미국의 한 미식축구장 밑을 잔잔히 흐르며 석회석 암반을 깎아 먹었다는 물줄기나 백 년이 넘게 불타고 있다는 가스기둥, 바다 밑의 블루홀에 사는 눈먼 괴생물체가 일으킨다는 소용돌이까지. 대주는 골밀도 검사에서 본 엑스레이 사진을 떠올렸다. 지구에 방사선을 비추면 골다공증에서 보이는, 겨우 껍데기가 지탱하고 있는 땅속의 빈 공간들이 보일까. 싱크홀을 둘러싼 껍질은 좀 더 희거나 검붉거나 짙은 파란색을 띠고 있을 것이다. 아니다. 푸른 잔디구장이거나 버뮤다 삼각지대의 심해이거나 사랑을 나누고 있던 누군가의 침실일 수도 있었다. 차가 신호등 앞에 서자 대주는 고개를 뒤로 젖혀 목 뒤의 근육을 풀었다.

모래먼지와 꽃가루가 누렇게 앞 유리로 날아와 차의 속력이 만드는 회오리에 휘말려 흩어졌다. 대주는 봄 외출이 싫었다. 지금이라도 집에 돌아가자고 말해주기를 바라며 옆자리에 앉은 아내를 바라봤다. 아직 바람이 찬 초봄이었다. 맨다리에 짧은 바지와 속이 비치는 꽃봉오리 시스루를 입은 아내는 유원지 들판에 내리자마자 춥다고 투덜댈 게 뻔했다. 대주는 일기예보가 알려준 기온만 믿고 여벌옷을 챙기지 않은 것을 후회했다. 연애 시절, 아내에게 벗어줄 요량으로 얇은 겉옷을 일부러 입었던 때도 있었다. 자신의 큰옷을 걸치고 있는 아내를 볼 때나 자신의 주머니에 아내의 손을 들여 만지다 보면, 그런 사소한 일이 대주에게 주는 소속감이나 평안에 놀라곤 했다. 아내는 거울을 보고 눈가를 톡톡 두드리곤 선글라스를 꼈다. 다른 날보다 화장이 짙었다. 시인으로 등단하고부터 노출이 심한 옷을 골라 입는 아내였다. 꼭 외모에 대한 콤플렉스로 시를 쓴 것처럼.

"담에는 그 자식을 싱크홀에 빠뜨려야겠어. 푸하하. 자식이 훤둥이처럼 파닥대며 떨어져 머리가 퍽, 깨지겠지? 크흐흐."

그 자식은 우에게 약을 올린다는 초등 2학년 같은 반 아이였다. 만화영화에서 개구쟁이 짱구가 개 흰둥이를 괴롭히듯 친구의 머리를 박살내겠다고 우는 말했다. 머리뿐이 아니었다. 팔다리는 마네킹의 그것처럼 해체되었고 눈알도 뽑혀 나와 싱크홀의 벽 이곳저곳에 공처럼 튀어 다니다 짓이겨졌다. 아무리 친구가 밉다 해도 우의 말은 지나쳤다. 대주는 어젯밤의 회식 자리를 떠올렸다. 자신이 나서지 않아도 될 자리였다. 왜 그랬을까. 기분이 언짢았다. 대주가 위안을 받고 싶으면 으레 그러듯 아내의 허벅지에 손을 올렸다. 서늘한 살갗을 비비는 단순한 동작에 마음을 두어도 의식이 아내를 떠나 술자리로 달려갔다.

"빨간불! 자기야, 정신 차려."

아내가 다리에 얹힌 대주의 손을 꽉 잡았다 놓았다.

"내가 운전한다니까. 저쪽 가로 차 세워봐."

"괜찮아."

"아이, 술 냄새, 아직도 난단 말이야."

"아빠 입냄새는 똥구멍이야. 흰둥이 똥구멍, 똥구멍."

우가 아내의 말을 받아 대주를 놀렸다. 대주는 아이 쪽을 향해 하아, 숨을 뱉었다. 우는 냉큼 뒷좌석으로 물러앉아 혀를 쏙 내밀곤 흰둥이 똥구멍에 붙은 파리나 먹으라고 말했다. 집에서 저런 말을 하면 아이를 소파로 던져 몸을 덮치고 간지럼을 태워 항복을 받아내곤 했다. 대주는 팔을 뒤로 뻗어 휘저으며 녀석을 잡아채는 시늉을 했다. 아이는 깔깔 웃으며 좌석 구석에 딱 붙어 웅크렸다. 그렇게 우와 장난치며 몸을 움직이고 나니 머리가 좀 개운했다.

대주는 어디든 등을 기댈 데만 있으면 좀 쉬고 싶었다. 하지만 오랜만에 한 나들이를 망칠 수는 없었다. 아내가 이끄는 대로 따라갔다. 물 문화관이라는 디아크 로비에 들어서자 미니어처 인물상이 눈에 들어왔다. 그리팅맨이란 제목이 붙어 있었다. 그 남자는 발가벗어 성기를 드러낸 채 인사를 하고 있었다. 대주는 놀랐다. 인물상이 하나였다면 놀라지 않았을 것이다. 하지만 대주의 팔뚝만 한 그리팅맨은 오백 개나 되었고 공장에서 찍어낸 듯 똑같은 모양, 똑같은 파란 색이었다. 정중하게 인사를 하는 남자가 디아크의 둥근 벽면을 가득 채우고 있었다. 작지만 떼로 몰려 있는 것이 주는 강렬한 인상이 그리팅맨에서도 느껴졌다. 대주는 인상을 찌푸리고 인물의 내리깐 눈매를 오래도록 바라보았다.

"내가 유니크하다고 했지? 문화충격 좀 받아야 돼, 당신은."

새파란 놈이 줄지어서 발가벗고 인사하는 조각상을 이제 봤다고 아내가 이죽대는 게 싫지 않았다. 대주가 어젯밤처럼 술을 마시고 늦게 오거나 자기가 한 청을 거절하면 아내는 투정 같은 복수를 했다. 대주는 아내의 어깨에 손을 올리고 귓불을 만졌다. 아내가 팔을 대주의 허리에 두르면서, 좋지? 라고 물었다.

"진짜 독특한데."

대주의 수긍에 아내도 고개를 끄덕였다. 그리팅맨의 몸은 통통했지만 균형이 잡혀 있었다. 이상한 건 벌거벗은 남자의 정중한 인사가 어젯밤의 술자리와 더불어 공 계장을 연상시킨다는 것이었다. 기분이 묘했다. 공한나는 이름 그대로 숫자 영을 하나씩만 움직여 소도시의 말단 심부름꾼에서 광역시의 계장까지 올라온 통계과 직원이었다. 그 직책을 맡은 직원의 평균 나이보다 일곱 살이나 어렸고 요즘 세상에도 남자가 대다수인 부서에서 여자였다. 오백 개 그리팅맨의 인사는 위압적이었다. 그 효과가 공 계장의 인사와 같다고 말하면 아내는 이해할 수 있을까. 공한나는 허접한 일이라도 아주 열심히 했다. 일하느라 결혼하지 않는다는 말이 무색하지 않게 공의 통계수치는 교묘했고 그것 자체로 완벽했다. 부서의 일은 생각보다 복잡했다. 수십 개의 지점은 물론 전국 규모의 산출과 집계가 우리 부서에서 이루어졌다. 공 계장은 기대치까지 예상해 모두의 마음에 드는 임계값을 제시했다. 공의 집에 가본 직원의 말에 의하면 서른 평형대의 아파트가 세계에서 수집한 통계자료로 가득 찼더라고 했다. 일에는 진지하고 악착같은 공이 인사를 할 때면 사람이 달라졌다. 접대 전문가처럼 아주 나긋나긋하면서 정중하게 허리를 숙였다. 공의 인사가 선거를 앞둔 정치인의 그것처럼 가식이라고 동료 직원끼리 숙덕댔지만 공한나에게 고개 숙여 맞인사를 하지 않는 사람이 없었다. 대주는 자신을 밟고 올라서려는 공한나의 곰 같은 몸집과 무표정한 눈을 피하지 않으려 기를 썼다.

아내가 옆구리를 쿡 찌르며 우를 가리켰다. 녀석은 사람의 눈이 없는 구석에서 그리팅맨의 아랫도리를 주무르고 있었다. 대주는 피식 웃으며 아이에게 다가갔다. 아내가 안내하는 대로 둘러보고 있어도 그리팅맨의 깍듯한 인사가 공 계장의 것과 겹쳐 머리가 무거웠다. 아이는 터치스크린을 누르며 다른 꼬맹이들과 몰려다녔다. 대주는 계단 아래의 구석 자리 소파에 앉았다. 깊은 물속처럼 꾸며놓은 아늑한 공간에 검푸른 조명이 일렁였다. 아내가 책을 뒤적이다 전화를 받고 스크린 물속에서 첨벙대는 아이의 동선을 확인하느라 대주 곁을 떠났다 다가왔다 했다. 폴짝폴짝 뛰어다니는 아이들의 모습이 어른대는 틈새로 어젯밤 가요주점에서 주고받던 술잔이 겹쳤다.

대주는 둔탁하게 술잔이 부딪히는 소리와 아내의 시스루 꽃봉오리와, 숨바꼭질하듯 뛰노는 아이를 바라보다 잠속으로 빠져들었다. 어머니는 죽기 전까지 빈 도마질을 했다. 새벽에도 구첩반상을 차려내면 밥그릇을 싹 비웠다던 아버지와 살면서 몸에 밴 습관이었다. 대주가 문제집 세 장을 푸는 내내 칼질이 끊이지 않았는데, 저녁상엔 토막 난 오이 한 접시가 놓였다. 아버지가 집을 나간 뒤에도 어머니는 요리를 했고, 대주는 어머니가 아버지를 찾아 전국을 떠도는 동안 김밥으로 끼니를 때웠다. 십 년이 지나자 어머니는 아버지가 죽었다고 인정했다.

어머니와 달리 대주는 아버지가 살아 있는 것을 알았다. 아버지는 몇 년에 한 번씩 학교나 군대로 값비싼 시계를 보냈다. 홍콩이나 볼리비아의 주소가 찍힌 국제우편이었다. 대주는 그 시계를 팔아 여자를 샀고 어머니의 장례를 치렀다. 대주는 어머니에게 이야기하지 않고 시계를 없애버린 자신의 행동을 이해할 수 없었다. 왜 아버지가 살아 있다고 얘기하지 않았을까. 왜? ……어머니는 아버지와 관련해 많은 이야기를 했다. 어떤 이야기에서는 어머니가 아버지를 떠나보냈고 다른 얘기에서는 아버지가 어머니를 버렸다. 대주는 어느 때부터 자신에게 캐묻지 않았다. 아버지가 가족을 떠난 이유에 대해.

결혼 직후 신혼집에서 받은 소포는 아버지가 보낸 마지막 시계였다. 어떠한 메모나 언급이 없었지만 그냥 알았다. 시계는 오래된 사진에서 본 어머니의 결혼예물이었다. 아내는 대주의 얘기를 들으며 시계를 들여다봤다. 태엽도 감고 팔목에 차 무게를 재듯 아래위로 흔들고 난 후 상자에 넣었다. 대주는 그것을 팔지 않고 간직했다. 그것은 시간이 지날수록 값어치가 오르는 시계였다. 〈툼레이더〉나 〈시간여행자〉 같은 영화를 본 뒤 대주는 문득 생각했다. 아버지가 시계에 비밀을 숨겨, 자신의 자취를 따라오길 바라며 아들에게 보낸 것일까. 그 생각이 든 날 전문가에게 시계를 보였다. 그는 몇 번이나 눈알현미경으로 살펴본 뒤, 시간을 알리는 최소한의 부속뿐이라고 했다. 영화에서처럼 미래나 비밀의 세계를 상징하는 표식은커녕 흠집조차 없다는 말은 대주를 실망시켰다. 이후 대주는 작은 다이아몬드가 촘촘히 박힌 시계를 재물의 가치로만 생각했다. 은밀하게 물려받아 간직하는 금괴 하나쯤으로. 직장을 그만둬야겠다는 생각이 들면 시계는 사업밑천이 되었다. 또 다른 날엔 아버지와 다르게 평범한 가정을 꾸리고 삶을 마감한 후, 아들에게 물려주겠다는 작은 소망이 되기도 했다. 아버지의 시계는 대주에게 기이한 부적 같은 무엇이었다.

자지러지는 아이 울음소리에 잠이 깼다. 아내가 대주 앞에 서서 뒤를 돌아보고 있었다. 세 살쯤 된 아이가 형으로 보이는 아이의 손에 든 장난감을 가리키며 울고 있었다. 아내가 대주의 손을 잡아 일으켜 지나치는 동안 울던 아이는 어른에게 안겨 거세게 버둥댔다. 아내를 따라 강변으로 나가자 풀밭에 돗자리가 깔려 있었다. 우가 아내의 폰으로 게임을 하며 자리를 지키고 있었다. 아내는 녀석에게 휴대폰을 달라고 손을 내밀었다. 우는 몸을 휙 돌리며 더욱 맹렬하게 화면을 두드렸다. 하지만 기어이 아내에게 폰을 뺏기자 대주를 보며 입을 내밀었다. 대주가 모른 척 고개를 돌리자 아이는 킥보드를 툭 차는 것으로 게임을 포기했다. 우는 킥보드를 잡고 일어섰다. 쏜살같이 튀어나가려는 우를, 아내는 재빨리 잡아챘다. 우가 음식 앞에서 고개를 저으면 아내는 팔을 잡은 손에 힘을 더 주었다. 녀석은 김밥을 입에 넣고 나서야 광장으로 킥보드를 몰았다.

"김밥은 언제 쌌어?"

오이김치를 젓가락으로 집던 아내는 무슨 말이냐는 얼굴로 대주를 봤다. 그러곤 웃으며 눈을 흘겼다.

"아이 참, 오이소박이는 언제 담았는지 알아?"

"모르지."

대주는 아내를 따라 웃었다. 아침에 김밥 마는 것을 보지 못했다는 말이었는데 아내는 대주의 무관심을 타박했다. 국에 밥을 말아 먹은 뒤 아이의 김밥 하나를 입에 넣었다. 아내는 몇 개나 된다고 그걸 먹어, 라며 대주의 팔을 때렸다. 아이의 도시락은 손바닥보다 작았다. 대주는 우에게 먹이라는 뜻으로 불고기를 가리키곤 아내의 무릎에 드러누웠다. 아내의 김밥은 대주의 혀가 기억하는 모든 김밥보다 맛이 좋았다.

"다음부턴 김밥만 싸."

"싫어하잖아."

"내가 뭐 앤가. 아무거나 먹으면 되지."

"나도 그냥 도시락이 좋아. 목도 안 막히고."

대주는 아내의 옆구리 살을 더듬었다. 아내는 간지럽다며 몸을 뒤틀었다. 과일을 집어 자기도 먹고 대주 입에도 넣어주었다.

"이쪽이 낙동강인가?"

"저기 아파트 단지가 성서면 이게 금호강일 거야."

강폭은 넓은 데 비해 물이 얕았다. 바지를 걷으면 걸어서 건널 수 있을 것 같았다. 강으로 내려가는 비스듬한 비탈엔 작고 가녀린 봄풀이 바람을 견디고 있었다. 전망대에 올라가면 두 강이 합류하는 지점이 보인다고 했다.

"시 수업은 어때?"

등단 후 지역 문단에서 호평을 받고 왕성한 활동을 하며 문화센터에서 강의까지 맡은 아내였다. 저녁반도 개강하자는 말을 아내는 거절했단다. 우에겐 아직 엄마가 필요하다고 했다. 대학원을 거쳐 박사가 되고 싶다는 아내는 그 모든 일을 우가 중학교를 졸업한 후로 미뤄놓았다.

"시 반? 어디나 마찬가지지. 문화 한량이 있고 시에 자신을 건 사람도 있어. 시를 쓰면서 낭송을 배우는 여사님 있다고 했잖아. 기억나? 목소리가 구수하다고, 저번에 얘기 했잖아. 수업을 그 여사님이 읊는 시 낭송으로 시작하거든. 자긴 시 낭송 안 들어봤지? 아나운서가 북한 사람 말투로 글을 읽는다고 생각하면 돼. 약간 웃기거든. 근데 그게 중독이 되나 봐. 여사님이 결석해서 낭송을 안 들은 날은 뭔가 허전해. 낭송을 듣는 게, 말간 햇빛 아래에서 벗고 있는 것처럼 낯이 간지러운데도 말이야."

아내는 시 창작을 배우는 수강생 전부가 거짓말을 하는 한 사람 때문에 애를 먹고 있다고 했다. 거짓말이 끝이 없다고 투덜댔다. 누가 누구랑 사귀고, 있지도 않은 사실을 봤다고 우기며 다툰다고 했다. 단어가 두 개만 중복돼도 표절이라고 다른 수강생을 몰아붙여 중재를 하느라 진땀을 뺀다고 했다.

"커피 마시자."

대주가 보온병을 가져와 뚜껑을 열었다. 흙먼지가 날리자 아내가 도시락 뚜껑을 닫았다. 돗자리를 깐 곳은 건물에 가려 바람이 적은 곳이었다. 강변이라는데 자갈이나 모래는 보이지 않고 풀과 나무, 강물이 전부였다. 광장에도 보도블록이 빽빽이 깔렸는데 끊임없이 흙바람이 불었다. 대주는 바람을 등지고 아내를 껴안듯이 마주 보고 앉아 커피를 마셨다. 아내가 맛있는 커피를 홀짝이며 짓는 웃음은 묘했다. 향을 음미하느라 입안에 머금고 있다 삼키고 입술을 핥는 표정이 섹시했다. 대주는 아내의 뺨에 앉은 티끌을 털어냈다. 아내가 거울을 꺼내 얼굴에 선크림을 덧바르고 대주에게도 발라준 다음이었다. 우가 돌아왔다. 멀리까지 갔다 왔는지 우는 땀에 흠뻑 젖었으면서 콧물을 훌쩍였다.

"아빠, 내가 정답을 알아 왔어."

"정답?"

"응. 돌고래처럼 생긴 저게 물방울이라는 거야, 그 자식이. 이해할 수 없잖아. 그런데 유식한 할아버지가 그랬어. 물수제비를 뜨면 물방울이 딱 저 모양이래. 자식이 물수제비도 모르더라고. 아빤 물수제비 알지?"

우는 물 문화관 건물을 가리켰다. 아이는 옳은 말도 또래의 사내애가 말하면 틀렸다고 어깃장을 놓았다. 대주는 대답 대신 물수건을 뽑아 아이의 콧물을 닦으며 코를 짓눌렀다. 대체 어디에서 아이의 심술보가 자라는 걸까. 아야. 우는 대주를 때리려 팔다리를 휘두르다 제 엄마에게 잡혔다. 아내는 아이를 앉히고 따뜻한 국물과 김밥을 먹였다.

"이쪽 강은 물이 왜 이렇게 쬐끔이야? 저쪽엔 정말 콸콸 흐른단 말이야."

"무서웠어?"

"아니야. 헤라클레스에서는 저 물을 다 마셔도 배가 안 불렀어. 난 마셔봤거든. 근데 아빠, 자전거 타고 싶어. 두 명이 타는 거. 내가 앞에 탈 거야."

아이는 순식간에 밥을 마셔버리곤 대주에게 자전거 대여점을 가리켰다. 아이가 자전거 앞자리에 앉아 제 엄마를 향해 손을 흔들었다. 아내도 차 트렁크에 물건을 넣다가 손을 마주 저었다. 자전거로 한 바퀴 돌아보니 근처가 꽤 넓었다. 자전거 길은 춘천까지 이어진다고 안내판에 적혀 있었다. 대주의 마음은 꼬불꼬불 산길과 들판을 가로지르는 라이더나 된 듯, 하늘 끝 먼 데를 바라보며 페달을 밟았다. 우는 가만히 앉아 있지 않았다. 서서 페달을 밟아보더니 힘들다고 관두었다. 달리는 자전거에서 곡예를 하듯 의자에 올라가 쪼그려 앉거나 몸을 돌려 대주를 마주 보고 키득대기도 했다. 몸을 틀고 오르내리는 것을 몇 번 하더니 이마에 땀이 맺힌 우는 자전거가 싫증난다고 말했다. 대주는 아이를 광장에 내려주고 난 뒤 아내를 태웠다. 아이와는 세 바퀴나 돌았는데, 아내가 춥다며 몸을 움츠려 광장을 다 벗어나기도 전에 되돌아왔다. 자전거를 돌려주고 실내로 들어왔다.

주머니가 부르르 떨었다. 아내와 우는 영상 쇼를 보겠다며 2층의 꼬불꼬불한 실내 계단을 휘돌아 갔다. 온통 음악소리와 고함과 탄성이 벽과 천장에 부딪혀 왕왕 울렸다. 대주는 3층 전망대의 구석진 곳으로 가 휴대폰을 받았다. 같은 부서의 동료였다.

"부장님 전화 받았어?"

술은 좀 깼느냐, 공 계장이 오늘도 출근해 일을 하더라, 등의 잡다한 이야기 끝에 동료가 물었다. 대주는 고개를 저으며, 부장이 자신에게 할 말이 뭘까, 생각했다.

"어젯밤 일 말인데, 부장님이 함구령을 내렸어. 요즘 같은 시국에 외부에 알려지면 곤란하다고 했다네."

"무슨 일?"

대주는 두 개의 강물이 합류하는 지점을 내려다보며 찰나에 자신의 노선을 정했다. 어젯밤의 일을 어렴풋이 기억하는 것만으로도 내내 기분이 언짢은 하루였다. 동료는 생각 안 나냐고 다그쳐 물었다.

"끝까지 갔잖아, 어제."

"그래, 필름이 끊기도록 갔지. 젠장, 술을 끊어야지. 어떻게 집에 왔는지 기억이 전혀 안 나. 내가, 무슨 실수라도 했어?"

"아니. 술자리 일을 그렇게 말할 수야 있나…… 그냥 그랬지 뭐."

대주는 어디까지 아는 척을 할까, 잠깐 망설였다.

"마지막 폭탄주는 누가 돌렸지? 김 과장이었나. 공 계장 닮은 기집애가 자네 옆에 앉았지, 그렇지? 그리고 폭탄주가 여러 번 돌았던 것 같은데……. 무슨 일이야?"

"계집애 하나가 미성년자라는데……. 김 계장, 그 개자식은 손버릇이 더러워서……. 그렇다. 밖이야?"

전화기로 동료가 가래침을 뱉는 소리가 캭, 들렸다. 대주는 가래침이 자신의 몸 어딘가로 날아와 들러붙을 것 같아 몸을 움찔 피했다.

"아이 데리고 유원지 왔어. 말 돌리지 말고, 속 시원히 말해봐. 함구령은 또 무슨 말이야?"

"아냐…… 기억도 안 나는데 뭘. 필요 없지, 그런 건……. 사무실에서 보지."

"재미있는 일은 같이 알자. 응?"

둘의 마지막 말은 겹쳐서, 재미있는 사무실에서 일 같이 보자로 마무리가 됐다.

그 계집애가 공만 닮지 않았어도 술상을 치우고 자리를 펴지는 않았을 것이다. 거기다 미성년자라니. 전망대에서 바라본 도시는 아득하게 멀었다. 몇 킬로미터도 떨어지지 않은 강둑 너머의 수십 층 아파트가 저렇게 자그마하게 보인다는 게 이해가 되지 않았다. 대주는 자신이 이곳에 고립된 것처럼 느꼈다. 개성이라고는 전혀 없는 아파트 단지에 사는 사람들이 주류고 자신은 외곽으로 밀려난 사람이 아닐까, 하는 생각이 들자 작은 공간에 구겨져 처박힌 기분이었다. 마음을 죄어오는 그 공간을 부숴버리기 위해 사고라도 치고 싶었다. 어젯밤에 이런 기분으로 술상에 올라간 걸까. 난 여기서도 할 수 있는데. 계집애가 노래방 기기의 화면에서 보여주는 야한 장면을 가리켰다. 김 계장이 자신의 무릎을 가리켰고 계집애는 술과 안주가 번들번들하게 쏟아진 탁자 위를 손가락질했다. 하는 척이 아니라 진짜로. 폭탄주를 몇 잔이나 마셨다. 계집애는 무표정이면서 비웃듯 입매를 살짝 일그러뜨려 웃었다. 대주는 계집애가 공한 나인 듯 마구 다뤘다.

아내는 코코아와 커피가 든 잔을 들고 전망대로 나와 대주에게 다가왔다. 대주가 의자를 당겨 옆에 자리를 만들자 아내가 앉았다. 우는 아이들이 몰린 곳으로 뛰어갔다. 실외 전망대는 골지처럼 홈이 파인 방부목으로 바닥 장식을 해 고급스러워 보였다. 건물 전체가 물수제비나 물방울을 상징한다지만 그건 외부나 하늘에서 본 형태일 터이고, 안에서 보기엔 럭비공의 속을 파내고 그 끝을 둥글게 잘라낸 뒤 요리조리 모양내어 말아놓은 것처럼 보였다. 한쪽 끄트머리는 커피전문점과 계단이 있는 실내였고 반대편엔 옥상 수조였다. 수조는 꼭대기 층의 반을 차지하고 있었다. 배가 볼록한 반달 모양의 수조는 어린이 수영장만큼이나 컸다. 남색 타일 바닥 위로 물을 얕게 채웠고 그 물은 중심부에서 가 쪽으로 졸졸 흘러내렸다. 넓은 하늘이 수조에 가득 비쳐 실제보다 크고 깊게 보여 아슬아슬한 기분이 들었다. 수조를 두른 목책과 전망대 난간 사이에는 작은 둘레길이 나 있었다. 녀석과 아이들은 반달 모양의 그 길을 따라 빙빙 돌아다녔다. 한 아이는 목책에 다리 하나를 걸치고 어른이 있는 쪽을 둘레둘레 보았다. 다른 아이는 차마 다리를 걸치지는 못하겠는지 목책 너머로 자기의 분신인 쓰레기를 슬쩍 떨어뜨렸다. 꼬마 예술가들은 물에 들어가고 싶은 염원을 그렇게 표현했다.

"맛은 정말 떨어진다. 그치?"

아내는 실내 전문점에서 사 온 커피를 마시며 코를 찡그려 보였다. 대주도 아내에게 고개를 끄덕였다. 아내는 머리띠처럼 올렸던 선글라스를 내려 썼다. 얼굴의 반이 시커먼 안경알에 가려졌다.

"맛이야 당신이 내린 커피가 최고지. 이번 거는 루왁인가? 첨엔 신맛이 나고 삼키고 나면 단맛이 남더라."

"응, 제일 좋은 건 아니야. 중급치곤 맛이 괜찮지."

아내는 커피를 많이 마셨다. 커피홀릭이었다. 아내도 자신의 중독을 인정했다. 대주는 아내의 한 손을 잡고 만지작거렸다. 아내 말처럼 자신은 스킨중독인지도 몰랐다. 아내는 대주에게 잘 생각해 의견을 말하라고 한 뒤 학원 몇 군데의 장단점을 꼽았다. 그중 한 곳으로 우가 다니게 될 것이었다. 대주는 시간을 끈 뒤 대답했다. 대주가 아내의 질문을 충분히 고려하고 생각한 것처럼 보이는 시간이었다. 하지만 대주의 기준은 아내가 장점을 감추듯 가볍게 슬쩍 흘린 학원을 골라 의견을 낸 것이었다. 아내는 대주의 선택에 활짝 웃었다. 자신의 의견을 깊이 숨기고 숨바꼭질하듯 상대를 떠보는 아내의 버릇은 시를 쓰면서 더 교묘해졌다. 대주는 자신이 아내의 성향을 파악하고 그것으로 아내를 즐겁게 해줄 수 있어 기뻤다. 우가 다가오자 아내는 식은 코코아 잔을 내밀었다. 우는 그새 친해진 아이에게 다가가 코코아를 나눠주었다. 아내의 휴대폰이 울렸다. 아내는 전화기를 들여다보며 자리에서 일어났다.

"잠깐만."

대주에게 손바닥을 보인 뒤 뒤돌아 커피점이 있는 실내로 들어갔다. 아내가 걸어간 계단참엔 다리가 길고 옷차림이 멋진 남자애가 서있었다. 나이가 대학생이나 대학원생쯤으로 보였다. 아내와 몇 마디 주고받은 남자는 뒤돌아서 갔다. 아내는 전망대와 휴대폰을 번갈아 보고 섰더니 잠시 후 돌아서 계단을 내려갔다. 대주는 아내가 실내 찻집을 가로질러가 하체부터 한 계단씩 사라지는 것을 보고 있었다. 눈으로 아내의 뒷모습을 쫓아 고개를 빼들고 일어서려는 참이었다. 금방 올게. 문자가 왔다. 대주는 아내의 문자와 우를 번갈아 쳐다봤다. 아이는 저보다 어린애를 뒤쫓으며 아이스크림을 얻어먹고 있었다. 대주는 휴대폰을 손에 쥔 채 갈림길에 선 듯 아내가 내려간 계단 아래쪽의 빈 천장과 전망대를 번갈아 바라보았다. 우가 다가와 손을 끌었다. 전망대의 턱을 가리키며 자신을 안아 올리라고 했다. 대주는 아이를 안고 전망대 난간을 따라 천천히 돌았다. 길을 내려다보며 아내의 모습을 찾고자 하는 자신의 마음을 애써 외면했다.

"이쪽 강은 동촌유원지의 구름다리 밑을 흘러 이곳까지 왔어. 낙동강은 금호강을 만나 부산의 철새 도래지인 을숙도까지 흐른단다. 네 엄마와 데이트하러 간 적이 있지. 갈대가 굉장히 많은 곳이야."

우는 고개를 끄덕이며 음, 소리를 냈다.

"이쪽은 도시의 남쪽이야. 지난달에 불빛축제 구경하러 스파밸리에 갔지? 이 방향으로 쭉 가면 그곳이 나와. 여긴 북쪽이야……."

대주가 전망대 난간을 따라 한 바퀴 돌고 난 뒤 제자리 맴으로 몸을 빙 돌려 서자, 아이는 대주의 어깨에 머리를 거칠게 눕히며 볼멘소리를 했다.

"아빠, 지구는 열심히 자전을 하고…… 우는 피곤하다."

대주가 지리를 가르치려는 의도를 알아챈 아이가 그를 저지한 것이었다. 대주는 킄, 웃었다. 전망대를 한 바퀴 더 돌려다 아이를 내려놓았다. 아내를 본 것 같아서였다. 말은 피곤하다면서 발이 땅에 닿자 우는 아이들이 있는 물가로 뛰어갔다. 대주는 길을 내려다보았다. 아내였다. 아까 자전거를 탔던 강변로를 따라 아내와 남자애가 걸어가고 있었다. 우의 키로는 난간 바깥이 보이지 않는 게 다행이란 생각을 했다. 아내가 돌아오면 젊은 애가 대학원에서 만난 클래스메이트거나 아무 관계도 아니라는 것을 알게 되겠지만 우가 둘의 모습을 보는 건 싫었다. 대주는 휴대폰을 꺼냈다. 줌을 최대한 당겨 초점을 맞추는 동안 아내는 한 번 뒤를 돌아보았고, 어린 놈이 주는 윗도리를 받아 입었다. 주변 풍경은 아까와 똑같았다. 롤러스케이트나 보드를 탄 애들이 광장을 가로질렀고 알록달록한 등산복을 입은 어른들이 일부러 팔을 크게 흔들며 걷고 있었다. 헬멧을 쓰고 몸에 맞는 팬츠 차림의 자전거 라이더들이 강을 옆에 끼고 벤치에서 쉬거나 달렸다. 둘은 목적지를 향해 가는 것처럼 걸음을 늦추지 않았다. 한 발 두 발 앞으로만 나아갔다. 그들이 대주에게서 멀어지고 강을 가로지른 수문에 다가갈수록 거칠게 흐르는 강물이 동영상에 잡혔다. 뒷모습만 보이던 두 사람은 다리 위로 올라가 카메라 화면에서 사라져버렸다. 대주는 중얼거렸다. 어디로 가지? 곧 해가 질 텐데……. 대주는 아내가 이곳으로 돌아오려면 많이 걸어야겠다, 라고 생각을 시작해 차를 몰고 데리러 가면 되겠다는 결론에 도달했다. 문자를 보냈다. 전송 버튼을 누르면서 자신에게 자동차 열쇠가 없다는 것을 알아차렸다. 도시락을 꺼내고 돗자리를 넣느라 아내에게 주었다. 비상키는 집과 차 안 서랍에 하나씩 있었다.

대주는 화장실에 가 우를 씻기고 자신도 볼일을 봤다. 자신의 휴대폰으로 아내 폰의 위치 추적이 되는지 검색해봤지만 서비스가 지원되지 않는다는 안내문만 떴다. 카센터 직원이 와서 차 문을 열어주고 갈 때까지 아내에게선 답장이 없었다. 우는 뒷좌석에 드러누웠다. 대주도 의자를 뒤로 젖혀 몸을 뉘였다. 아내가 건너간 다리 위로 검붉은 노을이 덮쳤다. 어린 대주는 창문으로 노을색이 짙어지기를 기다려 문단속을 했다. 기껏 방과 현관을 나서 학교에 다녀와, 닫을 문이 없다는 것을 알았지만 어슬렁어슬렁 시간을 오래 끌며 집 안을 돌아다녔다. 그러고 나서 창문을 열고 밖을 한참 바라보았다. 해가 지면 주방에 불을 켜고 안방의 TV를 켜 타이머로 끄기 예약을 했다. 어머니는 어디에서 아버지를 찾고 있을까. ……불안이나 기다림도 익숙해진다는 걸 대주는 잘 알고 있었다.

아내에게 전화를 걸었지만 받지 않았다. 휴대폰의 주소록을 뒤졌지만 아내 친구 셋과 처가 식구가 다였다. 다시 아내에게 전화를 걸어 음성 메시지를 남겼다. 현관문 열쇠 갖다 줘. 집에도 못가고 있어. 일 분이 지나고 이 분이 지나도 대답이 없었다. 우가 게임을 많이 해 전화기의 배터리가 떨어졌는지도 몰랐다. 대주는 우가 잠든 뒷좌석을 돌아보곤 조수석 박스에서 펜과 종이를 찾았다. 엄마 찾으러 갔다 올 테니 차에 있으라는 메모를 써 아이의 머리맡에 두고 밖으로 나왔다. 아내에게로 신호가 가고 있는 휴대폰을 들고 강변로를 달렸다. 주차장과 광장이 거의 비어 있었다. 헉헉대며 달려간

다리 너머엔 빈 들판이었다. 아까 찍었던 동영상을 다시 켜 자세히 보았다. 그들은 대주가 달려온 강변로를 걸었고, 대주가 서 있는 다리를 건넜으며 다른 도시의 구역 안으로 사라졌다. 들판엔 아무것도 없었다. 대주는 밤처럼 깜깜한 강물을 내려다보았다. 보에 걸려 쿨럭쿨럭 내뱉는 짙누런 거품조차 깊은 소용돌이에 휘말려 검은 강 속으로 잠겼다. 바라보고 있으니 대주의 몸이 그 밑으로 빨려들듯 어찔했다. 고개를 들어 회색 하늘을 바라보았다. 사방을 둘러보아도 아내를 찾으러 갈 데가 없었다. 집으로 오라는 문자를 아내에게 보내고 뒤돌아섰다.

열쇠 수리공을 불러 아파트 현관문을 열었다. 우는 씻지도 않고 침대로 올라가 내처 잤다. 대주는 자동차로 가 피크닉 짐을 옮겼다. 배가 고팠다. 낮에 먹다 남은 음식을 먹을 요량으로 도시락 뚜껑을 열었다. 김밥이었다. 손을 댄 흔적도 없이 도시락 가득 모양내어 꽉 채운 김밥이었다. 대주는 8개의 통 뚜껑을 전부 열어 식탁에 펼쳐놓았다. 그러고 보니 똑같은 도시락이 두 세트였다. 점심에 먹었던 도시락 통을 한군데로 몰았다. 먹다 남은 딸기 위엔 마른 검불이 얹혔고 반찬과 밥이 반 너머 비어 있었다. 개봉하지 않았던 도시락엔 김밥과 딸기, 씨 없는 청포도와 오렌지가 색색으로 담겼다. 과일은 대주가 먹은 것과 똑같았다. 맨밥과 김밥의 차이였다. 대주는 물방울과 하트 모양, 누드김밥을 차례로 입에 넣었다. 아무 맛도 나지 않았다. 디스플레이용 젤라틴 음식을 씹는 듯 질기기만 했다. 그래도 대주는 꾸역 꾸역 김밥 한 통을 다 비웠다. 아내는 아직도 전화를 받지 않았다. 휴대폰을 충전기에 꽂고 욕실로 들어갔다. 샤워를 마치고 나와 휴대폰을 확인했지만 아내에게서 온 연락은 없었다. 식탁에 펼쳐져 있는 도시락 뚜껑을 덮었다. 대주는 도시락을 식탁에서 냉장고로 천천히 옮겨 넣으며 바짝 마른 입술을 축였다.

오줌을 누려는지 우가 방에서 나오며 바지춤을 더듬었다. 대주는 아이를 안고 화장실로 가 변기 앞에 세웠다. 우는 오줌 줄기가 끊어지자 털썩, 대주의 품에 기대며 중얼댔다.

"엄마, 너무 깜깜해. 무서워……."

우는 꽉 잡아달라고 했다. 대주는 아이를 안은 채 소파에 한참을 앉아 있었다. 문득 아버지의 마지막 시계를 받았던 신혼 초, 그 근래의 일이 떠올랐다. 아내가 연락 없이 하룻밤 집을 비웠다. 아내는 아무 일도 아니라고 했다. 다시는 그럴 일 없다고 울며 용서를 구해 덮어둔 일이었다. 아버지의 시계와 아내의 가출. 아무런 근거가 없는 연결이었다. 아버지에 대해 생각하면 날씨에 상관없이 강제로 입어야 했던 교복이 떠올랐다. 철 이르게 두껍게 입은 동복 위로 쏟아지던 따가운 햇살에 끈끈하게 흐르던 땀, 꽉 껴안아도 멈추지 못하던 어머니의 칼질, 우산 없이 맞아야 했던 추운 겨울의 빗줄기, 여름 장마……. 몸에서 나쁜 냄새가 스멀스멀 올라와도 피할 수 없었던 빛살처럼, 아버지에 대한 역겨운 기억이 이 밤에 다시 떠오르는 건 무슨 연유일까. 아내는 당연히 아버지와 다르다. 아내와 아버지를 관련 짓는 것만으로도 불쾌했다. 하지만 그 생각은 쉽게 물러가지 않았다.

속이 거북하고 머리가 아팠다. 아이를 침대에 뉘고 집 안의 불을 하나씩 켰다. 베란다로 가 창문을 열고 두 귀를 밖으로 내보냈다. 저녁에서 한밤중으로 가는 바깥의 소리를 몰두해 들었다. 사람이나 사물의 수런거림이 잦아들며 자신 안의 외침이 크게 들리는 것을 대주는 속수무책으로 들었다. 아버지는 볼리비아의 정글에서 무엇을 하고 있었을까. 그때 아내는 어디에 갔던 걸까. 오늘은? 구역질이 났다. 화장실로 가 변기를 끌어안았다. 토해도 토해도 김밥은 끊임없이 역류했다. 내장이 뽑히는 것 같았다. 너무 피곤했다. 내일은 일요일이고 월요일엔 공한나가 버티고 있는 직장으로 출근을 하게 될 것이다. 어머니가 집을 비워도 대주는 대학 수능을 치렀고 아버지는 시계를 지구 건너편으로 보냈다. 대주는 물로 입을 헹구고 침대로 갔다. 둥글게 몸을 말고 쪼그려 누웠다.

침대 옆 협탁 서랍에서 초침 소리가 들렸다. 대주의 착각이었다. 아버지의 시계는 초침이 멈춘 지 오래였다. 정기적으로 먼지를 털고 관리를 하지만 시간이 가지는 않았다. 하지만 대주의 귀에는 초침 소리가 들렸다. 한 발 한 발 아내가 젊은 놈과 걸어가듯 초침 소리가 서랍을 밀고 착짝, 밖으로 나왔다. 심장에 화살표 같은 침을 박아 넣듯, 불안이 뿌리를 심듯, 초침의 규칙적인 소리가 대주의 몸 안을 파고들었다. 머리가 터질 것 같았다. 대주는 베개에 입을 묻고 소리를 질렀다. 아, 악, 야!

아이 씨, 죽여버릴 거야……. 우가 몸을 뒤채며 발길질을 했다. 그 밤에 대주는 몇 번이나 구역질을 하러 욕실에 다녀왔고 폰을 열어 아내의 소식을 확인했다. 그러고 나선 막다른 안식처를 찾은 듯 침대에 올라갔다. 잠 속을 떠다니는 초침 소리가 멈추지 않았다. 착착착…… 캭캭…… 착짝짝.

* 옥시모론 : 모순 어법으로 뜻이 대립되는 어구를 나열함으로써 새로운 의미나 효과를 노리는 수사법이다.

선사기 정원

선사기 정원

●

'제자리에 있고 싶으면 죽어라 뛰어야 해.'

이 가설은 진화학자 벤 베일른이 생태계의 쫓고 쫓기는 평형 관계를 묘사하는 데 사용했고, 경영학에서는 적자생존의 경쟁론을 대변했다.

컴퓨터 화면을 보며 시험 문제를 풀고 있을 때 마루와 주방을 오가는 완의 기척이 들렸다. 완은 노파의 간식을 준비하고 있었다. 익힌 야채와 과일을 믹서로 가는 소리가 저녁 여덟 시 사십 분의 집 안에 울렸다. 이즈음 노파는 선사기(先史期)였다. 주는 음식을 마다 않고 먹었고 완과 사이좋게 지냈으며 잠도 하루 세 번, 서너 시간씩 잤다. 혹시 완기(期)일까. 노파의 잠이 짧았다. 만약 완기나 철기로 시간이

동을 했다면 노파는 금세라도 방문을 열어젖혀 나를 끌어낼 것이다. 뛰어가 문을 잠갔다. 마지막 문제였다.

퀴사모(퀴즈를 사랑하는 모임)에 가입한 후 처음으로 파란숲과 비등한 점수를 낼 기회였다. 문제 시작과 동시에 죽어라 달려가던 스톱워치의 빨간 바늘이 곧 멈출 것 같았다. 나는 앨리스가 이상한나라와 거울나라에서 만난 것들을 떠올렸다. 토끼, 트럼프 병정과 체스, 여왕과 왕들, 거울과 시공간의 혼돈. 앨리스와 나란히 달리던 이는 희거나 붉은 여왕 중 하나였다. 흰색 여왕은 유순한 캐릭터였다. 붉.은.여.왕.가.설. 키보드의 자모 하나씩을 또박또박 눌렀다. 점 하나라도 다시 고쳐 써야 한다면 이 문제는 시간 초과로 자동 소멸될 것이었다. 집중했지만 마지막 설 자의 ㅅ을 쳤을 때 답 칸이 허망하게 사라지며 아바타가 고개를 수그렸다. 나도 아바타처럼 어깨를 떨어트리며 아무 소득 없이 땀방울이 맺힌 이마를 문질렀다.

군대에서 곧 제대한다는 파란숲은 카페 병영에서의 승률이 으뜸인 회원이었다. 퀴사모의 교관이라 불리는 파란숲과 대결해 세 번을 이기고 나면 공무원 시험에 붙는다는 소문이 나돌았다. 그게 사실인가. 스무 번이나 도전했지만 한 번도 이기지 못했다는 사람도 있었다. 장족의 발전이네요^^ 나는 누군가의 호의적인 댓글을 뒤로하고 쓸쓸히 99병영을 나왔다. 다시 공부할 마음이 나지 않아 카페를 어슬렁 돌아다녔다. 세계의 정원 방에 들어갔다. 상대가 누구건 시간 제한 없이 수다를 떨며 아름다운 풍경과 서사를 만들어가는 이곳은, 무엇이

나 가능한 사이버 숲이었다.

"저기요, 누나!"

완이 방문을 두드렸다. 누나라고 부르지 않으려면 도움 따위 청하지 말라고 했던 내 말을 기억하는지 완의 목소리가 절박했다. 유유히 정원 산책이나 하며 패배의 쓰라림을 가라앉히고 싶었지만, 나는 일어나 방문을 열었다.

"할머니가 놀자는데, 핸드백도 꺼내놨어."

단지 함께 놀자는 게 아니었다. 노파가 비싼 핸드백에 뜨개바늘 구멍을 내고 있으니 뺏어야 한다는 뜻도 포함돼 있었다. 숫기 없는 완의 난처한 얼굴을 보자 짜증이 배가됐지만 나는 환한 목소리로 알았다고 대답했다. 노파가 백을 곱게 내줬다면 완이 나를 부르러 오지도 않았을 것이다. 나는 완에게 억지웃음을 지었다. 공무원 시험에 붙을 때까지 이 집에 빌붙어야 하니 웃을 수밖에. 먼저 안방에 건너가 있으라고 말하자 완은 커다란 몸을 쭈뼛대며 돌아섰다.

나를 누나라고 부르는 데만 몇 달이 걸린 완이었다. 우리가 친척인 것을 몇 번이나 강조한 후 큰소리로 몇 번 연습을 하고서야 된 일이었다. 처음에는 완이 나를 노파의 집안 사람이라 멀리 두려는 줄 알았다. 완이 새외할머니인 노파와 이복동생 철을 미워하고 나까지 싫어할 거라고 짐작했으니까. 하지만 완은 그렇게 단순하지 않았다.

"이거 예쁘지?"

나를 보자 노파는 온 얼굴에 주름이 가득 잡히도록 웃었다. 칭찬

받으려는 아이 같은 마음이 내비쳤다. 나는 노파가 치켜든 핸드백을 봤다. A급 명품은 아니지만 내 주머니 사정으로는 살 수 없는 것이었다. 똑같은 모양의 짝퉁을 사서 바꾸려고 구석에 감춰둔 백이었는데. 노파가 그 코발트블루색 가죽 가방을 기어이 찾아내 뜨개질을 하고 있었다. 핸드백 가장자리는 물론 몸통에까지 분홍색 레이스가 나풀댔다. 겹겹의 꽃문양이 치렁하게 늘어져 캉캉춤을 추는 집시의 치마 같았다. 나는 어떻게 바늘구멍을 메울 건지 생각하면서 노파에게 새로 산 손지갑을 내밀었다. 원래 손지갑과 브랜드와 모양이 똑같았지만 짝퉁이었다.

"어, 내 거다."

노파는 손지갑을 뺏듯이 낚아챘다. 거친 손길은, 며칠 전 같은 모양의 손지갑을 찾으며 나와 실랑이를 벌였던 기억이 되살아나는 듯했다. 그때 노파는 없어진 손지갑을 내가 훔쳤다며 내놓으라고 소리쳤다. 사실이었다. 나는 노파가 명품이 짝퉁으로 바뀐 것을 알아차리면 어쩌나 긴장했다. 하지만 노파는 손지갑을 잃어버릴까 염려하듯 가슴에 붙여 쥐고 실바구니를 당겼다. 나는 색실 바구니를 뒤적이는 노파 옆에 앉았다. 바닥에 놓인 가방 사이에서 코발트블루색 핸드백을 가져왔다.

친척을 통틀어 가장 부자라는 노파였다. 나는 노파의 가방 대부분이 명품이 아닌 것에 실망했다. 값진 가방이 세 개뿐이라니. 가방뿐 아니라 살림살이도 소박했다.

"누나 방으로 갖고 가서 풀어요."

완은 내가 노파 바로 옆에서 금방 짠 실을 풀고 있는 모습을 못마땅한 눈길로 바라봤다. 노파에게 들켜 시비라도 붙을까, 걱정하는 거였다. 내겐 완의 말이 들리지 않았다. 생각보다 바늘구멍이 커 짜증이 났다. 내가 움직이지 않자 완은 노파에게 색실을 권하며 주의를 끌었다. 완이 그러거나 말거나 나는 실을 풀어 완에게 둥글게 뭉치라고 시켰다. 노파가 분홍색을 좋아해서 다시 쓰게 할 작정이었다. 한 번 쓴 실을 주면 노파는 투덜댔다. 꼬불꼬불 오그라들어서 뜨개질하는 게 힘들다는 이유였다. 하지만 생활비를 아끼려면 할 수 없었다. 그것보다 선사기에서 벗어난 노파가 누군가 자기 실을 썼다며 갑자기 화를 내기도 했다. 자신이 한 일을 기억하지 못하는 노파를 설득하기란 어려웠다.

실을 다 푼 후 명품 백에 든 물건을 다른 가방으로 옮겼다. 지퍼를 여는 소리가 나자 노파가 돌아보았다. 나는 그제야 노파에게서 등을 돌렸다.

"내 거야!"

옷자락을 쥐어뜯으며 매달리는 노파에게 핸드백을 안겼다. 그러면 보통 사람을 밀쳐버리고 물건을 취했는데, 오늘은 달랐다. 노파가 내게 주먹질까지 했다. 젓가락처럼 가는 팔에 맞은 자리가 뼛속까지 저렸다. 안마할 때는 부서질까 세게 잡지도 못했던 팔다리를 그러쥐고 꼼짝 못하게 눌렀다.

"잠깐만요, 잠깐만. 할머니, 선물 줄게요. 보라니까. 선물, 선물이에요."

나에 대한 노파의 나쁜 기억을 지워야 했다. 지난 몇 달간 관찰한 바에 의하자면 노파에겐 선사기만의 메모리 회로가 따로 있었다. 꿈속에서 지난번에 안았던 연인을 익숙하게 알아보듯 선사기에 노파는 완을 아재라고 불렀고 완에게 어리광도 부리며 완을 졸졸 따라다녔다.

"아재, 진짜 선물이에요?"

완은 살찐 볼이 출렁이도록 고개를 끄덕이며 오르골을 꺼내 뚜껑을 열었다. 익숙한 올드 팝송이 흘러나오자 노파의 손아귀 힘이 조금 약해졌다.

"아퍼, 아줌마. 아프다니까! 아재, 하아하아."

내가 꽉 잡았던 손목을 풀어주자마자 노파는 다시 내 머리칼을 잡았다. 나는 노파의 손을 바닥에 붙이고 머리로 짓눌렀다. 노파가 비명을 질렀다. 여전히 머리카락을 놓지 않은 채 신음 소리를 내는 노파가 가증스러웠다.

"완아, 버려. 그거 갖다버려."

나의 외침에 완이 일어섰다. 완이 쓰레기통 뚜껑을 여는 시늉만 해도 노파는 내 머리칼을 놓을 것이다. 나는 판사의 유연한 판결을 확신하듯 완을 올려다보았다. 하지만 완은 노파 대신 나를 거칠게 떼어냈다. 나는 노파의 손아귀에 뽑힌 머리칼과 완을 노려봤다. 완은 내 눈길을 피했다.

"노래. 우리 노래 들어요, 할머니."

제 편을 들어주는 완의 말에 노파가 오르골을 품으며 나를 마주 흘겨보았다. 하지만 노파의 얼굴엔 만족감이 가득 어려 있었다. 고집을 피울 때보다 저런 야비한 표정의 노파와 눈이 마주칠 때면 나는 온몸의 힘이 빠졌다. 치매 환자를 상대로 화를 내다니, 에이 멍청이! 어느새 뜨개질은 까맣게 잊고 완의 다리를 베고 눕는 노파의 얼굴엔 애교가 그득했다.

"아재, 저년은 아프게 해. 가버리라니까!"

나는 제 편에게 아양 떠느라 일부러 내는 노파의 코맹맹이 소리에 진저리를 쳤다. 내가 그러거나 말거나 노파는 완에게 오르골을 건네고 눈을 감았다. 기막힌 얼굴의 나와 달리 완은 이불을 당겨 노파의 목 아래까지 덮어주며 토닥토닥 얼렀다.

"말 잘 듣고 약도 잘 먹으면 예쁜 꽃도 줄게, 응! 착하지요."

완의 목소리 또한 친척 아이를 어르는 아재인 양 콧소리가 섞였다. 절로 비웃음이 터져 나왔다. 희한했다. 노파가 완 하나를 두고 완과 철, 아재 등을 오가며 자신의 시간대를 넘나들면 완 또한 그 상대역으로 변신했다. 완은 얼마 전부터 뜨개질을 배웠다. 처음 시작코의 매듭도 묶지 못했던 뜨개질이 다이아몬드 패턴을 너끈하게 메워가듯 완의 연기도 나날이 능숙해졌다.

저는 할머니가 좋아요. 나는 완의 말을 떠올렸다. 노파가 나를 자신의 처녀 적 친구로 생각하고 어머 얘, 어머 야, 하며 몸을 꼬던 날이었다. 게임방이나 부비부비 나이트에 대해 궁금해하면서도 텔레비전 화면에 손잡고 뽀뽀하는 장면이 나오면 노파는 얼굴을 붉히고 화를 냈다. 내가 그런 노파를 연애쟁이, 내숭쟁이라고 하자 완이 심각한 얼굴로 말했다. 저는 치매 든 할머니가 좋아요. 연약하고 순진하잖아요. 나는 완을 멍하니 쳐다봤다. 노파가 뭐 어떻다고?

처음 이 집에 들어오고 얼마 지나지 않아서였다. 쇠고기를 구워 먹는 자리에서였다. 평소 상차리기는 주로 완과 내 일이었는데 웬일로 노파가 고기를 구웠다. 노파는 겉만 익혀 육즙이 가득한 고기를 완의 입에 넣었고 완은 또 노파가 먹기 좋게 잘랐다. 내 차례가 돌아올 기미가 안 보여 한꺼번에 쇠고기 몇 점을 집었다가 노파에게 모진 욕을 먹었다. 완이 노파 몰래 상추에 싸서 건네지 않았다면 나는 고기 맛도 못 볼 뻔했다.

그 얼마 후 다른 밤이었다. 물리치료를 받겠다며 속옷 차림으로 나가는 노파와 깜깜한 마당을 돌아 한밤중임을 보여준 뒤 화투를 치고 놀다 새벽잠이 들 때였다. 노파는 곁에서 자고 가라며 나를 자신의 이불 속으로 들였다. 제 방으로 가려는 완까지 다른 편에 눕혔다. 아무리 친척이라도 완과 한 방에서 자기는 찜찜했다. 잠시 누웠다 내 방으로 건너가리라 마음먹었지만 나는 내처 자버렸고 섬뜩하고 매운 매질에 아침잠이 깼다. 놀라 멀찌감치 피해 선 내게 눈을 부라리고 삿대질을 해대는 노파는 의외로 완이 깰까 겁을 냈다. 붕어처럼 입만 벙긋대며 퍼붓는 욕설의 요지는 이랬다. 이 화냥년아! 니까짓 게 감히 철과 한 이불을 덮어? 우리 철을 넘보다니! 나는 뭔가 억울하고 너무 황당했다.

돌이켜보면 노파의 철기였다. 철기가 되면 노파는 완을 보호했고 완과 나 사이를 질투했고 끊임없이 감시했다. 그런 여우 같은 노파가 순진하다니. 연약하다니. 시험이고 뭐고 그날 당장 짐을 옮기고 싶었지만 돈, 그놈의 형편이 늘 문제였다.

노파에게 철기는 신성한 시기였다. 노파의 딸이 철을 낳았을 때 노파는 여느 날과 다름없이 시장에서 순대를 팔고 있었다고 했다. 가난한 과부는 하루하루 먹고살기 위해 시장에 난전을 펼 수 있는 어미이기도 했다. 그런 노파에게 외손자 철은 세상의 윤리나 관습 따위로부터 보호해야 할 가여운 새끼이자, 지난한 세월을 통째로 보상해줄 귀하디귀한 왕자님이었다.

"목말라요." 노파가 가녀린 목소리로 중얼거렸다.

주방으로 향하는 완을 따라 나왔다. 내 방으로 돌아와 완이 주방과 욕실에 다녀와 안방 문 닫는 소리를 들었다. 완은 지금쯤 노파와 마주하고 앉았을 것이다. 머뭇거리며 어쩔 줄 모르는 손길을 감추고, 다정하게 아이를 통제하고 다독이는 아재의 눈빛을 연기하면서. 지금은 노파의 선사기니까. 노파는 열흘째 완을 저기요나 아재라 부르는 선사기에 머무르며 잠시 철기를 드나들었다. 완은 노파와 같은 시간대에 잠을 자고 귀염둥이 손자 철, 자상한 아재로 새벽까지 노파

곁에 머물 것이었다.

나는 불을 끄고 침대에 올랐다. 한쪽 눈에 안대를 한 곰인형을 껴안았다. 갈색 곰의 눈알이 빠지자 안대를 만들어 꿰맨 사람은 선사기의 노파였다. 나는 인형이 분홍 레이스를 나풀대며 안방에 굴러다닐 때는 관심도 없었다. 그러다 우리가 선사동굴이라 부르는 곳의 의자에 삐딱하게 앉아 있는 애꾸눈 선장 인형을 보는 순간 뭔가 울컥 올라와 되가져와 버렸다. 왜 그랬을까. 헤어진 남자친구의 선물이라고는 하나 전혀 그립지 않은 사람이었다. 거기다 눈알까지 없는 인형이 아니던가. 알다가도 모를 마음이었다. 나는 곰의 머리를 이불 속에 쑤셔 박곤 방 안에 어른대는 그림자를 눈으로 쫓았다.

꽃샘바람에 흔들리는 나뭇가지 그림자가 벽이며 천장에 너풀댔다. 보름달을 등진 가지 하나가 벽에 붙여놓은 사진 속 유스티티아의 오른쪽 저울을 넘나들었다. 짙은 음영이 들락거릴 때마다 저울이 이리저리 흔들리는 듯이 보였다. 결코 한쪽으로 기우는 법이 없다는 정의의 여신 유스티티아의 천칭저울. 하늘과 땅, 남자와 여자의 무게가 같다면, 노파의 완을 향한 미움과 철에 대한 사랑의 무게도 수평을 유지한다는 뜻일 텐데……. 아무래도 나는 노파를 여신이 선 그 자리에 세우고 싶었다. 붉은 여왕 가설에 의하자면 노파에 대한 완의 애착이 커질수록 완을 미워하는 노파의 마음 또한 쑥쑥 자란다는 건가. 골치가 아팠다. 그만, 나는 고개를 털었다. 에고, 본인 앞가림이나 제대로 하시지요. 나는 자신을 다잡았다. 이런 생각들은 다 달빛 아래

춤을 추는 어지러운 나뭇가지 때문이었다. 내일은 완에게 정원 손질을 하자고 해야겠다. 넓은 정원엔 가지치기할 나무가 빽빽했다.

노파의 심술만 빼면 이 집은 그야말로 꿈의 안식처였다. 숲속만큼 나무가 우거진 그림 같은 정원과 근처 도서관을 끼고 있는 유원지, 가벼운 등산도 가능한 야트막한 앞산, 거기다 철이 어머니가 일주일에 한 번씩 보내주는 도우미 아줌마까지. 아줌마가 하는 대청소도 환영이지만 철이 어머니 식당에서 배달해 오는 맛있는 반찬을 먹을 수 있는 것만으로도 나는 이 집에서 나가지 않을 작정이었다.

내가 이곳에 들어와 살게 된 건 기획사를 운영하는 팔촌오빠 때문이었다. 직장을 그만두고 쉬던 중이었다. 몇 년 안에 전국 최대의 기획사로 키우겠다고 공언하는 오빠의 전화를 받고 지방에 내려왔다. 하지만 기획사는 일 년을 못 버텼다. 오빠는 내가 사는 원룸 보증금을 빼간 상황에서도 큰소리를 쳤다. 엄지손가락을 세우고 간 오빠는 젊고 빵빵한 이벤트 걸을 들였지만, 나는 부모님 집으로 올라가거나 네 식구가 사는 오빠의 두 칸짜리 셋방으로 들어가야 할 처지에 몰렸다.

편의점 알바를 구해둔 터였다. 일을 하며 공무원 시험 공부할 여력이 남을까, 걱정하던 참이었다. 사무실에 드나들던 철이 희한한 제안을 했다. 기거할 방에다 용돈까지 얹어주겠다고 했다. "전에 병원 근무했었다며? 사무직이었어도 위급한 사람 얼굴은 알아볼 수 있을 거 아냐. 할머니가 빈방을 무서워하니까, 그 방에서 책 보면 되겠네. 완이라고 있는데, 걔는 신경 쓰지 마. 할머니가 걔를 철아, 하고 불러도 놀라지만 마.” 척 들어도 밑질 것 없는 제안이었다. 그래도 되니?…… 철은 이벤트 걸을 흘낏거리며 대답했다. “남은 방이라니까. 할머니 돌아가시면 그거 내 집이야. 용돈이 적은 건 아니지?” 철의 얼굴에 비웃음이 번졌다. 아니지 그럼. 죽어가는 사람 얼굴은 단번에 알아볼 수 있어, 그쯤은 아무 일도 아니야. 나는 격하게 고개를 끄덕였다.

●

척 척 삐걱 삐걱. 잠결에 현관문 돌리는 소리가 들렸다. 누군가 투덜대며 문을 밀치고 있었다. 문이 열려 있으면 수시로 집을 나서는 노파가 걱정돼 현관문 꼭대기에 자물통을 달아놨는데, 오늘이 아줌마 오는 날인가, 초인종이 고장 났나. 어렴풋이 그런 생각을 하다 벌떡 일어났다. 노파였다.

“저기요, 문 좀 열어주세요.”

노파는 또 어느 연대기, 어느 곳에 있는 건가. 나는 노파의 머리에서 발까지 스캔하듯 훑어보며 현관으로 다가갔다. 여느 때와 같이 노파는 양말을 짝짝이로 신었고 왼쪽 다리가 불편해 삐딱하게 서 있었다. 주름치마와 스웨터 위에 목도리를 걸쳐줬다.

“어디 가시게요?”

“꽃에 물 줘야 해요. 오늘 비가 온댔는데…….”

노파는 더 이상 말하기 싫다는 듯 문고리만 거칠게 흔들었다. 나는 현관문을 열고 노파 뒤를 따라갔다. 이른 아침 봄바람이 찼다. 노파는 자신의 선사동굴로 들어가며 나를 흘깃 돌아보았다. 나는 고개를 돌리는 것으로 노파의 동굴에 무심한 티를 냈다. 선사동굴은 철이 엄마가 식당을 옮기면서 남은 살림을 들여놓느라 사다 놓은 간이 플라스틱 창고였다. 살림을 정리하고 반쯤 빈 창고를 노파가 꾸민 눈치였다. 흔들의자와 담요, 온풍기나 사진첩, 마른 들꽃과 함께 완이 그곳의 일부가 되었다.

어느 날 나는 노파와 완이 있을 때 선사동굴을 훔쳐본 적이 있었다. 둘은 오래된 멜로 영화를 보고 음악을 들으며 시시덕댔다. 책을 읽기도 하고 꽃잎을 뜯어내며 가위바위보도 했다. 유치해서 오래 보고 있을 수가 없었다.

나는 그 창고에 정식으로 초대된 적이 없었다. 하지만 노파가 잠든 시간 그곳에 들러 새로 추가된 물건이 무엇인지 살폈다. 내겐 전혀 쓸모없고 이해할 수 없는 물건들의 모둠이었지만 아늑하게 꾸미려는 흔적이 곳곳에 보였다. 노파는 그 동굴에서 어떤 차원대의 세계를 겹겹이 만들고 있을까. 희한하게도 노파는 선사기에만 그곳을 드나들었다. 철기나 완기의 노파는 그곳을 잊었고 완이 가끔 청소만 했다.

나는 대문에 달아놓은 커다란 자물통을 확인한 다음 집 안으로 들어왔다. 볼일을 보고 난 후 따뜻한 매실차를 만들어 정원에 나온 나는 노파를 보고 기겁을 했다. 당연히 선사동굴에서 흔들의자나 굴리고 있을 거라 예상한 노파가 단풍나무에 톱질을 하고 있었다. 얼핏

보기에도 몸통 깊숙이까지 톱날이 박혀 있었다.

"할머니!"

나의 고함 소리에 놀란 노파가 덜렁대는 톱을 나무 허리에 꽂아둔 채 줄행랑을 쳤다. 나무 사이를 휘적휘적 뛰던 노파가 키위 넝쿨 아래에서 발목을 접으며 엎어졌다. 나는 또 한 번 할머니를 불렀다. 괜찮아요? 뛰어가 노파의 어깨를 흔들었다. 안아 일으키자 노파의 몸뚱이가 옆으로 축 늘어졌다. 완아, 완아! 나는 노파의 얼굴을 쓰다듬으며 소리쳐 완을 불렀다. 심장 쪽 가슴팍을 문지르고 때리자 노파가 신음 소리를 냈다. 그 소리가 얼마나 반가운지! 나는 노파를 껴안았다. 놀라 뛰어나온 완이 노파를 방으로 옮겼다. 옮기는 동안 노파는 완의 품에서 아이처럼 몸을 웅크리고 안겨 있었다.

너는 철기의 할머니가 좋아, 선사기의 할머니가 좋아? 철기 때는 할머니가 나 질투하는 거 알지? 내 질문에 완은 대답 없이 슬쩍 웃었다. 둘 다 재미있어. 재미?…… 아무리 병적인 상황이라도 사랑을 주고받을 수 있다는 것이 저렇게나 좋구나. 소꿉놀이 같잖아요. 완의 대답에 인생은 연극이 아니라는 시시한 멘트가 떠올랐지만 그 말을 내뱉기에 완의 얼굴은 너무나 행복해 보였다.

"…… 네가 왜 여기 있니?"

노파가 이마에 소독약을 바르는 완을 뚫어질 듯 쏘아보며 말했다. 목소리에 고드름이 달린 듯 서늘했다. 완의 손길이 급작스레 움츠려들었다. 방금 전까지도 선사기에 머물던 노파가 그깟 넘어진 충격으로 긴 시간을 껑충 거슬러 완기로 돌아왔는가.

"피가 나. 병원에 가야겠어요……."

"필요 없다. 혼자 가도 돼."

"……"

꼴 보기 싫다는 노파의 말에 완은 대꾸 한번 시원하게 못 하고 방을 나갔다. 딸깍, 방문 잠그는 소리가 났다. 제 방으로 간 완은 또 저렇게 방에 들어앉으려나. 그러지 말라고 했는데……. 노파의 완기가 얼마나 집요했을까. 저렇게 구박을 받으니 완이 제 방으로 숨어드는 것도 당연했다. 어린아이가 감당할 수 없었을 어른의 막강한 독설. 철의 엄마와 철의 외할머니 그리고 철. 제 사람 하나 없이 헐벗은 공간을 견뎌냈을 완. 완에게 세상은 공평하지 않았을 것이다. 나는 한숨을 쉬었다. 몇 년 전에 돌아가신 완의 아버지가 완에게 방패 구실을 못한 건 분명했다.

"그러지 마세요. 저 혼자 어떻게 할머니를 모셔요? 완이 운전을 해줘야 장도 볼 거 아니에요. 수도꼭지는 누가 고치고, 형광등은 할머니가 갈 거예요?"

"맘에 안 들면 너도 나가. 비렁뱅이를 거뒀더니 은혜도 모르고. 너, 이번 달 월세 가져와!"

"할머니는 월세를 한 달에 두 번씩 받아? 며칠 전에 줬잖아요!"

"그래? 장부 보면 알겠구나. 거짓말이기만 해봐."

완기만 되면 노파는 장부를 펼치고 쓴 돈을 꼬박꼬박 세었다. 신기한 건 며칠 전이건 보름 전이건 자기가 쓴 것을 모조리 기억한다는 것이었다. 두부 한 토막까지 명확했다. 그런 노파가 친척 떨거지란 이유로 이 집에 공짜로 얹혀사는 나를 용납할 리 없었다.

처음 얼마 동안은 철이 어머니가 할머니 잘 부탁한다며 아줌마 편에 용돈과 월세를 같이 보내왔다. 할머니에겐 내가 월세를 주고 철이 어머니에게서 그 월세를 돌려받는 식이었다. 몇 달이 지나 철이 어머니가 월세까지 신경을 쓰지 못하게 되자 나는 꾀를 냈다. 노파에게 주는 월세 봉투를 하나로 정한 것이었다. 노파가 또렷이 셈을 하는 완기가 되면 봉투를 건넸다가 장부 따위 까맣게 잊어버린 선사기가 되면 월세를 도로 가져오는 방법을 써먹었다. 처음엔 토끼처럼 눈을 동그랗게 뜨고 놀라던 완도 노파의 누그러진 질타를 본 후 나의 현명한 수를 수긍하는 눈치였다. 그렇지만 완기가 되면 장부에 기재만 돼 있고 없어진 월세를 찾아내느라 노파가 우리를 볶았다.

"철이 옷 사준 건 잊어먹었죠? 다 적혀 있잖아요. 자꾸 사람 의심하고 못살게 굴면 지옥 가요! 이마는 괜찮아요?" 나는 노파의 상처에 손대는 시늉을 했다. 노파는 기겁하며 몸을 뒤로 물렸다. "아침 먹고 병원에 가요. 완이 운전할 건데 자꾸 잔소리 하면 나도 안 갈 겁니다, 알았죠? 치료 끝내고 나면 할머니 좋아하는 전복죽 사드릴게. 세수하고 나가요, 어서."

노파는 의혹이 가득한 눈길로 나를 흘겨보면서도 외출복을 챙겼다. 다행스럽게도 노파는 내가 자기 글씨를 흉내 내고 넘어간 달을 알아채지 못했다.

●

난리를 쳐 기력이 쇠진했을 텐데도 노파는 여전히 완기에 버티고 있었다. 완은 우리가 장을 보는 동안에 차에 앉아 운전석을 지켰다. 아무리 재미로 생각한다 해도 그거야 노파가 자신을 철로 착각하거나 아재라고 부르는 선사기의 일일 것이다. 습관처럼 대꾸 한마디 못하고 고개 한번 제대로 들지 못하는 완의 서러운 눈동자가 룸미러에 비쳤다. 완은 왜 이 집에서 탈출하지 않았을까. 나 같으면 혐오감으로 이글대는 노파의 저 눈길을 받고는 사흘도 못 살았을 것이다. 아마 노파는 자신의 잘못에 대한 반작용으로 더 모질게 화를 내는 것인지도 몰랐다.

병원에 들른 노파는 의사에게 딱지가 앉은 이마를 보이며 링거를 맞겠다고 했다. 노파는 링거의 굵은 바늘이 살을 찔러도 표정 하나 변하지 않았다. 노파는 통증을 느끼는 세포가 다른 사람보다 무딘가. 그래서 웅크린 완의 등짝을 후려칠 때도, 모진 말에 상처받는 완의 눈물을 볼 때도 아무런 표정이 없는 건가. 엄마가 고개를 내두르며 전했던 철이 외할머니의 과거가 떠올랐다. 임신한 자신의 딸을 본부인으로 앉히기 위해 완의 엄마를 끝내 죽음으로 내몰았다던 노파. 나는 노파의 칠십여 년 세월이 집착의 빈 메아리처럼 피폐했을 것으로 짐작한다. 그렇지 않다면 철이 어머니조차 노파를 완에게 버리다시피 맡기고 식당 근처에 잠자리를 마련하지는 않았겠지.

그런 노파에게도 좋은 시절이 있었다. 노파에게 첫사랑 이야기를 해달라고 조른 적이 있었다. 노파는 눈꺼풀이 커튼처럼 내려와 눈동자를 반이나 가린 지금에도 곱상하고 예쁜 눈웃음이 남아 있었다. 하물며 수줍음을 후광처럼 둘렀을 댕기머리 처녀에게 마음을 뺏긴 총각이 얼마나 많았을까, 짐작이 가고도 남았다. 완기의 노파는 자기 시절에 그런 게 어디 있냐며 펄쩍 뛰었다. 하지만 기분 좋은 철기의 어느 날, 노파는 아이처럼 배시시 웃으며 예배당에서 집까지 바래다주던 옆집 오라비에서 과실이며 꽃을 방문 앞에 가져다놓던 윗마을 순신까지 총각들 이름을 줄줄이 꿰었다. 일꾼이나 다름없는 민며느리로 시집 온 처지인데도 눈치 없는 신랑이 새색시 꽁무니만 따라다녔다고 했다. 시댁 식구들의 눈총을 많이 샀다는 얘기를 할 때의 노파는 목소리가 달떠 있었다. 노파는 얘기들의 행간에서 소녀 같은 미소를 흩날렸다. 저래서 완이 노파가 순진하다고 한 건가?

행복에 대한 순수한 염원이 꽃밭처럼 펼쳐진 철기와 선사기. 저 링거가 시간대를 조절하는 약이었으면, 그래서 완과 노파가 원하는 대로 선사기-철기-선사기가 반복되면 좋겠다는 생각이 들었다.

완은 노파를 노인병원에 모시지 않겠다고 했다. 할머니가 나를 필요로 하는데 어떻게 싫다는 병원에 모셔요. 진짜 마음이 아니어도? 완은 고개를 돌렸다. 이십 년을 더 살아도? 완은 눈을 둥그렇게 떴다. 나는 완에게 혈관과 신경물질, 노쇠하는 육신의 상관관계에 대해 설명했다. 치매로 죽는 사람은 없대. ……

간호사가 링거를 맞는 동안에는 보호자가 필요 없으니 두 시간 뒤에 오라고 했다. 완과 내게 자투리 시간이 생겼다. 완은 습관대로 간이의자에 앉아 노파를 기다릴 눈치였지만 나는 그럴 마음이 전혀 없었다.

"같이 나가자. 공원 한 바퀴만 돌고 오자. 놀이기구 안 탈게. 두 시간 뒤에 오라잖아. 나 진짜 놀이공원 못 가본 지 오래됐거든. 사람들 비명 소리 듣고 싶지 않아? 완아아앙."

완이 대답 없이 시계만 들여다보았다. 나는 완의 팔을 잡아끌었다.

"그럼 유원지. 가서 솜사탕 하나만 먹고 금방 돌아오자. 도서관에서 책도 빌려야 한다고. 개나리가 졌는지 벚꽃이 폈는지만 보고 오자. 오늘은 황사도 없어, 응?"

완은 잡은 팔을 뿌리치지 않았다. 나는 완이 마음을 바꿀까 봐 앞장세워 병원을 나섰다. 나야 마음 내킬 때마다 도서관에 가 잡지책을 뒤적이고 영화도 봤다. 저 바깥 구경 시켜주려는 것인 줄도 모르는 미련한 완이었다. 노란 개나리가 지천에 술렁이고 사람들을 태운 오리배가 연못 한가득 춤추고 있었다. 고개를 숙이고 걷는 완의 손을 잡았다.

"오랜만에 여친 기분까지 좀 내자. 솜사탕은 내가 쏠게."

완이 손을 빼려고 슬며시 손목을 비틀었다.

"야, 우리가 뭐 예쁜 커플이냐? 아무도 안 본다 안 봐. 좋아, 소시지까지 쏠게."

소시지란 말에 완이 빼던 손길을 멈추었다. 이십대 후반의 완이 아직도 소시지에 마음이 흔들리는구나. 아님 칭얼대는 이 누나를 봐주는 거겠지. 무엇이건 뭐 어떠랴.

"야, 진짜 화창한 날이다! 역시 도둑 놀러 나오는 건 맛이 다르다, 신나지?"

완은 인상을 쓰면서도 싫지 않은지 나를 따라 웃었다.

"완아 있잖아. 누나가 공무원 시험 붙으면 진짜 맛있는 거 많이 사줄게. 나 하릴없이 쏘다니는 거 정말 좋아하는데, 혼자는 싫어. 너무 외롭거든. 너처럼 착하고 잘생긴 남친 생길 때까지만 같이 다녀주라. 그럴 거지?"

"나 안 착해. 못생겼고."

"알았어, 기다려. 내가 공무원 시험 붙으면 맛있는 거 많이 사준다니까!"

완은 놀림을 당한 듯 표정이 구겨진 채 대답이 없었다.

"……"

"너 정말, 니가 못생겼다고 생각하니? 얘가. 너도 눈 있으면 앞에 저 남자 좀 봐라. 비쩍 말라 신경질이 덕지덕지 붙은 저 얼굴. 옷은 제비처럼 입고 잘난 척 떠드는 저 얼굴에 비하면 넌 얼마나 귀엽게 생겼니. 곱상한 얼굴에 부잣집 도련님이지요. 니 방 보면 공부도 잘하겠던데. 무슨 책이 그렇게 많아. 다 읽었니?"

완의 얼굴에 잠시 자긍심이 비쳤던가. 완이 못 둑을 걸으며 솜사탕을 한입 한입 뜯어먹었다. 처음 마트에 함께 갔을 땐 시식조차 못하던 완이었다. 그런 완이 내게 손을 잡힌 채 사람 많은 유원지를 활보하다니. 나는 휘파람을 불며 잡은 손을 흔들었다.

그런 내가 부끄러운지 완은 잡힌 손을 기어이 빼내며 주변을 둘러보았다. 하지만 봄날 자신들의 정염에 취한 연인들이 우리를 거들떠볼 리가 만무했다. 나는 호주머니에 손을 넣고 사람들을 구경하며 호숫가를 돌았다. 강아지를 잡으려 뒤뚱뒤뚱 뛰어가는 아이들, 신나는 음악 소리와 경쾌한 비명을 내지르는 놀이기구들, 모자와 마스크로 얼굴을 가린 조깅족이 우리 곁을 지나갔다. 편안한 시간이었다. 기대했던 것보다 즐거운 시간을 보내고 병원으로 돌아오는 차 안에서 완이 불쑥 말했다.

"나 대기업 필기시험에 붙었어."

"정말. 넌 머리까지 좋구나. 그런데 왜 여기 있어. 면접에서 떨어졌니?"

"아니…… 할머니가 쓰러졌어."

"면접 못 봤어? 간병인이 있었다며……. 할머니가 선사기에 착지했어?"

"……"

완은 대체 노파와 얼마만큼 질긴 악연으로 묶였는가. 내가 친누나이고 그때 그들과 같이 살았더라면 할머니나 철이는 물론 완조차 용서하지 않았을 것 같았다.

"다시 안 쳤어? 공무원 시험은?"

완은 고개를 저었다.

"그랬구나……. 공부는 계속할 거지. 좋은 생각났다. 내가 가는 카페가 있는데, 혹시 퀴사모라고 들어봤어? 거기 취업 준비생들 수두룩해. 정보도 많고. 말 나온 김에 바로 가입하자. 주소 알려줄게. 이따 할머니 잠들면 카페에서 만나, 알았지."

완은 대답이 없었다. 철기나 선사기에 있는 노파의 맞장구나 냉큼 쳐낼 줄 알았지 내 말엔 늘 어물거리는 완이었다. 그러니 노파가 좋다고 했겠지. 나는 이제까지 어물어물 멍청하게 생각되었던 완이 다르게 보였다. 노파에게 몰려 몇 날 며칠 문을 걸어 잠그고 방 안에 웅크렸을 때 완은 울지 않고 공부를 했단 말인가. 가능한가. 슬픔이 아니라면 완의 눈동자는 무엇을 품어 저리 깊을 수 있는가.

링거까지 맞아 기운이 펄펄해진 노파가 집에 돌아오자 주방 살림을 모조리 들어내고 대청소를 시작했다. "젊은 계집이 있는데 살림이 이게 뭐니." 노파는 나를 닦달하느라 신경질을 냈고 싱크대를 닦느라 기운을 과하게 썼다. 저러면 안 될 텐데, 싶더니 노파가 머리를 싸쥐고 두통을 호소했다. 나는 약봉지에서 아리셉트 한 알을 골라내 노파에게 먹였다. 대부분의 치매 약에 스트레스 조절 성분이 포함되었다는 건 병원 상식이었다. 그렇다 해도 노파가 금세 편안한 얼굴로 돌아오자 나는 좀 놀랐다. 약효가 저렇게 빠를 수 있나. 언젠가 방송에서 노인질환 전문의가 했던 말이 생각났다. 환자들이 말로는 살림이나 자식을 걱정하지만 본능은 자신이 가장 편안한 장소와 시간으로의 회귀를 꿈꾼다고. 치매가 들면 무의식이 의식을 쉽게 지배한다고 했다. 의사의 견해에 따르자면 노파는 두통이 시작되자마자 선사기로의 착지를 열망했다고 해석할 수 있었다.

완은 노파가 약을 먹어 타임라인을 넘어간 줄도 모르고 허둥대며 저녁상을 차렸다.

"할머니 약은 내가 준비할게."

완은 대답 없이 야채를 씻었다. 아리셉트의 부작용에 대해 좀 더 알아봐야 했다. 완을 졸졸 따라다니던 노파가 내 곁에 다가와 말을 걸었다.

"언니, 배 아파?"

노파는 긴장으로 굳은 내 얼굴을 빤히 들여다보며 배시시 웃었다. 마주 웃을 수밖에 없는 천진한 눈빛이었다. 나는 약절구에 아리셉트를 넣으며 노파를 외면했다. 선사기가 그렇게도 좋은가요. 나도 할머니가 행복했으면, 영원히 그랬으면 좋겠어.

●

나는 애꾸눈 인형을 안방 이불 위에 슬쩍 갖다놓았다. 노파가 나를 흘끔거리다 인형을 껴안고 잠들자 완에게 카페 주소를 알려주고 컴퓨터 앞에 앉았다. 카페지기에게 문자를 보냈다. 완이 대기업 공채에 붙었다고 소개하자 바로 우수회원으로 등업됐다. 우리는 세계의 정원 방에서 만나 산책을 시작했다.

나는 평소 즐겨 찾던 곳을 젖혀두고 19세기 유럽 스타일 정원을 클릭했다. 클릭하자마자 테니스공을 때리며 내는 탄식 소리와 아이들 웃음소리, 쟁강쟁강 찻잔 부딪히는 경쾌한 배경음이 들렸다. 나는 프릴 셔츠를 입은 남자 둘과 은백색 머리칼의 할머니를 추가했다. 곧 소곤대는 저음의 남자 목소리와 조심해, 하는 손자들을 향한 할머니의 정겨운 꾸지람이 들려왔다.

완은 이 정도에 감탄사를 연발했다. 나는 완에게 컴퓨터공학을 전공한 카페지기를 소개했다. 움직이는 캐릭터와 생생한 효과음이 내는 경쾌한 음향감. 세계의 정원에서는 실제 한낮보다 더 화사한 인공빛이 사방에 비쳤다.

—어떻게 만들었어요?

나 또한 이곳에 들어와 했던 첫 번째 질문이었다. 나는 사실 퀴즈방에서의 문제풀이보다 이곳 정원에서 어슬렁거리는 시간을 더 좋아했다. 카페지기는 실제 정원 바탕에 수백 개의 레이어를 겹치고 그래픽으로 합성하는 과정을 완에게 설명했다. 나는 그들의 대화를 건성으로 읽으며 정원 꾸미기에 바빴다. 먼저 산책로 입구에 색색의 장미 화단을 만들었다. 더없이 맑고 파란 하늘색을 덧칠한 후 산책 속도를 실제 걸음걸이로 설정하자 원거리에 잡혔던 풍경이 서서히 다가왔다.

—숲이 굉장하네요. 공룡이 튀어나올 것 같아요.

내가 성안의 정원 풍경에 초점을 두고 있다면 완은 성 주변을 두르고 있는 푸른 숲에 대해 이야기하고 있었다.

—공룡이요? ㅎㅎ 프랑스에 있는 고성입니다. 유명한 영화배우가 사는 곳이에요. 저는 예쁜 여배우가 저 숲에서 튀어나왔으면 하는 바람으로 재현했습니다. ㅎㅎ

이제 우리는 가로수가 우거진 흙길을 벗어나 잔디가 깔린 푸른 정원에 발을 디뎠다. 완만한 정원의 오르막 끝에는 햇빛에 반짝이는 저택의 유리문과 그 곁 나뭇가지 사이로 티 테이블의 다리가 보였다. 나는 높은 곳에 선 사람들의 옷자락이 보고 싶었다.

—이런 정원을 몇 개나 만들었어요?

—카페에 오픈한 것만 열다섯 개예요. 지금은 뉴질랜드 사진을 모으는 중이에요. 마녀의 망토 자락처럼 늘어진 이끼와 개구쟁이 요정이 사는 곳 같은 구멍 뚫린 바위 사진들요. 〈반지의 제왕〉이나 〈쥬라기 공원〉을 찍은 숲이 환상적이거든요.

드디어 티 테이블에 앉은 할머니의 무릎덮개와 주변에 둘러선 아이들이 눈에 들어왔다. 아이들은 할머니가 나눠주는 쿠키를 받으려 조그만 손을 내밀었다. 그러곤 쿠키 한 조각을 손에 쥐자마자 뒤돌아 잔디밭을 향해 달려갔고 할머니의 나직한 웃음소리가 섞여들었다. 우리는 할머니의 은백색 머리칼을 쳐다보며 마지막 두어 발짝을 기다려 목적지인 현관 앞에 도착했다. 숲과 연못으로 가장자리를 두른 정원 전경이 한눈에 내려다보였다. 둔덕을 다듬어 만든 테니스코트에는 긴 치마를 입은 여자 둘이 소곤대는 남자들의 시선을 의식하며 테니스를 치고 있었다. 공을 놓친 숙녀의 과장된 한탄과 신사들의 작은 성원. 박수를 치는 중에도 멈추지 않는 아이들 웃음소리. 아이들은 공놀이를 하다 할머니에게 달려와 작은 손을 내밀었다.

완은 할 말을 잃을 만큼 감동적이라고 썼다. 어떻게 이런 곳이 가능하냐고. 카페지기는 다음번엔 병영에서 만나 시험 문제를 풀어보자고 했다. 원한다면 우리는 몇 시간이고 세계의 햇볕을 마음껏 쬘 수 있었다. 이곳이 마음에 들지 않으면 미래의 연인과 허니문을 떠나기에 적합한 열대의 바닷가로 수영을 하러 갈 수도 있었다.

나는 상상한다. 언젠가 노파의 선사기가 막을 내리면 완은 뒤태가 멋진 여자와 사랑을 하리라. 그리고 예쁜 아이들을 데리고 이곳의 정원과 유사한 휴양지를 찾으리라. 그때쯤이면 나도 아이보리색 스웨터가 잘 어울리는 남편과 손을 잡고 노을이 내리는 이국의 바닷가에서 완을 만날 것이다. 지나간 시절의 추억들이 꼬깃꼬깃 응집될 만큼의 시간을 흘려보내고 나면 우리도 들꽃 하나를 찾아 숲을 헤매다 또 다른 길을 찾는 선사기를 맞을지도 모를 일이었다.

철아, 철아. 노파가 완을 부르는 애처로운 목소리가 집 안에 울렸다. 바다에 나가보자는 권유를 완이 거절했다. 다음에……. 완은 인사도 하는 둥 마는 둥 카페에서 나가 노파에게로 뛰어갔다.

●

잠결에 현관문 돌리는 소리가 들렸다. 척, 척, 삐걱, 아휴. 누군가 투덜대며 문을 밀치고 있었다. 아무 때나 집을 나서는 노파가 걱정돼 문을 잠그는데……. 그쯤에서 나는 벌떡 일어났다.

"꽃씨를 심어야 하는데……."

나를 보자 노파는 밖으로 고갯짓을 하며 문고리를 돌렸다. 삐걱삐걱. 나는 아무 대답 없이 현관문을 열어주었다. 햇살에 잠긴 아침 정원에서 따스한 봄바람이 불어왔다. 완이 문소리를 듣고 방에서 나왔다.

"내가 아침 차릴게. 밖에 나가봐."

완은 잠이 덜 깬 눈으로 허정거리며 마당으로 나갔다. 나는 주방에 들어가 노파의 약봉지를 뜯어 절구에 넣었다. 혈압강하제와 소화제, 진통제. 아침 약에는 아리셉트가 들어 있지 않았다. 나는 취침 때 먹는 약봉지를 뜯어 아리셉트를 골라내 절구에 넣었다. 곱게 간 약을 물에 개 식탁 한쪽에 올려놓았다.

나는 아리셉트의 부작용이 치매를 빠르게 진행시킨다던 보고서를 떠올렸다. 그럼 뭐 어떠랴. 노파가 바라는 일인데. 신이 인간 누구에게도 이러한, 전지전능하고 오만한 권리를 주지 않았겠지만 나는 개의치 않기로 한다. 노파는 행복한 선사기에 머물러야 마땅할 것이다.

나는 자신을 납득시키느라 고개까지 끄덕이며 아침상을 차린 후 마당에 나갔다. 마당에는 호미를 들고 정원을 가꾸는 완과 노파가 영화의 한 장면처럼 아른거렸다. 노파가 서툰 호미질로 나무둥치라도 찍을라치면 완은 그 뒤를 종종, 앉은뱅이걸음으로 따라가 일어난 나무껍질을 쓰다듬어 앉혔다. 노파가 힘 조절을 잘못했는가. 호미가 완의 손등을 스쳤다. 노파는 호미를 내던지고 완의 손을 싸안더니 입김을 불었다. 정원 가득 선사시대의 봄날이 서서히 그들 주변을 환하고 따스하게 비치며 후광처럼 밝아졌다.

평화로운 정원 풍경이 아름다워 눈물이 조금 맺혔다. 나는 하늘하늘한 손짓으로 그들을 불렀다. 아침 먹고 해요. 정원은 이 봄에 다 가꿀 수 없을 만치 넓어요.

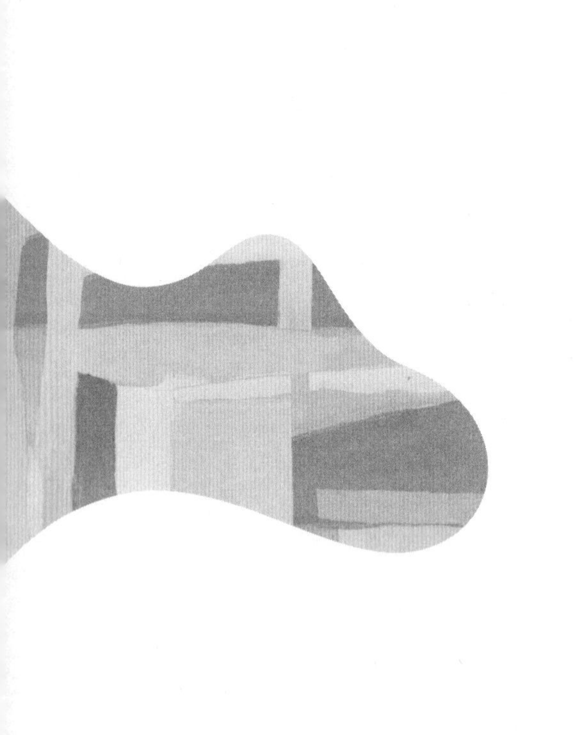

히포가 말씀하시길

히포가 말씀하시길

하 여사가 아빠한테서 온 전화를 받았을 때 우리는 아이스벽돌 명동점 앞에 있었다. 수제 아이스바 가게였다. 개장한 지 이 주 됐는데 이제야 맛보러 온 참이었다. 가게 밖까지 길게 선 줄에서 우리 차렌 세 번째였다.

"그만 병원으로 돌아오래."

하 여사가 우리에게 아빠의 말을 전했다.

"모레까지 이틀이나 굶어야 하는데, 말도 안 돼. 가는 중이라고 말해!"

큰누나 명이 딱 잘라 거절했다. 우리 중 아이스크림을 가장 좋아하는 하 여사도 색색의 얼음이 진열된 냉동고에서 눈을 떼지 못했다. 큼직한 과육이 박힌 아이스바의 비주얼은 입안에 복숭아 군침이 돌게 했다. 나는 부드럽고 풍부한 향이 일품이라는 요거트 치즈 맛을 가리켰다. 작은누나 현지만 안달했다.

“아빠가 오란다고?”

“……”

하 여사는 복숭아 아이스를 한 입 베어 물고 나서야 현지를 쳐다봤다.

“맛있다. 얘, 라즈베리 하나 더 사라. 네 아빠? 자기한테 콩팥 안 줘도 된단다. 다들 퇴원하래. 말뿐이지 뭐.”

“맞아. 히포는. 우리가 진짜 퇴원하면 어쩌려고 그런대? 간호사가 아홉 시까지 오랬잖아. 이제 일곱 시네. 현지야, 민수 뭐 좋아해? 포장할까?”

현지는 고개를 저었다. 신혼이라 남편을 챙기고 싶을 텐데 현지는 그러지 않았다. 명이 현지더러, 그렇게 걱정되면 먼저 가라고 하자 현지는 할 수 없이 우리를 따라다녔다. 나는 이런 날 아빠 히포가 전화한 것을 이해할 수 없었다. 그러니까 가족 모두가 병원에 입원한 단 하나의 이유는 자기에게 신장 하나를 떼어주기 위해서였다. 일주일이나 걸리는 정밀검사를 앞두고 자유롭게 보내는 마지막 저녁을 방해하는 아빠라니. 쓰러진 날에도 그랬다. 오로지 나의 재치로 훈훈하게 마무리한 그 저녁을 떠올렸다.

나는 그날, 살빛이 눈처럼 흰 여자애와 저녁을 먹고 있었다. 히포가 친구들과 술을 마시다 구토를 하고는 정신을 잃었다고 했다. 병원 응급실로 가라며 아빠가 쓰러진 경위를 전하는 하 여사의 느릿하고 띄어 말하기가 엉망인 말투에서 위스키 냄새가 연상됐다. 하 여사의 이야기는 만우절의 재미없는 농담처럼 들렸다.

소개팅 후 두 번째 만난 여자애였다. 나는 그녀보다 조금 빠른 속도로 스테이크를 썰고 와인을 마셨다. 한쪽 볼에 파인 보조개를 보며 그 애의 오목하고 신비롭기 그지없을 배꼽을 상상했다. 짜릿한 상상은 혀 밑에 접어두고 방금 전에 본 영화에 대해 그녀와 얘기를 나눴다. 로렌스라는 남자가 여자옷 도착증인지, 여자가 되고 싶은 것인지 등. 우리는 몇몇 장면을 화제에 올렸다. 디자인을 전공하는 그녀는 미장센과 몽타주를 들먹이며 감독의 천재성을 찬양했다. 나는 영화 상영 세 시간 중 최소 삼십 분은 잘라버려야 재미있을 거란 얘기도, 오늘 보거나 만난 여자 중에 네가 가장 예쁘다는 얘기도 하지 않았다. 이제 겨우 초저녁이었고 우린 아직 와인을 두 잔도 비우지 않았다. 그리고 아빠가 술을 토했다는 얘기는 내 평생 처음 들었다. 누구보다 주량이 큰 히포가 마신 술을 뱉어내다니. 나는 내심 고소했다. 숙취를 이기지 못할 때마다 내게 던지던 경멸의 눈빛이라니. 경험에 비추어 술병이 나면 속을 비우고 자는 게 최선이었다. 나는 와인 잔을 들어 그녀와 건배했다. 오늘 밤, 포도 맛이 밴 그녀의 보랏빛 혀가 내 것과 맞닿아 있을지 누가 알겠는가.

병원에 가지 않을 작정을 한 참이었다. 하지만 명의 카톡을 무시할 순 없었다. 아빠 심각하대. 데리러 와, 지금 당장! 명은 일대에서 가장 큰 클럽에 있었다. 나는 놀란 표정으로 여자애의 손을 잡고 어깨를 끌었다. 운전석에 오르기 전, 집에 못 데려다 줘 미안하다하며 포옹을 해도 그녀는 가만히 선 채 고개만 끄덕였다. 허둥대는 컨셉이라 그녀와의 첫 스킨십을 짧게 끝내야 하는 게 아쉬웠다.

웬일로 명에게선 클럽 냄새만 났다. 술을 마시지 않은 것은 다행이지만 화장과 옷차림이 병원과는 어울리지 않았다. 사이키 조명처럼 붉고 노란 반짝이가 들어간 검정 원피스나 그물 스타킹과 하이힐 등은 널리고 흔한 가게에 들어가 새로 사 바꿔 입는다 해도 눈보다 크게 그린 스모키 화장이나 큐빅을 박은 까만 매니큐어는 쓱쓱 문질러 지울 수 있는 게 아니었다.

"립스틱 닦아."

"난 잠깐 들렀다 바로 나올게. ……그냥 집에 갈까?"

나는 명이 새빨간 입술을 지우다 말고 진지하게 묻자 서둘러 고개를 저었다. 나 혼자 히포를 상대하는 것보단 옷차림이 부끄러워도 명과 같이 있는 게 훨씬 나았다.

응급실에 들어가자 아빠 친구들이 병상을 빙 둘러서 있었다. 아줌마들도 있었다. 술을 마시다 쓰러졌다더니. 그들에게서 나는 술 냄새는 응급실의 소독용 알코올 냄새보다 짙지 않았다.

"네 어머니는?"

"몇 시간 걸릴 거예요. 지방에서 올라오시는 중이거든요."

명은 역시 노련했다. 조금도 망설이지 않은 명의 대답에 아빠 친구들은 모두 고개를 끄덕였다. 자기기만도 기술이니 연마해야 한다던

명이었다. 거짓말도 하는 사람이 확신하느냐 않느냐에 따라 통, 불통이 갈린다고 했다. 나는 침상에 붙은 아빠의 이름과 병명을 읽다가 하 여사에게 문자를 보냈다. 병원에는 적군이 가득하니 술 냄새가 가시기 전엔 얼씬도 말라고. 명과 나의 옷차림 때문인가. 아빠 친구들은 우리가 전쟁터에서 무기를 숨기고 온 전령이나 되는 듯 아래위로 훑어보았다. 우리는 여차하면 목이 댕강 잘려 말 등에 묶인 채 화살이 날아다니는 들판으로 쫓겨날 분위기였다. 특히 아줌마들의 눈매가 살벌했다. 아빠 친구 중 한 명이 동의서를 내밀었다.

"우리가 서명할 뻔했다. 급하단다. 얼른 사인해서 의사한테 갖다 줘."

"네. 감사합니다."

우린 카운터로 갔다. 아빠는 급성 신부전증이었다. 신장 기능이 망가져 혈액의 노폐물을 소변으로 배출하지 못해 쇼크가 온 것이란다. 내일 아침 담당의사가 오더 내리면 아빠는 바로 혈액투석을 받아야 한다고 했다.

"그런가요? 하지 않으면 어떻게……."

명도 나처럼 아빠의 병명이 황당하고 낯선 듯했다. 바보 같은 질문을 멈췄다. 죽죠. 의사는 고개를 돌렸다. 명은 내게 볼펜을 쥐여주며 응급시술 동의서를 가리켰고 옆에 있던 다른 의사가 신부전증의 원인과 진행, 치료 과정에 대해 설명했다. 얼떨결에 사인을 하면서도, 왜 아빠 목숨이 오고 가는데 내 동의를 구하는지 이해할 수 없었다.

—진짜로 좋아하고 인생을 걸고 싶은 일이 무엇인지 찾아보란 말이다.

대학에 진학하면서 전공을 정하지 못했을 때나 평소 아빠가 나를 몰아붙이면서 하는 꾸지람이었다. 아빠는 무위(無爲)에 대해 이해하지 못했다. 하지 않을 것을 선택한 것이 내가 정한 인생의 목표였다. 싫은 일은 하지 않는 것. 그러니까 내가 진짜로 좋아하지 않는 게 사인을 하는, 이런 일이었다. 아빠는 말 한마디 않고 내가 싫어하는 일을 하게 하다니. 의사는 내가 서명을 하자마자 동의서를 빼앗듯 가져갔다.

아빠는 거대한 몸을 출렁이며 소리 죽여 앓았다. 우린 아빠의 안색을 제대로 살필 겨를도 없이 의사와 간호사의 지시에 고개를 끄덕이고 수납을 했다. 명과 내가 응급실을 가로지를 때마다 병자를 돌보는 보호자는 물론 침상에 누운 환자들까지 목을 빼 우리를 힐끔거렸다. 가죽 재킷과 메탈 장식으로 멋을 낸 노랑머리 남자애를 처음 보는 걸까. 속옷이 보일 것 같은 명의 허벅지 뒤태를 아빠 친구들조차 아슬아슬한 눈빛으로 바라보았다.

“여기서 밤새워야 할 거야. 집에 가서 옷 갈아입고 오는 게 좋겠다.”

아빠 친구가 대신 검사실에 다녀오겠다며 우리의 등을 떠밀었다.

차에 타자 명은 근처 의류타운으로 가자고 했다. 집에 다녀오는 시간보다 숍에서 옷을 사 입는 게 빠를 거라는 말이었다. 나도 좋았다.

명은 하 여사에게 전화를 걸어 옷값을 받아냈다. 명은 먼저 화장품 가게에 들러 화장을 지우고 나왔다. 우리는 미로 같은 매장에서 신상을 찾아 돌아다녔다. 자주 이용하는 곳이라 집 안을 다니는 것처럼 편했다. 운동화와 청바지로 갈아입고 나오려던 길이었다. 마네킹 앞에서 걸음을 멈췄다. 마네킹이 입은 원피스는 오늘 만난 여자애에게 딱 어울릴 아이템이었다. 수수한 들꽃 같은 여대생이 모던하고 도도한 여성으로 변신한 모습이 눈에 선했다. 내가 원피스에 어울리는 액세서리를 고르는 동안 명은 애인에게 입힐 속옷을 샀다.

우리는 아이스바 가게에서 나와 꼬치와 케이크까지 먹은 후에야 차에 탔다. 의류타운의 간판이 보이자 명이 싸고 좋은 물건을 많이 들였더라, 하며 운을 뗐다. 옷탐이 많은 현지가 고개를 끄덕이자, 옷이야 늘 부족하지, 하 여사가 맞장구를 쳤다. 신이 나 액셀을 마구 밟아 의류타운의 주차장으로 진입하던 참이었다. 자형에게서 전화가 왔다. 출장에서 돌아오는 길이라고 했다. 자형도 우리와 함께 정밀검사를 받을 예정이었다.

"빨리 차 돌려. 병원으로 가자."

현지조차 제 남편이 도착하려면 시간 여유가 있다며 쇼핑행을 원했지만 하 여사는 단호했다. 룸미러로 보니 누나 둘이 마주 보고 입을 비쭉이고 있었다.

병원에 도착해 환자복으로 갈아입고 아빠의 병실로 몰려갔다. 아빠는 TV도 켜지 않은 채 적막하고 퀴퀴한 특실에 홀로 누워 있었다. 명은 망고와 자몽을 깎아 아빠에게 권했다. 찡그리고 쳐다보는 히포의 얼굴이 낮보다 더 부은 것 같았다.

"아픈 줄도 모르고 아빠한테 살 빼라 그랬는데, ……우리 히포 진짜 많이 부었네."

현지가 말하는 히포라는 아빠의 별칭은 집에서 키우는 강아지 세나의 이름을 부를 때처럼 감정이 들어 있지 않았다. 강아지 하나가 죽자 하나 다음에 데려온 치와와를 두나라고 하지 뭐, 하고 이름을 지은 것처럼 세나의 이름도 그렇게 붙였다. 퉁퉁 부은 아빠는 애칭처럼 진짜 하마로 보였다. 나는 탱탱한 히포의 종아리를 만졌다. 하 여사의 뱃살보다 훨씬 단단했다. 커질수록 색이 연해지는 풍선처럼 아빠의 살갗은 터질 듯 새하얗다. 콕 누르자 손가락이 튕겨 나왔다. 다시 눌렀다. 창백한 손가락 점이 생겼고 오목한 구덩이가 생겼다. 구덩이에 살이 천천히 차올랐다. 나는 더 큰 구덩이를 만들려고 꾸욱, 힘을 주었다. 끙, 신음을 뱉으며 아빠가 돌아누웠다.

몸이 이 정도로 부으면 혈액투석을 할 때라고 했다. 나는 아빠의 어깨로 늘어뜨려진 고무관을 봤다. 음료수 빨대만 한 관이 목의 정맥에 박은 임시 도관과 연결돼 있었다. 나는 드라큘라가 아빠 피를 마셔도 목에 이빨 자국이 남지 않겠구나, 밸브만 열면 될 테니까, 따위 엉뚱한 상상을 했다.

혈액투석을 받은 날 아빠는 기절을 하듯 잠들었다. 혹시 숨을 쉬는

지 코밑에 손가락을 대봐야 할 정도로 이불 뭉치, 병상과 한 덩어리였다. 부기가 빠지면 아빠 눈을 크게 뜨며 세상이 또렷하다고 말했다. 하지만 컨디션이 좋은 것도 하루가 다였다.

한 주에 세 번이나 몸 안의 피를 빼내서 거른 뒤 다시 넣는다니, 네 시간에 걸쳐 전쟁 같은 혈투를 치르는 아빠가 죽었다가 다시 깨어나는 것처럼 느껴졌다. 히포는 지금까지처럼 골프를 치러 외국에 나갈 수도 없고 아줌마가 낀 술자리에서 클라리넷을 연주할 수도 없을 것이다. 의사는 아빠가 언제 퇴원할지 알 수 없다고 했다. 그동안 달력에 적혔던 히포의 골프 여행이 두 개나 지나갔다. 아빠는 카톡 방에서 친구들이 보낸 사진과 말풍선으로 태국과 중국의 홀과 잔디 상태, 바람의 방향에 대해 알게 되었다.

"참, 인피니티는 어디 뒀어요? 주차장에 갖다 두고 덮개를 씌워놓든지, 제대로 관리해야지. 열쇠 줘요. 애더러 몰고 오라고 할게."

아빠가 쓰러지던 날 몰고 나갔던 스포츠카를 아직 집에 갖다놓지 않았다. 하 여사의 말을 듣자 스포츠카의 팽팽한 속도감과 차체가 흔들리는 감촉을 기억하고 있는 손가락이 저절로 꼼지락댔다. 아빠는 말이 없었다. 하 여사가 다시 재촉하자 히포가 벌떡 일어났다.

"외출할 거면 내일 입원하지 뭣 하러 오늘 들어왔어? 뭔 일을 그렇게 해……."

잔소리를 시작하던 히포가 얼굴색을 바꿨다. 자형이 병실에 들어서고 있었다. 나는 이래서 자형이 좋았다. 자형이 있으면 아빠와 하 여사는 격식을 차리듯 점잔을 뺐다. 그러니까 자형은 외부 사람이었던 것이다. 하지만 자형에 대한 손님 접대는 홍콩 여행 얘기를 하며 소홀해졌다. 다섯이 입원해 함께 쓰는 병실에 돌아와 잠자리 준비를 하던 중이었다. 자형이 불쑥 말했다.

"아버님이 편찮으신데, 홍콩 여행을 취소해야 하지 않겠어요?"

"……"

우리는 한순간, 부스럭대던 모든 동작을 멈추고 자형을 바라봤다. 홍콩은 한 달 전에 잡힌 일정이었다. 명품을 사려고 얼마나 열심히 돈을 아꼈던가. 우리는 온라인에서 판매하지 않는 애들의 목록을 몇 번이나 작성했다.

"저기요, 제부. 어차피 검사 끝나고 결과 기다리는 때잖아. 우린 최선을 다한 뒤라고요. 우리가 여기에 있다고, 뭐 하나라도 아빠한테 도움이 되나요?"

명의 말소리가 빨랐다. 하 여사가 명의 주장에 힘을 보태듯 머뭇대며 말했다.

"어쩌지……. 여행비 완납했지? 날짜가 촉박해 하나도 못 돌려받을 텐데. ……"

자형은 동조를 구하려 아내를 쳐다봤지만 현지조차 남편을 외면했다.

"안 돌려주지, 그럼. 싸구려 패키지인데. 여행사 하는 친구가 그러는데 자기들은 해약 수수료로 먹고 산대."

"……"

"그럼 이렇게 합시다."

남자 형제뿐인 자형은 여자들의 쇼핑에 대한 집착을 과소평가했다. 나조차도 홍콩행을 포기하는 것이 마음 아팠다. 벌칸 2053시리즈를 보러 침사추이에 다시 가겠다, 마음 먹었는데. ……그 거리의 그윽한 냄새와 화려한 불빛, 시계의 째깍거리는 발자국 소리가 멀어지는 느낌에 머리가 멍했다.

"나는 취소할 테니까 여자 셋이 갔다 오는 걸로. 어때요?…… 자형, 아버지는 우리가 번갈아 돌봐 드립시다. 여행비가 아깝잖아요."

자형도 어쩔 수 없다는 듯 고개를 끄덕였다. 괜히 아빠 마음만 서운해지니 여자들의 홍콩행을 알리지 않기로 약속했다. 자형한테는 그렇게 말했지만 아빠가 모를 리 없었다. 거실의 달력에 여행 일정이 적혀 있었고 우리가 모여 숙덕대는 브랜드나 거리 이름 같은 것을 아빠도 들었을 것이다. 그러고 보니 어릴 땐 아빠와 함께 여행을 가곤 했다. 언젠가부터 아빠는 친구나 동창들과 골프여행을 다녔고 우린 네 명이 뭉쳐 해외를 다녀오기도 했다. 자주 맛집이나 공연장에도 몰려다녔다. 가족여행에서 아빠가 빠진 것이 언제부터였을까. 집안일 안팎을 하 여사와 아빠가 분담한다고 생각했는데.…… 아빠는 바깥일이 없지 않은가. 서른여섯 군데의 가게에서 들어오는 월세를 확인하는 것이, 바깥일인가.

자형이 전화를 받으러 병실 밖에 나가자 나는 하 여사를 졸랐다.

벌칸 2053시리즈 중에 최신 상품을 사 오기로 약속받았다. 나는 시계 사진을 누나와 엄마 폰으로 냉큼 보냈다.

"여행비 말이야, 얘 거는 못 돌려받겠네. 아깝다."

현지는 시집을 가더니 돈 얘기를 자주 했다.

"사실 반은 돌려받을 수 있어. 너 이거, 민수한텐 비밀이야. 신랑이라고 시시콜콜 다 말해라, 등신처럼. 여자는 영원히 신비주의야. 신변 너무 알려주면 간섭만 는다더라. 좀 영악하게 굴어. 여행비 돌려받았단 얘기 전하면, 다신 너한테 이런 말 안한다."

"알았어. 뭔 말인지 알아들었으니 그만해. 반도 아깝지 뭐."

"그렇지. 너 자신부터 납득시켜. 그거 벌려면 민수, 일주일은 일해야 되잖아."

"일주일은 무슨……. 엄마 나 생활비도 좀 주라, 힘들어 죽겠어!"

작은누나는 사랑 하나로 잘 살겠다더니, 결혼 생활 두 달을 버티지 못하고 하 여사에게 손을 벌렸다. 남편이 벌어 오는 월급으로 살려니 우울증에 걸릴 지경이라고 했다. 시댁에 용돈 보내고 밥 먹고 차 유지비 대기도 빠듯하다고 징징거렸다. 이건 정말 비밀이야. 현지는 자형이 알까 두렵다고 했다. 나는 자형이 속사정을 알면 자존심에 금이 가겠다는 생각을 했다.

"아이는 안 생겨?"

명은 아무래도 현지가 피임을 하는 것 같다고, 의심을 했다.

"이 지경에 애는 무슨. ……"

현지는 제가 뱉어놓은 그 말이 나쁜 주술이기라도 한 듯 놀란 표정을 지었다. 결혼 후 주니어 계획에 대해 처음으로 솔직한 마음을 드러낸 현지였다. 참, 요즘 여자라니. 그래도 현지가 명보다 착하고 세상 친화적이지 않은가. 나는 무위하는 독신으로 삶의 방향을 굳혔다. 보조개가 예쁜 여자애는 다를까. 그럴 리가. 똑같겠지. 아니다. 세상이 잘 돌아가고 인류의 종이 번식하는 것을 보면 모든 숙녀가 우리 집 여자와 같지 않기 때문일 것이다.

"현지, 애는 낳아라. 그래야 생활비 대줄 거야."

"엉?"

우리는 일제히 하 여사를 향해 놀란 표정을 지었다. 하 여사는 평소 우리에게 독신도 좋으니 즐겁고 재미있게 살라고 누누이 말해왔다. 현지가 원하기만 하면 이혼시키겠다고 사위에게 으름장을 놓는 장모가 아니던가. 혹시 명과 내가 결혼조차 하지 않을까 봐 저러는 걸까. 아니면 하 여사가 늙는 걸까.

금식을 하며 검사를 받는 동안 우리는 시간이 날 때마다 병실에 와 늘어졌다. 이틀이 지나자 병원 생활도 익숙해졌다. 자형은 끼니때나 휴식 시간엔 아빠의 병실로 향했다. 우린 집에서 각자의 방에서 지냈는데, 모두 자형의 눈치를 보느라 히포의 병실로 따라갔다. 소파와 간이침대에 앉거나 누워 TV도 보고 수다를 떨었다. 명과 나는 자형에게 현지의 어디가 예뻐서 결혼했는지 장난 삼아 캐물었다. "예쁘고 착하잖아요, 저의 부모님께도 얼마나 정을 붙이는지 늘 제가 부족합니다, 김밥을 정말 맛있게 싸요." 등의 대답을 하면 우린 의아한 제스처를 취했고 현지는 우릴 꼬집거나 눈을 흘겼다.

"그런데 아버님 별명이 왜 히포예요? 현지 씨 말이 아주 어릴 때라 기억 못 하겠대요. 뚱뚱한 친구가 그 별명이라…… 그게 아니라, 아버님은 보통 체격이잖아요."

자형은 아빠가 퉁퉁 부은 것을 놀렸나 싶어 제 풀에 당황했다.

"혹시, 제부도 그 비디오 봤어요? 히포네 가족이 춤추고 노래하던 그거, 교육비디오 있었잖아. 니들 기억 안 나?"

"……"

"맞아요. 제 주위에도 그거 안 본 친구들이 거의 없더라고요. 춤도 이렇게."

어깨를 들썩이는 자형과 큰누나를 가만히 보고 있다가 불쑥, 현지가 끼어들었다.

"아, 아빠가 그 초록 인형을 사 왔던 거 같아. 서랍 어딘가 있었는데. 저번에 정리하면서 버렸나……. 아닌데? 히포 인형 기억 안 나? 집에 가면 찾아봐야겠다."

"그래? 그래서 아빠가 히포가 된 거야?"

히포가 우리의 말을 듣고 있다가 가만히 고개를 끄덕였다.

"너희들이 나를 위해 이렇게 해주니 정말 고맙다. 앞으로 잘 협심해서 다복하게, 그래." 아빠가 털어놓는 다정한 속내는 뜬금없이 들렸지만 감동적이기도 했다. 아빠의 붉은 눈시울에 현지가 고개를 돌렸다. 분위기를 살려 명이 영어 노래의 음을 시작했고 히포히포히포…… 우린 합창을 했다. 히포히포 히포포타무스…… 히포는 자신이 오랜만에 가족의 중심에 선 것을 흐뭇해했다. 우리 안에서 아빤 늘 성을 내거나 밖으로 나도는 무뚝뚝한 사람이었다. 웃어도 그건 TV나 자형과 같은 외부를 향해서였다. 엄마는 스스럼없이 웃었지만 잠깐씩 아빠를 노려봤다. 내 기억은 누나들과 조금 달랐다. 하지만 차이가 뭔지 딱 짚어낼 순 없었다.

병원에 있으면서 우리는 화목한 가족이란 표본적 틀을 체험했다. 아빠는 저염식을 먹었고 우린 외부에서 간식을 사다 먹었다. 아빠도 우리가 먹는 것을 보며 흐뭇하게 웃었다. 나쁘지 않았고 평소와 달랐다. 여자들이 메뉴를 정하면 나와 자형이 사다 날랐다.

차를 몰고 시내까지 간 저녁이었다. 여자애에게 연락을 하자 우리 근처에 있었다. 자형은 혼자 병원에 돌아가겠다며 간식 봉지를 흔들었고 내 어깨를 툭 쳤다.

여자애는 내가 사준 원피스를 입고 있었다. 연한 화장이 옷보다 수수했을 뿐 묶은 머리 아래로 드러난 목선이나 허리에서 발목으로 이어진 각선미가 예상보다 훌륭했다. 옷이 잘 어울린다거나 고른 안목이 남달랐다고 우쭐대 장난을 주거니 받고 싶었지만 나는 호들갑을 떨지 않았다.

아빠는 차도가 있냐고 여자애가 묻자 고개를 돌리는 것으로 분위기를 잡았다. 오늘 밤엔 비통한 효자를 연기해서라도 그녀와 뽀뽀를 하고 싶었다. 근처 공원의 컴컴한 구석자리에 앉으며 여자애의 어깨에 손을 얹었다. 혈액을 투석하고 난 히포를 거의 죽은 사람처럼 묘사한 뒤 하늘을 올려다보며 한숨까지 내쉬었다. 여자애는 몸을 틀어 어깨에 얹힌 나의 팔에서 빠져나갔다. 그리고 아빠의 쾌유를 바란다며 나를 바라봤다. 나도 진심으로 바라는 바이고, 그렇게 말해줘 고맙다며 손을 잡자 여자애가 움찔했지만 빼내진 않았다. 나는 가볍게 잡은 손에서 차츰 그녀의 속살로 다가갈 생각이었다. 곧 손목을 지나 팔 아래 깊숙한 곳으로 손을 옮기던 참이었다. 하 여사가 잠잘 시간이라고 전화를 했다. 아무래도 뽀뽀는 다음번으로 미뤄야 했다.

주차를 하고 병실로 가던 길이었다. 히포 것처럼 보이는 차가 있었다. 다음번엔 여자애를 스포츠카에 태워 바람 좋은 외곽도로를 씽씽, 내달리는 상상을 하며 히포에게 뛰어갔다. 집에 갖다 놓겠다며 열쇠를 달라고 하자 히포는 나를 무연한 눈길로 바라보다 한마디 했다. "숨겼다." 내가 차를 몰고 나갈까 봐 감췄다는 얘기였다! 딱 한 번이었다. 아빠 차를 몰고 나가 사고를 낸 적이 있었다. 가벼운 접촉 사고였고, 몇 년이나 지난 일이었다. 아빠가 아직도 그걸 염두에 두고 있다니. 나는 홍콩에 가지 않겠다고 한 걸 후회했다.

"잠깐, 의사를 만나야겠어요."

문 앞에 노란색 X 글자가 쓰인 CT촬영실 앞에 앉았던 참이었다.

노란 X자는 방사선 위험 표시였다. 자형이 의사를 만나야겠다며 앞장섰다. 우리 다섯은 아빠를 담당하는 의사의 진료실로 몰려갔다. 나는 부스스한 꼴로 병원 복도를 허적허적 걸어가는 우리들이 영화 속 좀비 같다는 생각이 들어 키득거렸다. 하지만 하 여사와 자형은 비장하고 심각했다.

부작용에 대해 상세히 알려달라고 하자 의사는 짜증스럽게 대꾸했다.

"이미, 검진과나 사회복지사에게 충분히 안내받지 않았나요?"

"정말 죄송합니다. 교수님의 고견을 듣고 싶어서요. ……"

하 여사의 공손한 말투에 누그러진 의사는 가족들의 불안을 이해한다고 말했다. 정밀검사에서 적격 판정이 났고 수혜자가 가족이라 하더라도, 인체는 근본적으로 타인의 장기를 거부한다고 했다. 그래서 신장이식을 받은 사람들은 평생 면역억제제를 복용하는 게 필수적이었다. 나는 의사의 말을 들으며 인간은 세포까지 철저하게 자기중심적이라고 생각했다. 과잉방어를 걱정해야 할 정도라니.

"그럼 공여자의 부작용은요?"

하 여사가 환자와 반대의 입장에서 질문을 던졌다. 의사는 오래된 사례부터 들었다. 이차대전에서 신장 하나를 잃은 군인과 부상을 입지 않은 동료들이 있었다. 반백년 뒤에 두 사례군을 추적해 비교하니 신장병이나 단백뇨, 고혈압의 발병 빈도에 차이가 없었다고 했다. 그건 외국의 얘기였다. 국내에서 시술한 공여자를 대상으로 한 삼천여

명의 추적 검사도 결과가 비슷하다고 했다. 하 여사는 잠시 뜸을 들였다.

"음…… 제 친구 중에 두통이 가족력인 사람이 있어요. 40년이나 두통에 시달려 애도 낳지 않은 친구예요. 그 친구 동생도 두통으로 고생해요. 둘의 공통점이 맹장이 없대요. 얼마 전에 학회에 보고됐었지요? 맹장절제술과 두통이 관련 있다고요. 아주 오랫동안 그 사실은 알려지지 않았죠. 조물주가 콩팥을 이유 없이 두 개로 만들었다고 생각하진 않아요. 맹장과 두통처럼 연관이 없어 보이거나 아직 보고되지 않고 쉬쉬하며 의사들만 아는 사실을 알려주세요. 가능하다면 제 콩팥, 애들 아빠한테 줄 거예요. 하지만 사실을 정확하게 아는 것이 우선이지요."

"……"

의사는 엄마가 얘기하는 동안 표정이 점점 굳어갔다. 아무 말 없이 자신을 내려다보고 선 우리를 둘러보고 말을 아꼈다.

"제가 알기로, 쉬쉬하는 부작용은 있을 수 없습니다."

유전자가 비슷한 가족 간의 신이식은 모르는 사람에게 제공받은 것보다 두 배의 기간, 그러니까 이십 년 이상 제 기능을 하는 것으로 확인됐고, 예후가 좋다는 말로 의사가 말을 끝냈다. 자형이 질문했다.

"그럼, 신장을 기증하고 얼마가 지나야 아기를 가질 수 있나요?"

의사가 이 년이라고 얘기하자마자 자형은 벌떡 일어나 하 여사를 향했다.

"죄송하지만 현지는 이번 검사에서 빼겠습니다."

현지가 반박해도 소용없었다. 자형 말에 의하면 시댁 어른들이 아기를 기다린다고 했다. 신장 공여 후 이 년이 지나도 다시 검진을 받아서 임신이 적합한지 아닌지 검사해보는 등의 절차는 현지에겐 적합하지 않다고 했다. 내가 생각해도 현지를 빼는 게 당연했다.

현지는 히포의 퉁퉁 부은 손을 잡고 미안하다며 눈물을 비쳤다. 아빠는 당연한 일이고 순서니 잘 생각했다며 현지를 토닥였다.

"괜찮아. 아기가 먼저지. 네 거는 내가 안 받을란다. 못 받지 그럼. 자넨 어찌 그런 현명한가. 고마워."

히포의 흔쾌한 말에 자형은 아내의 손을 잡았다. 현지는 이왕 입원했으니 건강검진만 받기로 했다.

다음 날 아침 간호사가 병실로 와 마지막 검사를 받기 위해 현지를 데려가며, 우리더러는 아빠의 병실에서 회진 도는 의사를 기다리라고 했다.

"따님이 임신이군요."

오, 잘됐구나! 히포까지 탄성을 지르며 자형에게 축하 인사를 했다. 하지만 의사는 냉정하게 고개를 저었다. 큰누나 명이었다. 의사는 멍하게 선 우리를 둘러보고 병실을 나갔다. 하 여사가 명을 다그치자 자형이 민망한 듯 자리를 피했다. 아빠는 인상을 찌푸렸다. 명은 이참에 결혼하면 될 것 아니냐, 하며 도리어 큰소리를 쳤다. 당장 애인을 데려와 결혼 날을 잡겠다며 명은 환자복을 벗어던지고 퇴원해버렸다. 자형 덕분에 가족이 모여 뭔가 공유하는 것 같던 좋은 분위기가 전과 다름없이 싸늘해졌다.

"대체, 계집애를 어떻게 돌린 거야!"

"요즘 어떤 땐데. 시대가 바뀐 것도 내 잘못이야? 그러는 당신은 뭘 했어? ……"

평생 들어온 하 여사와 아빠의 말다툼이었다. 나는 휴게실로 나가 담배를 피우며 자형이 선물한 포근하고 따스했던 시간에서 깨어났다. 문득, 내게 닥친 기막힌 현실에 경악했다. 아빠와 혈액형이 같은 누나 둘이 공여자에서 단숨에 제외되었다. 피도 한 방울 안 섞인 자형과 하 여사와 나. 불안했다. 아무리 생각해도 나밖에 없었다. 보이지 않는 손가락들이 내 콩팥을 콕 집어 가리켰다. 그 기분은 마지막 검사를 마치고 아빠의 병실로 갔을 때 최고조가 되었다. 히포의 친구들이 면회 와 있었다. 그들은 우리를 정겨운 눈으로 바라봤다. 훌륭한 인품을 가졌다고 하 여사에게 고개를 숙이는 사람도 있었다. 내 등을 두드리며 효자라고 불렀다. 그들은 모두 한 편이었다. 내가 히포에게 콩팥을 줘야 한다고, 한 목소리로 몰아붙이는 패거리들. 나는 돌아서 병실을 나왔다.

명은 임신한 것도 개의치 않고 홍콩에 다녀왔다. 실제로 상견례 날을 잡고 혼수 얘기도 오갔다. 아빠의 병실이 카페인 것처럼 명의 애인이 인사를 다녀갔다. 현지가 초밥이나 도시락을 사 와 아빠와 저녁을 먹기도 하고 모두 나가서 외식을 하기도 했다. 검사 결과도 그곳에서 들었다. 하 여사와 나, 자형은 누구라도 아빠에게 신장을 줄 수 있었다. 의사는 세 명이 조금씩 다른 양상을 보였다고 했다. 하지만 당연히 젊고 아빠의 직계 혈통인 내가 가장 적합하다는 뉘앙스도 잊지 않았다. 우선 학기말 고사를 치르고 방학 때로 이식 날짜를 잡았다. 바로 코앞이었다. 나는 군대라도 지원하고 싶은 심정이었다.

그러던 어느 날이었다. 하 여사는 우리 중 누군가의 콩팥 하나를 꼭 떼어낼 필요가 없다고 말했다. 아빠만이 자신의 퉁퉁 부은 다리를 내려다보았고 모두 하 여사의 입을 뚫어지게 쳐다보았다.

"엄마가 좀 알아봤어. 부작용이 크대. 인터넷을 봐. 콩팥 떼어내고 후회한다는 사람이 엄청 많아. 이런저런 루트가 있더라. 중국이 꺼림칙해서 싱가포르를 알아보고 있어. 좀 비싸도 위생적이고 안전한 방법을 취할게. 국내로 들여와 수술하면 돼. 당신도 섭섭하게 생각하면 안 돼. 애들은 미래가 창창하잖아. 투석만 수십 년 하는 사람도 멀쩡하게 잘 산대. 이식 받고도 관리 못 하면 몇 년 안에 재발하는 게 이 병이래. 이 방법 저 방법 신중하게 알아볼 테니, 다들 그렇게 알고 있어. 의사가 뭐라면 엄마한테 미뤄. 알았지?"

"……"

나는 영원히 내 편인 엄마를 향해 크게 고개를 끄덕였다. 물론 마음속으로였다.

"그래도, 저는 장인어른께 드리겠습니다."

자형이, 저 위선자가 딱 부러지는 목소리를 내며 내 눈을 똑바로 쳐다봤다. 나도 얼결에 고개를 끄덕였다. 그것도 몇 번이나.

"저도요. 아버진 한 분이잖아요. ……"

"……"

빌어먹을! 하 여사와 누나들은 자기들 얘기가 아니니 흐뭇하게 웃었다. 아버지가 절뚝거리며 다가와 나와 자형을 두 팔로 껴안았다. 나는 히포가 평생 처음으로 껴안아 목을 조여오는 팔을 피하지 않았다. 하지만 징그럽고 무겁다는 생각을 하지 않을 수 없었다.

"내게, 하나만 다오. 그러면, 그러면……."

아버지도 가족이 아닌 타인의 신장을 이식한 후에 겪는 차이점을 분명히 알고 있을 터였다. 아버진 아이처럼 훌쩍였다. 무위가 생의 목표인 내가 이런 태풍에 휘말리다니, 믿을 수 없었다. 나는 체념하는 마음과 진심으로, 아니 신보다 더 전지전능한 하 여사의 모성을 믿어보기로 했다. 나는 하 여사를 숭배하고 싶었다. 그 어느 때보다 더.

기말고사를 어떻게 마쳤는지 모르겠다. 습관처럼 병원에 들렀다. 히포의 병실에 얼굴만 비치고 옥상 공원에서 게임을 하던 중이었다. 여자애가 근처로 지나간다며 만날까, 물었다. 당연히 예스였다. 한낮이라도 나무가 우거져 으슥한 병원 근처의 공원을 약속 장소로 잡았다.

여자애는 나를 만나자마자 히포가 제 아빠라도 되는 듯 상세하게 병세를 물었다. 혈액을 투석하는 과정을 설명할 땐 자신이 고통을 겪는 듯한 표정이었다. 아빠의 쾌유를 진심으로 바란다며 낮은 목소리로 말했다. 여자애의 목소리는 기도처럼 간절했다. 그녀의 눈빛과 표정은 진짜, 진심으로 보였다. 나는 이전에 누군가 그런 얼굴을 하면 촌스럽거나 내숭이라 단정했다. 우리가 만난 지 겨우 몇 번이나 된다고. ……하지만 그녀의 진심은 내 마음속 깊은, 어느 곳에 와 닿았다. 무언가 쑥, 뱃속을 지나가는 뜨거운 느낌이었다. 나는 불쑥 그녀와 결혼하고 싶다고 생각했다. 그녀의 그 표정이 나를 위한 것이라면 '무위'가 '그녀를 위하여'로 바뀔 것 같았다.

나는 사실 다음에 그녀를 만나면 클럽에 데려갈 작정이었다. 현란한 분위기와 마술 같은 술의 힘을 빌려 인간이란 동물의 근원적 퇴폐성을 자극해 어떻게 하려던 마음이었는데…… 그 생각을 돌려먹었다. 대신 햇볕이 환한 공원길을 산책했다. 이 세상엔 시간과 공을 들여야 하는 사람도 있는 법이었다. 나는 클럽에서 만나 원나잇으로 끝낸 여자들을 떠올렸다. 그 애들과 여자애가 다른 사람으로 보였다. 그녀와 손을 잡고 나란히 걷는 것만으로 이렇게 가슴이 뛰다니. 나는 유치하게도, 사랑에 빠진 것 같았다.

여자애가 무슨 얘기를 해도 슬며시 웃음이 나오는 걸 참아야 했다. 여자애가 꾸민 포트폴리오를 보며 진지한 표정을 짓느라 이빨이 아플 지경이었다. 그녀가 그린 스케치들은 솔직히 시시했다. 그녀의 숨결이 들어갔다는 이유만으로 사랑스러웠다. 기말고사를 망쳐 장학금을 놓칠 것 같다는 얘기에선 내가 대줄까, 하고 철없이 물을 뻔했다. 여자애는 금방 일어섰다. 아빠의 간병 시간을 뺏어 미안하다는 표정이 역력했다. 아니라고 말할 수 없어 따라 일어섰다. 여자애가 데려다 주러 온 병원 로비에서 담당의사와 마주쳤다. 의사가 가려던 걸음을 멈추고 나를 불렀다.

"어머님께서 전화를 했더군요. 저희는 어머님 의견보다 당사자의 의사를 더 존중합니다. 본인 인생이니까요. 신이식을 하려면 아버지와 본인의 임파구 교차 검사를 정기적으로 해야 합니다. 거부반응의 원인이 되는 예비감작을 사전에 예방하기 위해서지요. 내일쯤 혈액검사를 하면 되겠는데, 예약할까요?"

나는 여자애를 돌아보지 않았다. 의사가 저렇게 입이 싸고 경박했던가, 하는 생각을 했다.

"당연히 해야죠. 제 일인데……."

그녀에겐 아빠의 조직이 나의 신장을 거부할까 봐 걱정이라고 말해둔 터였다. 하지만 지금은 의사와 짬짜미를 한 그녀가 나를 외길 절벽으로 밀어붙이는 기분이었다. 여자애가 이 자리에 있어 꼴 보기 싫은 마음과 그녀에게 잘 보이고 싶다는 생각이 뒤섞였다.

"어머니 말씀은 무시하세요. 엄마들은 원래 그렇잖아요. 엄마는……."

나는 말을 더듬지 않으려 노력했다. 이 의사가 내게 왜 이러는 걸까. 오늘 자신과 서열을 다투는 개한테 발길질이라도 당한 걸까. 내게 한 방 먹인 의사는 진료 예약을 하고 가라며 접수대를 가리켰다. 나는 여자애가 지켜보는 앞에서 내일 검사를 예약했다. 그녀를 보내고 병실로 돌아와 아빠를 바라보았다.

저 사람이 누구인가. 잠에서 깨어나 느릿느릿 자신의 팔다리를 주무르는 오십 대 남자. 늘 나를 향해 인상을 찌푸리고 화를 내고 돌아서던 저 사람. 내가 배운 거라고는 하루살이와 다를 바 없는 소비의 습성. 아니, 그건 하 여사에게 배운 것이었다. 골프를 치고 술을 마시며 서로 다른 이성을 만나는 하 여사와 히포를 우리는 얼마나 오랫동안 모른 척하고 지냈던가. 나의 가치관, 무위의 근본이 자신이라는 걸, 그는 모른다. 내게 신장 하나를 내놓으라고 강요하는 저 사람. 히포는 대체 누구인가.

너무 깊이 생각해서일까. 우리가 아빠를 히포라고 부르게 된 그 과정이 현저하게 떠올랐다. 뱅그르르 돌며 프릴 치마를 부풀리던 작은누나가 먼저였다. 캐릭터가 춤추며 부르는 노래와 박자 사이로 초록색 하마 히포가 떠올랐다.

그랬다. 누나들과 나는 만화 비디오에 나오는 노래를 따라 부르며 동작을 따라했다. 히포히포 히포포타무스 힙, 히포…… 악어라는 단어만 반복해 영어를 암기시키는 악어 가족의 시리즈물이었다. 아빠 히포는 초록색 아기 악어를 어르고 목마를 태워 데리고 놀았다.

비디오에서와 달리 아빠는 우리에게 다정하지 않았고 뚱뚱하지도 않았는데, 어느 날부터 우리는 아빠를 히포라 불렀다. 아빠가 한 번쯤 내게 목마를 태워주었던 것 같기도 했다. 쓸쓸하고 빈약하기 그지없는 추억이었다. 우리는 마음속에 바라는 아버지상을 숨기고 아빠에게 히포라는 애칭을 붙였다. 아빠가 밖으로 도는 동안 하 여사가 오리 새끼 같은 우리를 품었다. 하 여사는 자주 울었고 우리도 하 여사를 부여잡고 훌쩍였다. 이제 하 여사와 우리는 울지 않았다.

“좀 걷다가 올게.”

링거걸이를 지팡이처럼 짚고 걸어 나가는 히포의 뒷모습을 바라보았다. 요즘 히포는 오랜 시간 산책을 하고 팔다리를 주무르며 시간을 보냈다. 목에 박았던 도관을 빼고 팔의 동맥과 정맥을 이어 붙여 그곳으로 혈액투석을 했다. 아빠의 팔에서는 두 줄기의 동정맥 혈살이 만나 마구 엉키듯, 윙윙대는 소리가 났고 피부가 떨렸다. 나는 계곡의 바위틈을 비집고 떨어져 소용돌이치는 흰 거품이 이는 물살을 떠올렸다. 혈액투석을 하는 동안 히포는 가무와 음주는 물론 활력적이라 부르는 일상생활은 끝이었다. 많은 것이 끝장난 아빠였다.

그렇다 한들 아빠에게 내 신체의 일부를 떼어줘야 할 이유가 뭘까, 생각했다. 아빠의 눈물 한 방울이 나를 만들었기 때문에? 아빠가 화를 내고 나를 경멸했던 일 전부가 나의 찬란하고 행복한 미래를 위해서였기에? 신의 노여움을 피한다든가 다음 생을 위해 선한 인연을 맺기 위해서라는 종교적인 광대한 이론조차 내 마음을 움직이지 못

했다. 나는 아빠가 돌아오자 병실을 나왔다.

오늘도 인피니티가 주차장 한쪽 열에 주차해 있었다. 우리나라에 몇 대 들여오지 않은 스포츠카였다. 나는 눈으로라도 훑어보려 차가 있는 곳으로 갔다. 놀랍게도 아빠 차와 넘버가 같았다. 운전석에는 젊지도 예쁘지도 않은 여자가 앉아 있었다.

핸들에 머리를 대고 엎드린 여자는 밖에서도 다 들리도록 서럽고 맹렬하게 울고 있었다. 나는 주차장 난간에 앉아 담배를 피웠다. 여자들이란 담배 한 개비를 다 태우기 전에 눈물을 닦는 족속들이었다. 하지만 저 여자는 달랐다. 아빠를 위하거나 혹은 아빠와 무엇이 얽혀서이건, 저렇게 열정적으로 우는 여자가 세상에 있다니.

내 기억에 하 여사나 우리 가족은 아빠가 쓰러졌어도 일상을 벗어난 사람이 하나도 없었다. 하 여사는 홍콩에 다녀온 뒤에도 혼성팀을 짜 골프를 치러 다녔고 명의 혼수 준비도 하고 있었다. 큰누나 명은 아마 만삭이 돼서도 클럽에 갈 것이다. 작은누나는 아이를 낳아 기르며 자형과 알콩달콩 잘 살아갈 거고. 나는…… 나는.

한참 지난 후에도 여자는 여전히 울고 있었다. 울음소리가 잦아드는가 싶더니 차 문이 열렸다. 나는 불빛이 환한 휴대폰을 주머니에 감췄다. 내가 어둠 속의 난간이나 기둥처럼 보이기를 아니 완전한 어둠 그 자체이길 바라며. 여자가 이를 악물고 있는지 흑흑, 짓눌린 흐느낌이 새나왔다. 주위를 두리번거리던 여자가 차의 뒤꽁무니가 맞닿은 곳으로 돌아가 앉았다. 쇄아. 오줌을 눴다. 나는 웃음이 나오는 걸 억지로 참았다. 그러면서 이제야 여자의 울음이 멈췄을 것이라 생각했다. 하지만 차로 돌아간 여자가 다시 울음을 터뜨렸다. 끔찍했다. 아빠가 저 여자에게 무슨 짓을 한 건가. 어떤 약속이 여자를 저토록 울게 만들었을까. 나는 여자 때문에라도 히포에게 신장 하나를 줄까, 하는 야릇한 생각을 했다.

집으로 출발하려는데 자형에게서 전화가 왔다. 아직 병원이면 얼굴이나 보자고 했다. 집으로 가는 중이라고 말하려다 생각을 바꿨다. 히포가 어떡하고 있을지 궁금했다. 여자를 저토록 쉽게 울릴 수 있는 아빠는 무얼 하고 있을까. 놀랍게도 히포의 눈가도 붉었다. 병원에 입원한 후의 몇 번을 제외하고 아빠가 우는 것을 처음 봤다. 아빠는 나와 눈이 마주치고도 금방 눈물을 그치지 못했다. 몸을 돌려 옆으로 돌아누우며 뭐라고, 중얼거렸다.

"뭐라고요?"

"제기랄, 내게 주지 말라고. 콩팥 말이다. 못 들었어? 네 콩팥 따위 필요 없단 말이다!"

내가 아는 히포였다. 변덕과 폭언을 스스럼없이 드러내는 남자. 스포츠카에서 우는 여자는 아빠의 이런 본모습을 알까.

"조금 있으면, 자형 와요. 병원 앞이래요. ……"

"……"

어기적어기적 일어나 화장실로 들어가는 히포의 뒷모습을 물끄러미 쳐다봤다. 아빠는 어깨를 푸들푸들 떨고 있었다. 나의 콩팥이 필요 없다는 말은 진심일까, 아니면 꼭 줘야 한다고 강조하는 건가. 머리가 깨질 듯이 아팠다.

하 여사는 일을 왜 이렇게 늦게 처리하는 걸까. ……히포가 또 무슨 변덕을 부릴까, 불안했다. 내가 할 일은 기다리는 것이다. 하 여사가 모든 일을 다 알아서 처리한다고 했다. 하 여사가…….

루비 왕관

루비 왕관

독일 헨켈사(社)에 특별 주문했다는 김 주방장의 칼은 한 자루에 천만 원이 넘는다고 했다. 퇴근할 때 잘 닦은 칼을 검정색 가죽 가방에 넣어 집으로 가져간다는 소문이 돌았다. 누군가 내게 그의 칼놀림이 유려하더냐고 물었다. 나는 고개를 갸웃거렸다. 김 주방장과 내가 근무하는 퓨전 레스토랑에는 견습생까지도 쌍둥이 로고가 그려진 헨켈 칼을 하나씩 가지고 있었다. 내 건 두 자루에 십이만 원짜리였다.

엄마가 이십 년간 시골장터에서 국밥을 팔고 있다는 멤버 중 하나는 비싼 칼이 왜 필요한지 모르겠다고 빈정거렸다.

"우리 엄마는 무쇠 칼 하나만 있으면 분쇄기가 가는 것보다 더 곱게 청양고추를 썰어내. 손놀림이 잰 우리나라 사람한테는 무쇠 칼이 어울리지 않니? 그 좋은 절삭력에 손가락 보존하려면 정신 바짝 차려야지. 기름만 잘 발라놓으면 녹도 슬지 않아."

김 주방장의 화려한 이력이 비싼 칼 때문이 아닐까, 은근히 부러워하던 멤버들은 친구의 얘기에 허영심의 꼬리를 감췄다. 칼맛이냐 손맛이냐, 이것이 문제로다! 장터 어머니 마흔 해 손맛을 까짓 천만 원짜리 칼에 비할까. 그래? 그럼, 내 손가락 이거 하나에 얼마짜리야? 야, 야, 천 원짜리 이 빠진 과도네. 얼른 저쪽으로 치워라. 치켜세웠던 친구가 그 손가락으로 소스를 찍어 먹었다. 에이, 더러워. 손사레를 치며 우리는 호탕하게 웃었다. 그제야 멤버들은 칼 얘기에서 벗어났다. 근데 넌 아직도 엄마, 엄마 하니? 무슨 말을. 나 봐라. 춘장 냄새 싫어 삼 년이나 쇳물 만졌잖아. 요즘은 단무지 색깔 가지고 아버지랑 삼십 분이나 얘기한다. 가슴 뭉클할 때가 있어. 춘장 냄새 난다고 학교 때 왕따였거든. 차이니즈 레스토랑에서 부주방장으로 일하는 멤버가 말했다. 근데 너희들 두 달 뒤에 양식요리 경연대회 있는 거 알고 있지? 본선은 이태리에서 열린대.

모임의 리더 격인 멤버가 유일한 정규 대학 출신답게 발전적인 목표를 제시했다. 미리 팀을 짜 땀띠가 나도록 연습해 꼭 상을 받자며 멤버들의 의견을 모았다. 국내 삼등 안에만 들어도 유명 호텔 셰프로 스카우트돼 갈 것이 자명한 일이라고 그는 공언했다. 나는 그의 잘난 체하는 얼굴을 무표정한 눈길로 바라보았다. 여덟 달 전이었다면 나도 그의 얼굴 앞으로 머리를 디밀었을 것이다.

"이번 대회 주제가 '한국인의 맛'이니 소스를 된장으로 하는 것이 어떻겠어? 넌 상도 받아봤으니 노하우도 있을 거 아냐?"

그는 나를 마주 보았다. 된장 밑간이라면 나 말고 누가 있겠는가. 가슴 밑바닥이 꿈틀, 요동을 쳤지만 나는 묵묵히 입을 다물고 그의 눈길을 외면했다.

그는 이전의 나를 기억하고 된장 소스 얘기를 꺼냈을 것이다. 우리나라 장류를 세계적인 양념으로 등극시켜야 하지 않겠냐며 치즈와 비교할 수 없는 발효 성분을 열변하던 나. 된장 간으로 서양 음식을 만들어 그들 하나하나의 입에 넣어 맛보이던, 그들이 기억하는 나로 돌아갈 수 있을까. 그럴까?

요즘 나는 장 근처에는 얼씬도 하지 않았다. 아니 매일 일터에서 초고추장, 쌈장을 만들긴 했다. 하지만 어둠 속에서도 재료의 냄새와 양을 재고 섞기에 충분히 훈련된 기계적인 손놀림 그것뿐이었다.

그가 내게 세계로 뻗칠, 운운하는 것은 내 손가락 끝이 기억하고 있는 기존의 진부한 맛을 의미하는 것이 아니었다. 먼저 대회를 심사하는 우리나라 일류 조리기능장의 입맛을 사로잡을 수 있는 완전히 새로운 소스여야 했다. 된장 특유의 냄새를 아우르며 메인 재료의 향을 멋지게 살리는 독특한 맛이어야 한다. 누구든 인생에서 창조자[神]가 되는 가장 찬란한 순간에나 가능한 일이었다. 나? 나는 그를 향해 고개를 저었다.

그들은 동시에 입을 다물고 잠시 딴 데를 쳐다보았다. 요리학원을 수료한 지 사 년, 뚜렷한 업적 없이 선배들의 요리나 모사하고 주방장의 입맛을 맞추기 위해 안달하는 일상은 조리사의 영혼을 마모시키기에 충분한 시간이었다. 나를 제외한 다섯 명의 멤버들은 머리를 맞대고 대회 참가 경험이 있는 친구가 하는 말에 귀를 기울였다. 대회에 드러내는 반짝이는 관심들. 그들의 뚜렷하고 명확한 목표가 진심으로 부러웠다. 내게 어울리는 자리가 아니었다. 나는 화장실에 가는 시늉을 하곤 슬그머니 일어나 밖으로 나왔다.

왜 나라고 대회에 참가하고 싶지 않겠는가. 그들은 모른다. 내 마음에서 된장이 떠나간 줄을. 나는 그들의 싸늘한 표정을 떠올렸다. 다음 달 모임에 낄 수 있을까. 이 직업을 그만두어야 하나. 무얼 해 먹고사나? 진짜 그만둘까. 하지만 직업을 바꾸는 것에도 칼을 뽑아 내리치는 만큼의 용기가 필요했다. 그럴 용기가 없어 나는 미적미적 출근해 장국을 끓이고 골뱅이를 무쳤다.

집 가까이 왔을 때 장터국밥집 딸이 전화를 했다. 오늘 너네 동네 장날이지. 숫돌 하나만, 아니 두 개만 사다 주라. 지금 출발할 테니까 기다릴래? 오랜만에 같이 장도 볼 겸. 응? 보조가 숫돌을 알아야 말이지. 아무리 어려도 그렇지. 숫돌을 모르고 버렸단다. 저는 서양 칼 가는 기계를 사용한다나 뭐나, 기가 막혀서.

전화를 받지 말았어야 했다. 기어이 이쪽으로 오겠다는 그녀에게 다른 약속이 있다는 핑계를 댔다. 내일 레스토랑으로 갈 테니 오늘 숫돌을 꼭 사다 놓겠다는 다짐을 받아내고서야 그녀는 전화를 끊었다.

나는 주차할 데를 찾아 고층아파트 담장을 몇 바퀴나 돌았다. 대형

할인매장이 지척에 있었지만 이곳 오일장이 서는 날이면 사람들이 장터를 가득 메웠다. 처음에는 공원 부지 귀퉁이에 채소와 과일 난전 몇 개가 펼쳐진 수준이었다. 그러다 엿장수와 뻥튀기, 약장수 등이 터를 잡았고 그들을 구경하려는 사람들이 몰려들어 장이 자꾸 커졌다. 요즈음 장이 서는 날이면 공원 부지의 인도는 물론 그에 면한 이차선 도로까지 장터로 둔갑했다. 나는 기억을 더듬어 곧장 칼전으로 향했다.

칼 장수는 음악 시디의 가락에 맞춰 노래를 부르며 칼을 갈고 있었다. 손으로는 연신 물을 끼얹으며 숫돌에 슥삭슥삭 칼을 문질렀다. 제일 좋은 칼이 뭐예요? 이거. 만이천 원인데, 이쁜 아가씨는 만 원에 가져가시요오. 칼 장수는 대강 눈길을 한 번 던지곤 물을 끼얹느라 고개를 돌렸다. 사랑스런 누이가……. 그의 주업이 노래를 부르는 사람인지 헷갈릴 만치 목소리가 구성지게 넘어갔다. 나는 그가 다시 관심을 보일 때까지 가만히 서 구경을 했다. 부르던 노래가 끝나자 칼날을 훑어보던 그는 칼에 묻은 물기를 헝겊으로 닦아 한쪽에 내려놓고 나를 쳐다보았다. 여기 봐요. 남원 칼이라고 딱 박혀 있잖아. 무형문화재 장인이 만든 거요. 말을 마치자 그는 새로 시작된 노래를 따라 부르며 날 세울 칼을 또 하나 집어들었다.

나는 무게를 가늠하는 척 칼을 들어보며 그의 노래를 들었다. 그가 부르는 유행가 곡조에는 나를 위로하는 무언가가 있었다. 끝도 없이 뒤로 물러나는 요즘의 생활. 뒷걸음질의 끝은 어디일까. 엄마가 살았던, 별이 유난히 많았던 별골일까? 잠 같은 죽음일까. 살아내기 위해 받는 위안은 미미했고 그 고통은 너무 컸다.

농을 하며 퍼질러 앉은 아줌마들 틈에 끼어 노래를 좀 더 들을까 하다 아저씨를 불러 칼과 숫돌을 산 나는 장터 옆길로 빠졌다. 예전 같았으면 구석구석 장을 돌아다니며 구경했겠지만 이젠 그러지 않았다. 앞에 보이는 모퉁이를 돌아 공터를 완만하게 왼편으로 가로지르면 주차해놓은 자동차가 보이겠지, 그렇게 짐작하며 모퉁이를 돌았을 때였다. 뒤쫓아오는 노랫가락에 정신이 팔렸었나, 익숙할 뿐 아니라 진저리를 치며 기억에서 밀어내던 냄새를 뒤늦게 알아차렸다.

코를 찌르는 된장 냄새! 그 냄새에 발이 잡힌 나는 우뚝, 멈춰 섰다. 맛보라며 청국장을 내밀던 할머니가 내 표정을 보고 주걱을 거둬들였다. 공터로 기억하는 자리에 장독이 새까맣게 들어차 있었다. 나는 뱀에게 홀린 쥐처럼 눈도 깜박일 수 없었다. 당연히 맛장 풍경이, 엄마의 마지막 모습이 떠올랐다. 아찔하고 눈앞이 아득했다. 더 이상 물러설 곳을 나는 알지 못하는데. 아버지 그리고 엄마!

엄마의 노란 얼굴이 맛장 풍경과 어지럽게 엉기다 튀밥처럼 터지며 눈앞이 온통 새하얗게 바뀌었다. 하얀 빛무리에서 검은 더듬이와 노란 깃이 나풀나풀 떨어져 나오는 듯싶더니 어느 순간 흰나비 떼가 일제히 하늘로 날아올랐다. 나는 눈을 가늘게 뜨고 나비 떼가 향하는 태양을 마주 보았다. 흰나비들은 태양빛을 중심에 두고 둥글게 대열을 이루고 있었다. 눈이 따가웠다. 피해야 했지만 나는 수천 개의 더듬이가 가리키는 불그스레한 형체를 기어이 쏘아보고 있었다. 저건 무언가? 눈에 가득 고인 눈물에도 방해받지 않고 또렷이 보이는 붉은색왕관! 몇 달 전 컴컴한 병실 바깥에서 나를 들여다보던 그, 붉은색 왕관의 소녀가 아니던가. 엄마의 마지막 숨소리를 듣고 있던 그때, 나는 되비치는 무엇이 있는가 휙 병실을 돌아보았다. 주렁주렁 매달린 투명한 링거뿐, 혈액 한 통 붉은 것은 없었다. 소름이 돋은 몸을 돌려 밖을 되돌아보니 왕관의 잔영만 달처럼 어려 있었다. 치렁한 머리칼과 함께.

같은 환영을 또 보다니. 무슨 일일까? 장독 옆구리에서 천지로 산란(散亂)하는 현란한 오후의 빛살들이 나비 떼를 자꾸, 자꾸 풀어내 허공이 나비로 가득했다. 어지러웠다. 아득한 눈앞으로 황달이 들어 노랗게 굳어간 엄마의 얼굴이 떠올랐다.

팔 개월 전, 맛장을 관리하는 아주머니의 전화를 받았다. 엄마가 아프다고 했다. 급하게 차를 몰아 병원에 갔을 때 엄마는 이미 생사를 오락가락했다. 갑작스런 발병에 믿을 수 없을 만큼 진행이 빠르다고 했다. 손을 쓸 수 없다는 의사의 말에 나는 넋을 놓았다.

이럴 수는 없었다. 엄마는 별골에서 맛장을 지키며 영원히 나를 기다려야 했다. 아니, 나만이 아니었다. 기다리던 아버지가 돌아오면 엄마는 세상에서 가장 맛있는 된장국을 끓이고 나는 장 소스로 요리를 만들어 가족이 한 상에 둘러앉기로 약속하지 않았던가. 나는 아버지를, 마음속으로 아버지를 불렀다. 메일을 보낼 곳도 편지를 부칠

곳도 알지 못하는 나는 마음속으로 아버지, 아버지만 간절히 불러보았다. 그러나 나의 절절한 염원은 오래가지 않았다.

고모가 다녀간 저녁이었다. 혼수상태인 엄마는 흰자위를 누렇게 뒤집으며 밤새 헛소리를 했다. 링거바늘이 빠지지 않도록 침대 난간에 묶어놓은 손목에는 자주색 피멍이 들었고 고름을 뱉어놓는 듯한 엄마의 탄식은 나를 아연실색케 했다. 엄마는 내가 앉은 자리에 할머니가 버티고 있는 줄 착각했다.

–그래! 당신 아들, 내가 묻었소. 시커먼 간장, 누런 된장에다 내가 파묻었소.

진통제가 효력을 발하는 잠깐 동안 나와 눈이 마주치면 엄마는 고통을 감추려 새까만 아랫입술을 깨물고 웃었다. 눈물에 밀려 누런 눈곱이 검은 주름골을 타고 광대뼈 언저리에 더께로 앉았다. 나는 물티슈로 끈적한 덩어리를 떼어내며 아닌 척, 못 본 척 엄마의 눈물을 훔쳤다.

–너, 아버지랑 엄마 무덤 자리 알지? 내 쪽만 채워질 거다. 언젠가 네 아버지 돌아오면, 네 아버지 뼈라도 돌아오면 곁에 묻어달라고 사람들에게 말해두었다. 걱정 마라, 아무 걱정도 하지 마라.

그러다 내가 할머니로 보이면 엄마는 눈에 살기를 띠고 몸을 뒤틀었다.

–그림이, 뭐가 나빴소? 거머리 같은……. 각다귀(鬼) 같은 년…….
그 사람 잡아먹은 건 내가 아니야, 당신이야! 당신이라니까!

핏물 같은 침을 튀기며 엄마는 나를 향해 발길질을 하다 풀썩, 제풀에 기운이 빠져버렸다. 엄마는 이미 이 세상 사람이 아닌 것 같았다. 평생 아버지에 관해 나쁜 얘기를 한 번도 하지 않았던 엄마였기에 나는 이해할 수가 없었다. 할머니와 엄마, 그들 사이에 아버지는 어떤 존재였고 무슨 일이 일어났을까. 갑작스레 엄마의 말이 모두 진실일지 모른다는 두려움이 일었다. 정말 엄마가 아버지를 죽였다면…….

엄마는 어디에다 아버지를 묻었을까?

—언제? 엄마, 엄마!

나는 삶의 마지막 고통으로 부들부들 떨고 있는 엄마의 육신을 마구 흔들었다. 내가 아버지를 마지막으로 본 지 십구 년이 지났던 때였다.

—이십 년 전.

—엄마, 어디?

—장독에…….

—장독? 맛장에 말이야? 엄마, 맛장?

엄마는 어렴풋이 고개를 끄덕이는 것도 같았다. 나는 엄마의 마지막 말을 반신반의했다. 죽어가는 엄마가 거짓말을 했을까? 착란일 수도 있었다. 그 밤, 붉은색 왕관의 소녀는 창 밖에서 나를 들여다보고 서 있었다.

엄마는 기숙사 담장 너머로 수줍게 눈이 마주친 아버지와 결혼했다. 아버지가 어린 시절을 보냈던 별골은 그림 같은 산골이었다. 빈 집에 도배를 하고 울타리를 세워 별장으로 꾸몄다. 엄마는 취미로 그렸던 그림 도구를 들고 쉬는 날만 되면 별골에 들어갔다. 달이 뜨는 하늘과 물감 냄새, 그리고 아버지. 꿈같은 시절에 내가 태어났다. 그러다 엄마 혼자 별골에 남아 그림을 그리는 시간이 늘었고 아버지는 출장이 끝나면 며칠 쉬는 일로 직장을 바꿨다. 아버지를 기다리며 엄마가 이젤을 세우고 그림을 그리면 꼬마 화가인 나는 옆에서 크레파스를 눈앞에 세워 원근을 맞추는 엄마 흉내를 냈다. 그러다 아버지가 돌아오지 않는 날이 길어지자 엄마는 된장을 담그기 시작했다. 염도가 정확한 엄마의 장맛이 소문나 '엄마손 맛장' 간판을 내걸었고 마당에 들어찬 장독이 어느 새 백여 개가 넘었다.

엄마는 장독이 내려다보이는 맛장 뒷산에 묻혔다. 미리 만들어놓았던 가묘를 뭉개고 포클레인이 구덩이를 파내기 시작하자 웅크리고 앉았던 할머니는 아버지 쪽의 흙더미도 헤쳐봐야 한다며 드러누웠다. 엄마에 의한 아버지의 살해를 주장해왔던 할머니는 실종된 주검이 있을 곳은 그곳뿐이라고 했다. 텅 빈 아버지의 자리를 보고 난 뒤에도 할머니는 맛장을 내려가지 않으려 했다. 엄마의 영혼까지 만천하에 단죄하려 했던 기세는 꺾였지만 엄마에게 퍼붓던 원망은 곧장 내게로 쏟아졌다. 곧 달려들어 쥐어뜯을 기세로 독기 서린 샛노란 눈총을 내게 쏘았다. 나는 귀신같은 할머니의 육감을 완전히 부인할 수 없었다. 엄마의 마지막 변명을 듣지 않았더라면 비겁하게 고개를 돌리는 대신 나보다 머리 하나 더 작은 할머니의 구부정한 등짝을 밀쳐냈을까. 그럴 수 있었을까? 나는 고개를 돌려 할머니의 귀신같은 눈길을 피했다.

이후 나는 맛장 근처에는 얼씬도 하지 않았다.

외출도 삼갔고 조리에도 흥미를 잃었다. 잠을 자는 것도 또한 자지 않는 것도 아닌 나날이 이어졌다. 멍하고 피곤한 가수면 상태에서 출근을 하고 친구를 만났다. 내가 이상해졌다며 불만을 토로하는 친구가 있었고 고아가 되었으니 한동안은 봐줘야 한다는 편도 생겼다. 앞치마를 벗지 않으려면 정신을 차리라고 악을 쓰는 부주방장, −미각을 예민하게 유지하기 위해 거의 굶고 있는 그는 늘 화를 냈다−코코아를 홀짝거리며 곁눈질을 하는 다른 조장들은 물론 주방 동료들과 친구들은 시간이 지나자 고개를 절레절레 저으며 적당한 거리 뒤로 물러났다. 아니다. 그들이 물러난 게 아니었다. 그늘 속에 숨어드느라 그들을 몰아낸 것은 나였다.

그러던 어느 날, 주방 보조를 하던 후배가 소스의 간을 맞추고 있었다. 스테이크 뒤집개를 한손에 들고. 나는 언제 메인 요리에서 손을 뗐던가. 기억나지 않았다. 창의력과 고도의 집중을 요구하는 퍼스트쿡에 집착했다면 나는 해고되었을 것이다. 체력으로 버티는 쿡헬퍼로 후퇴하고도 조리에 욕심을 내지 않은 덕에 계속 일을 할 수 있었다. 악몽의 꼬리에 휘둘리면서도 감자를 깎고 소스를 섞을 수는 있었으니까.

오일장에 숫돌을 사러 갔다 온 며칠 뒤였다. 숫돌을 가지러 주방에 들르겠다던 장터국밥집 딸은 사흘이나 지난 늦은 밤에 모임 멤버 하나를 데리고 원룸으로 찾아왔다. 요리 경연대회 플랜을 세우느라 바빴다고 했다. 내 머릿속은 엄마와 할머니, 친척들의 지나가는 말 한마디조차 기억에서 끌어와 해석하는 것만으로도 벅차 과부하가 걸린 상태인데 친구와 주고받을 화젯거리가 떠오를 리 없었다. 우리 셋 모두 이튿날이 비번이니 밤새 술을 마시며 사랑이나 하자고 외치던 그들은 자정도 되기 전에 쫓기듯 일어났다. 술을 마시기는커녕 눈도 마주치지 않는 내게 진저리를 쳤겠지만 착한 그들은 불평 한마디 하지 않았다.

나는 그들이 떠나자 아쉬움보다는 형광등을 끌 수 있다는 안도감에 숨은 한숨을 내쉬었다. 불빛이 눈을 찔러 화끈거렸고 머리가 깨질 듯이 아팠다.

그들이 떠나자마자 베란다로 나간 나는 화끈거리는 눈두덩에 회오리바람을 쐬며 두 집 건너 소방도로를 내려다보았다. 흔들리는 나뭇가지와 친구의 냉대에 서운한 그들이 택시를 잡으려 이리저리 움직이는 모습이 환하게 보였다. 혹시 누구라도 내 방을 향해 고개를 쳐들까 하여 나는 벽에 붙어선 채 펄럭펄럭 휘날리는 그들의 치맛자락을 훔쳐보고 있었다. 그들이 선 곳, 강남전기상 앞에는 간판 주위를 뱅 둘러 장식한 꼬마전구의 울긋불긋한 불빛이 차도까지 일렁이고 있었다.

그때였다. 차도에서 길을 기웃거리는 친구와 인도에서 발을 구르고 선 친구 사이, 그곳에 불그스레한 왕관 모양이 떠올랐다. 영사기로 확대한 듯 길쭉해 보이는 어린 소녀의 앳된 얼굴 위 머리에 붉은 보석을 방울방울 찬란하게 뒤덮은 왕관이 뚜렷하게 보였다. 주변의 풍경이나 소녀의 옷차림은 전구알 색깔에 따라 푸르스름하거나 누렇게 흐려졌지만 왕관의 붉은색은 주변을 압도하듯 뚜렷하게 부각되었다. 그 왕관 아래 인형처럼 감정이 실리지 않은 소녀의 눈동자는 빤히, 나를 향하고 있었다. 처음 나는 그것이 움직거리는 친구의 안경알과 장식 전구의 붉은빛이 뒤섞여 보이는 착시현상이라 생각했다. 하지만 그 눈동자와 왕관은 독립적인 색채를 띠고 있어 더없이 구체적이었다. 흔들리는 나뭇잎이나 사람의 움직임과 달리 소녀는 천연한 시선으로 나를 바라보고 있었다.

섬뜩, 지난 시간대의 낯익은 공간과 눈길에 사로잡혀 나 또한 소녀를 마주 보았다. 너와 나는 어디에서 만났었는가? 너는 인형이고 엄마는 누구인가. 왜 너를 보면 엄마가 연상되는가? 지난 팔 개월 동안 내게 엄마는 아버지를 묻었을지도 모르는 낯선 사람일 뿐인데. 붉은색 왕관의 소녀는 내 가슴으로 엄마를 데려왔다. 나는, 진짜 엄마를 까마득히 먼 거리로 밀어내 잊어버리고 있었다. 어떻게 그럴 수 있었을까. 나를 어르고 손톱을 깎아주던 사랑하는, 엄마.

—청국장이 미각을 예민하게 해줘. 아침마다 한 숟가락씩 먹어. 냄새가 고약하지? 곧 익숙해질 거야. 넌 세계적인 장 소스 전문 조리사

가 될 거야. 우리 딸, 손도 참 예쁘구나.

엄마는 소금물에 부풀어 뭉툭한 손으로 나를 어루만졌다. 울컥, 눈물이 솟구쳤다. 눈물 속으로 택시가 와 그들이 떠나고 붉은색 왕관 또한 시야에서 사라졌다. 소녀와 그들이 떠난 도로에는 전구알에서 흘러나온 빛 덩어리만이 자동차 라이트의 움직임에 따라 옮겨다녔다. 미친 듯이 부는 바람이 나뭇가지를 뚝뚝 부러뜨려 바닥으로 내동댕이쳤다. 나는 방으로 돌아와 엄마의 사진을 꺼내 안았다. 눈물이 뜨겁게 흘러내리며 내 안의 무언가를 툭툭 분질렀다. 엄마, 엄마! 창밖 태풍이 미친 듯이 창을 두드렸다. 엄마, 보고 싶어. 나는 붉은색 왕관의 소녀가 장터에서보다 더 먼, 천 년도 더 지난 듯한 기시감에 치를 떨었다. 처참한 끝. 잡히지 않는 그 처참한 공포만이 기억의 뒤통수를 가리키고 있었다. 차라리 나를 데려가줘. 나는 무서워. 무서워 살 수가 없어. 엄마, 엄마.

나는 그길로 앓아누웠다. 수없이 많은 나비의 날갯짓과 전화벨 소리들이 가물가물한 의식 속을 들락거렸다.

백여 개의 장독 중 하나에 쭈그려 앉은 나, 파란색 플라스틱 의자를 밟고 독 안에 들어갔지, 엄마는 나를 영원히 찾지 못할 거야, 아버지는 왜 이렇게 안 오실까, 커다란 장독 안에는 공주님들이 나를 기다리고 있었어, 에메랄드 지팡이, 황금색 드레스, 엄마가 물감을 높은 곳에 올려버렸어, 아버지는 지금 어디쯤에 오고 계실까, 루비 왕관을 사 온다고 했는데, 태풍이 불던 밤거리, 루비 왕관 공주님, 혼자

서 아버지를 기다린 엄마는 얼마나 외로웠을까, 내가 맛장을 떠나지 않고 곁을 지켰다면 엄마는 아직 살아 있을까, 그럴까? 맛장에 내려와, 와서 좀 봐. 식은땀이 흥건한 잠 속을 드나들며 나는 시간의 지질층을 판독하려 애썼다.

"왜 자꾸 전화를 끊어. 듣고 있니? 김치 좀 삭여달래서 노는 독 몇 개 묻을라고 포클레인 불러 땅 파는데 뭐가 나왔어. 와서 좀 보라니까, 못 알아들었어?"

맛장 아주머니의 전화는 꿈이 아니었는가. 맛장에 내려와 깨진 독 안을 보란다. 뒷머리에서 시작한 서늘한 소름이 온몸으로 번지기 시작했다. 내 이름이 등재된 류크(死神)의 데스노트를 본 느낌. 그렇다면 포클레인에 찍혔다는 장독은 우연이 아닐 것이다. 나는 눈을 질끈 감았다 떴다. 자동차 열쇠를 꺼내들고 원룸을 나섰다.

맛장에 도착한 나는 마당가에 차를 세우고 주변을 둘러보았다. 아무도 없었다. 운동장만큼 넓어진 맛장에 예전의 모습이 겹쳐졌다. 엄마 손을 꼭 쥐고 걸었던 실오라기 오솔길, 잡초에 파묻혀 허물어져가던 오두막, 발걸음을 오그라뜨리던 벼랑의 바람. 늦여름 한낮인데도 서늘한 기운만이 맛장을 맴돌았다.

나는 메주 숙성실 입구에 덩이진 거미줄을 흘낏 쳐다보곤 장독대로 향했다. 장독대에는 스무 개를 넘지 않은 독이 초라하게 햇빛을 받아내고 있었다. 엄마가 아침이면 쟁강쟁강 뚜껑을 열어놓던 장독대에는 백여 개의 장독이 앉았던 둥근 자국만 남아 있었다. 혹시 새로 흙을 뒤집거나 장독 깨진 흔적이 있나 그 곁을 서성이던 나는 포클레인 바퀴자국을 따라 안채 뒤안까지 올라갔다.

그렇구나, 김칫독을 묻는다면 안채 굴뚝 아래와 나무가 우거진 뒷산 사이, 사시사철 서늘한 이곳이 제격이지. 요즘 웰빙 바람을 타고 묵은지가 식당에서 불티나게 팔린다고 하더니, 점점이 덮어놓은 장독 뚜껑을 보자 실감이 났다. 벌써 김치를 담가 익히는지 거무레한 뒤안 가득 시큼한 냄새가 감돌았다.

나는 아주머니가 보라던 독을 찾으며 뚜껑 사이를 걸었다. 바람 사이에 선 장독 주위를 걷던 것과는 느낌이 달랐다. 배와 가슴을 기댈 수 있는 볼록한 옆구리가 없으니 땅 위를 걷는데도 자꾸만 다리가 휘청거렸다. 엄마의 치맛자락이라도 있었으면……. 평평한 땅이 외줄 위처럼 위태로웠다. 새까만 뚜껑이 눈앞에 빙빙 돌아 어지러웠다. 엄마가 돌아가시고 난 뒤의 지난 몇 개월 같았다. 나는 잠시 눈을 감았다. 엄마의 고백과 할머니의 행동. 내게 신이었던 엄마에 대한 의심이 공포의 불씨라면, 내가 진실을 기억해 재생한다면 어디로든 출구가 생길 것이다. 내가 이 처참한 공포의 근원을 제대로 해석하고 있는 건가?

장독의 일부분이 포클레인에 찍혔다면 어느 부분이 깨졌단 말인가. 뚜껑은 멀쩡하고 장독 옆구리만 깨졌다면 겉만 보고 알 수는 없을 것이다. 아주머니에게 휴대전화를 걸어 어느 것인지 물어보려다가 그만두었다. 아버지와 관계된 일이라면 아주머니의 시시콜콜한

참견이 귀찮을 게 뻔했다. 어쨌건 포클레인이 찍었다니 집 안은 아닐 것이고 패었거나 함몰된 흔적이 있을 것이었다.

나는 시작 지점으로 되돌아갔다. 혹시나 하는 마음에 새로 묻은 게 분명해 보이는 장독까지 뚜껑을 열어보았다. 시커멓게 속이 빈 독이 많았고 한가득 김치를 담가놓은 것도 있었다. 어느 뚜껑을 열자 덜어낸 흔적이 역력한 김치가 발간 국물에 담겨 있었다.

어이없게도 김치 쉰내에 군침이 확 돌았다. 며칠 동안 먹은 것이 거의 없었다. 그렇다고 지금 입맛이 동할 때는 아니었다. 하지만 양념을 설렁설렁 털어낸 김치를 두꺼운 냄비 바닥에 깔고 고등어나 돼지고기를 된장 양념으로 졸여내 밥과 함께 뚝딱 먹어치우고 싶은 생각이 간절하게 들었다. 입안 가득 고인 침을 꿀꺽 삼키고 서쪽에서 동쪽으로 방향을 잡았다.

맛장 뒤안을 전부 훑었는데, 이곳에 없는 것은 아닐까. 혹시 묘지나 창고 근처일까. 그쪽으로 가봐야 하나 망설이며 페인트가 군데군데 벗겨진 안채 뒷벽을 바라보고 있었다. 시멘트벽엔 집의 역사만큼이나 오래된 실금이 햇빛에 얼기설기 드러나 있었고 그 아래 땅속엔 장독 다섯 개가 일렬로 묻혀 있었다.

엄마가 독을 묻었던 해에는 실금이 저렇게 많지는 않았을 것이다. 어린 시절, 무릎을 꿇고 무시로 여닫았던 독 뚜껑을 무심히 쳐다보았다. 첫 번째 독 안에는 소금이, 두 번째엔 모래에 묻힌 알밤이 다섯 번째엔……. 나는 암기시험을 치르듯 눈으로 독 안에 들었던 것 하나 하나를 외워나갔다. 그러다 동치미독 옆 땅바닥이 헤집어진 것을 알아차렸다. 양동이나 바가지, 종이상자 등의 잡동사니가 어지럽게 흩어져 있어 금방 눈에 띄지 않은 곳이었다.

잰 걸음으로 다가간 나는 덮어놓은 양동이를 제쳤다. 과연, 길쭉하게 찢긴 듯이 내려앉은 장독이 있었다. 흙을 말끔하게 치워 붉은 어깨 한쪽이 고스란히 드러난 장독 앞에 나는 무릎을 꿇고 앉았다. 다섯 개의 장독이 다가 아니었다. 땅속의 여섯 번째 장독이라.

나는 깨진 사금파리들을 하나씩 들어냈다. 깨진 틈새로 흘러내린 붉은 흙을 무늬처럼 얹은 분홍 보자기가 모습을 드러냈다. 그렇다면 엄마가 말한 장독이 이것이고, 이 안에 아버지가 들었단 말인가.

정말 아버지를 발견하면 어쩌나? 그냥 돌아서고 싶은 마음 앞에 은상을 받았던 요리 경연대회가 어른거렸다. 헬로모자 끝단을 흠뻑 적신 땀과 포도주 타는 냄새, 초 단위로 쪼개 움직였던 긴박감, 그리고 죽을 것 같던 환희의 수상(受賞). 나는 삶을 체념한 것이 아니었다. 진실과 맞닥뜨리기를 두려워할 뿐이었다. 이제 나는 진실의 문 앞에 있다. 진실이 너무 추하면 정말로 삶을 포기하고 싶을지도 몰랐다. 지금 물러서는 것이 낫지 않을까? 하지만 뒤로 물러날 곳이 없는 것을 알고 있지 않은가. 머뭇머뭇 꾸물대는 마음을 찢을 듯 단호한 손길로 보자기를 열어젖혔다.

회색 점퍼. 아버지의 회색 점퍼가 엎드려 등을 보이고 있었다. 순장인가? 어느 날부터 보이지 않던 아버지의 옷가지들. 나는 천천히 점퍼 모서리를 들추었다. 혹시 하는 마음에 손가락을 오므렸는데 폭신한 스웨터가 보였다. 누르고 들추어보며 가늠해 옷가지를 꺼내 포개놓았다. 전부 눈에 익은 것들이었다. 어린이 사이즈의 빨간 체크무늬 원피스, 엄마가 아껴 입던 노란 앙고라 스웨터, 아버지의 옷들. 이제 장독 안에 옷 종류는 없었다. 연이어 옷이 잡혔을 때 잠시 느슨해졌던 긴장감이 다시 팽팽하게 불어났다. 다음 차례엔 무엇이 나올까.

나는 장독 안에 남은 것들을 서둘러 꺼내기로 작정했다. 사진과 책, 스케치북이 엄마의 그림 도구들과 함께 무더기를 이루며 빠르게 쌓여갔다. 팔만 뻗어서 닿는 것이 없자 나는 거무레한 독 안으로 몸통을 쑥 집어넣었다. 어둠 속 독 바닥에 아버지 뼛조각이 있으면 어쩌나 하는 꺼림칙한 마음만큼 단호한 손길도 빨라졌다. 독이 비어갈수록 심장이 더욱 죄여왔다. 손가락에 잡히지 않은 것에 대한 공포가 엄습해 숨도 제대로 쉴 수 없었다. 별이 반짝인다는 생각이 들었다. 텅 빈 독의 둥근 벽 사방에 반짝이는 별이 떠 있었다. 그것들은 크고 작고 흐리고 밝았다. 명암의 선명도로 보아 실재하는 것 같았다. 저건 무얼까? 땅 위로 나가기 위해 시간을 지체한 찰나의 시간, 나는 손가락 끝에 침을 묻혀 발광 물질을 찍었다.

어지러워 깜빡거리는 눈을 크게 떠 손가락을 비벼 밝은 쪽에 비쳐 보았다. 금색 반짝이었다. 크레파스 가루인가. 나는 던지다시피 꺼내놓은 것들을 바라보았다. 쭈그러진 물감 튜브와 소꿉놀이 기구, 인형, 엄마의 유화용 칼.

나는 스케치북을 당겨 겉장을 넘겼다. 맨 앞장에 '종이인형 옷입히기'라고 쓰인 프린트물이 끼워져 있었다. 그랬다. 나는 유별나게 공주를 좋아했다. 속옷만 입은 종이인형 위에 드레스, 꽃구두와 왕관을 덧씌워 별골을 방문한 친구 삼았다. 스케치북은 온통 드레스를 입은 공주님으로 채워져 있었다. 한글 쓰기 연습을 하라고 사준 공책에도 내 이름과 '아버지', '어머니' 글자보다 공주 이름을 더 많이 써놓았다.

하지만 그 나이의 아이들이 그렸을 법한 공주 그림이 무어란 말인가. 독 안에 묻었다던 아버지는? 또 다른 독이 존재한단 말인가. 초조한 손길로 바가지만 한 사금파리를 햇빛 속에 넣어 이리저리 뒤집어보았다. 오랜 시간 흙 속에 묻혀 있어서인가? 색이 붉었다. 붉은 벽돌색 독이라……. 원래 붉었던 저 독은 키가 작고 옆구리가 유난히 퍼져 있어 내가 들어가 놀기에 알맞았다. 나의 성(城)! 독 안에서 나를 부르는 엄마의 목소리가 들릴 때마다 나는 작은 소리로 속삭이듯 대답했다. 속삭였는데도 엄마는 신기하게 내가 있는 곳을 알아차리고 더 이상 찾지 않았다.

아버지를 기다리며 엄마는 그림을 그렸고 나는 독 벽에 공주님을 오려붙여 친구 삼았다. 처음에는 엄마 물감을 훔쳐 공주님을 그렸다.

엄마가 그린 아름다운 풍경 속 친구와 만나는 상상을 하며 말을 주고받았다. 블루 사파이어 왕관 공주님, 어느 성에 살고 계시나요? 저는 피치성의 공주예요. 저번 달 먼 나라 왕자님께서 제게 에메랄드

팔찌를 선물로 가져왔어요. 보실래요? 제가 공주님께 빨간색 루비 왕관을 선물할게요. 불빛에 비쳐 반짝반짝 빛나면 얼마나 예쁠까요. 감사합니다, 호호호.

피치, 바이올렛, 사파이어……. 나는 몇 개의 이국적인 꽃과 물감, 보석 이름을 외우고 있었다. 루비 왕관을 그리기 전 엄마에게 물감을 뺏긴 나는 아버지 품에 안겼다. 루비 왕관이 없으면 화이트성의 공주님을 만날 수가 없어요. 내 눈물을 본 아버지는 루비 왕관을 사다 주겠다고 입술도장을 찍어 약속했다.

아버지가 출장을 떠나기 전 마녀 같은 할머니가 별골로 쳐들어왔다. 엄마의 부서진 이젤, 찢어진 캔버스. 할머니를 배웅하러 나가며 엎드려 우는 엄마를 돌아보던 아버지. 할머니를 말리지 못했던 아버지는 마당으로 나가며 젖은 눈으로 엄마를 돌아보았다. 내가 본 아버지의 눈물을 엄마도 보았을까. 온통 젖은 아버지의 뒷모습이 떠올랐다.

얼마 후 초등학교 입학 선물인 체크무늬 원피스와 커다란 리본을 포장지에 묶은 엄마의 스웨터를 들고 산모퉁이를 돌아오던 아버지.

단편적인 이 기억들이 실재했던 일이었을까? 나는 휴대폰 라이트를 켜 장독 안을 비추어보았다. 유약 때문인지 벽에 칠한 물감 자국은 보이지 않았고 대신 가위로 오려붙인 종이인형 몇 개가 이리저리 접힌 채 장독 벽에 매달려 있었다. 나는 루비 왕관이 씌워진 종이 공주님을 떼어내 손바닥에 올렸다. 너는, 지금까지 아버지를 기다렸니……?

그렇다면 루비 왕관은 어떻게 되었을까? 아버지는 그길로 돌아오지 않았을까? 나는 아까 꺼내놓았던 짐을 하나씩 차곡차곡 뒤졌다. 푹신한 털옷에 딸려 나와 눌린, 루비 왕관이, 거기 있었다. 나는 숨을 훅 들이켰다. 황금 테두리가 휘도록 빨간색 루비가 주렁주렁 매달린 왕관. 나는 책 사이에 놓인 공주 인형을 찾아 머리 위에 씌워보았다. 너도, 아버지를 기다렸어? 그립고도 서러운 마음에 가슴이 미어졌다. 엄마! 나는 손에 루비 왕관 인형을 들고 장독에서 꺼낸 옷 위에 엎드렸다. 옷에서는 시간을 머금어 눅눅한 별골 냄새가 났다.

엄마는 별골에서 그림을 그리며 그리운 아버지를 기다렸다. 사랑하는 딸이 예쁘게 자라는 것을 지켜보며 아버지가 좋아하는 장을 담갔다. 아버지가 돌아오면 세상에서 제일 맛있는 된장국을 끓이고 싶었다. 딸이 커서 세계적인 장 소스 전문 조리사가 된다고 했다. 아버지가 돌아오면 우리는 한 상에 둘러앉아 매일 맛있는 장 요리를 먹게 될 것이다. 아버지가 돌아오시면. ……

야외에 앉아서 놀기에 딱 좋은 날씨였다. 초가을 바람이 아직은 따가운 햇볕을 식혀주는 오후였다. 나는 약속 시간보다 먼저 가 그늘막을 치고 음식을 차렸다.

아이스박스에 담아온 야채 샐러드, 보온통에 온장된 생선 튀김, 베이컨 새싹 말이, 해물 볶음밥 접시 등을 상의 가장자리에 둘러놓고

양초 레인지를 중앙에 놓고 오늘의 메인메뉴인 미트볼 냄비를 올려놓았다. 똑같은 음식이 두 상 차려졌다. 모두 된장으로 밑간을 했지만 농도를 달리한 때문이었다.

소믈리에가 된 친구가 먼저 맛을 보았다. 그녀가 양식 요리에 된장 소스와 포도주를 섞자는 아이디어를 냈다. 그녀는 된장보다 포도주에 잰 고기가 맛있다고 했다. 그거 직업병 아니니, 얘? 된장에 잰 고기가 더 맛있다는 친구의 말에 우리는 까르르 웃었다.

나는 맛에 대해 미진하게 대답한 친구들 입안에 소스를 듬뿍 찍은 음식을 강제로 넣어주었다. 장터국밥집 딸은 아직도 서운한 마음이 다 가시지 않은 얼굴이었다. 나는 친구에게 다가가 술을 한잔 건네고 가까이 다가가 귓속말을 했다. 사실 나 그동안 죽고 싶었다, 비밀이야. 친구가 농담으로 들어주기를 바라며 나는 찡긋, 윙크를 했다. 친구는 놀란 눈으로 잠시 나를 바라보더니 에이, 하곤 술을 훌쩍 들이켰다. 금쪽같은 마음과 시간을 내준 친구들이었다.

포도주 소스에 매운 맛을 추가하자, 되겠지? 네가 한눈파는 동안 우리는 죽도록 연습했으니 지금부터라도 정신 바짝 차려. 누가 빠질 것도 없이 두 팀으로 나누자. 우리끼리 시간 경쟁도 해보고. 야, 야. 오늘은 대회 얘기 고만하고 먹고 마시자. 술 취해 무슨 맛을 봐. 그래도. 알았어. 너 다시는 우리 앞에서 죽을상 하지 마라, 참고 봐준다고 힘들었다. 먹고 엿장수 구경이나 가자. 얼마나 재밌는지 알아?

얼마나 아름다운 삶인가. 나는 길 건너 터 넓은 시장통을 바라보았다. 장독이 줄지어 서 있고 청국장 냄새가 솔솔 나는 장터를 가리켰다. 장독 옆구리에 부딪혀 산란하는 빛살에 나비 떼가 풀풀 날아다녔다. 나는 루비 왕관 공주님을 생각했다. 아버지, 엄마와 함께 내 가슴속에 영원히 간직될 루비 왕관 공주님. 나는 마음속으로 되뇌었다.

화이트성의 루비 왕관 공주님, 잊지 않을게요. 내가 꼭, 기억할게요.

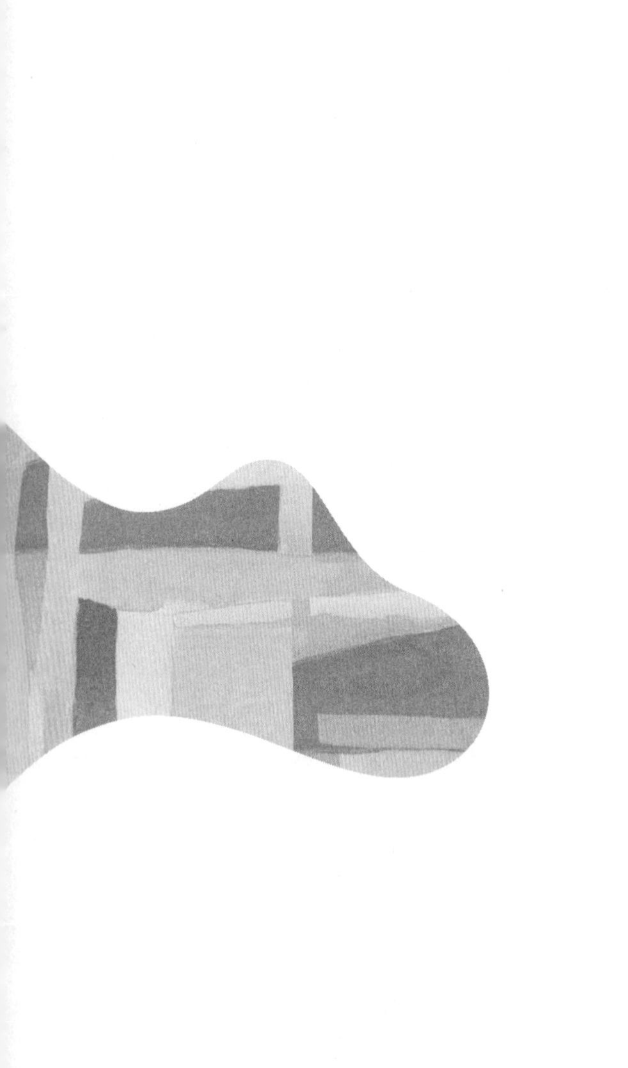

생일

생일

제주공항에 인수 부부가 있었다고 했다.

반이 화장실에서 나오자 딸애인 다해가 알려줬다. 반은 다해가 건네는 수표에서 공항 로비로 시선을 돌렸다. 좁은 곳이었다. 노파가 화장실에 오래 머물지 않았더라면 서로 마주쳤을 게 분명했다. 노파는 멀미로 속이 메슥거린다며 비행기에서 내리자마자 화장실로 갔다. 반이 사다 준 약을 먹고 다시 화장실에 들어간 참이었다.

반과 인수네는 반도의 서북과 동남, 결코 만나지 못할 것처럼 멀리 떨어진 지역에 살았다. 실제 거리도 멀었지만 부와 빈의 격차로 짐작해도 그들의 활동 반경은 완전히 달랐다. 그런 그들과 제주공항에서 마주치다니.

노파가 화장실에서 나오는 게 보였다. 쉿! 반은 다해와 눈을 맞추고 손가락을 입술에 댔다. "인수 아저씨 만난 건 비밀이야." 다해는 그냥 어깨를 으쓱, 치켜 올렸다 내린 뒤 짐이 실린 카트를 밀었다.

노파는 볼이 옴팍하게 들어가 십 년은 더 늙어 보였다. 반은 노파를 부축해 의자에 앉혔다. 노파에겐 쉬었다 가자고 말하고 슬그머니 주변을 둘러봤다. 편의점이나 식당가, 공항 밖의 승강장. 반은 인수를 찾을 수 없었다. 다해 말에 의하면 선글라스를 끼고 모피를 두른 여자와 함께였다고 했다. 여자의 살결이 하얗고 키가 컸단다. 카톡의 앨범에서 본 인수의 아내였다.

노파를 렌터카의 뒷자리에 눕히고 짐을 실었다. 반은 낙관적으로 생각했다. 설마 이 넓은 섬에서 그들과 마주치기야 하겠는가. 제주도에 처음 온 반네와 달리 인수네는 수시로 해외에 들락거리는 부류였다. 설마 그들이 제주에서 관광을 하겠는가. 인수는 세미나나 프레젠테이션을 하러 세계 여러 곳을 다닌다고 했다.

첫 번째 목적지를 향해 해안도로를 달리던 중이었다. 인수에게서 문자가 왔다. '제주도를떠나줘요부탁합니다……' 아내의 생일을 맞아 추억 여행을 왔으며, 월정리해수욕장과 비자림, 우도 등의 지명 사이에 이런저런 변명이 나열돼 있었다. 변명의 간극에는 언젠가 노모의 생존을 아내에게 알리겠다는 인수의 다짐이 위태롭게 끼어 있었다.

그 순간 반은 뭔가 생각이 났고 또 다른 상황을 접했다. 비행기 조종사의 굿바이 멘트, 올겨울 들어 가장 맑은 하늘이라며 추억에 남는 제주 방문이 되길 바란다는 의례적이지만 따스한 인사말이 하나였다. 그에 겹쳐 지갑이 없어졌어, 라고 중얼거리는 다해의 목소리가 또렷이 들렸다. 인수의 문자와 비행기 조종사의 멘트, 귀중품이 든 가방이 뒤섞여 만드는 소용돌이 무늬는 반의 머릿속을 텅 빈 듯 혹은 꽉 채웠다. 그리고 그것들 전부가 자신의 인생에서 영원히 떠나가는 소리라도 들은 것 같았다. 반은 차를 세웠다.

차창을 내려 너무 멀리 운전해 온 길을 돌아보았고 빛살이 반짝이는 바다를 노려보았다. 찬바람이 얼굴을 마구 때렸다. 얼얼한 볼이 아플 때쯤에야 바닷가에 지천으로 널린 현무암을 까맣게 때리는 파도 소리가 제대로 들렸다. 차 안으로 휘몰아 들어온 바람 때문인지 노파가 일어나 앉았다. 다해는 엄마를 흘끔대면서도 스마트폰에 고개를 박고 있었다. 인수가 제주도에 온 것을 노파에게 비밀로 하자던 다해와의 약속을 반이 지키지 못했다.

"제주에서 가장 오래된 시장이 어디요?"

노파가 공항 안내 창구의 아가씨에게 특이한 질문을 하고 있을 때 반은 신분증과 카드 분실 신고를 하고 렌터카를 돌려줬다. 비행기 표는 성수기라 날짜를 바꿀 수도 없었고 취소도 불가능했다. 취소할 수야 있겠지만 다시 표 끊을 여유가 없었다. 반은 3박 4일 동안 일흔 노파와 아홉 살짜리 계집애와 자신까지 여자만 셋이서 섬에, 꼼짝없이 그것도 아주 가난한 처지로 갇혔다는 걸 알아차렸다. 방도를 의논하기 위해 풀 죽은 거지꼴로 노파에게 돌아왔을 때 노파는 이미 고추방앗간에 일자리를 구해놓은 상태였다. 여기까지 와서, 고추방앗간이라니. 어떻게 시간을 낸 사흘인데. 하지만 반은 짐을 들고 옷깃을 여미며 노파 뒤를 따랐다.

노파는 재래시장 근처 싸구려 여관에 짐을 부리자마자 나갈 채비를 했다. 치마를 들추어 속주머니에서 꼬깃꼬깃 접은 비상금을 꺼내 반에게 주었다.

“너희는 인수와 마주쳐도 괜찮으니 구경 다녀. 저녁에 보자.”

이때까지 본 적 없는 노파의 주도적인 모습이었다. 반은 멀미로 아픈 노파의 안색을 살필 여유도 없었다. 인수에 대한 분노가 들끓어서였다. 다해가 부주의해서 잃어버린 가방조차 전부 인수 탓인 양 당장 전화라도 해 화풀이를 하고 싶었다. 하지만 제 스스로 감옥 같은 고추굴로 돌아간 노파를 생각해 참는 수밖에 없었다. 다해가 심심하다고 했다. 반은 아이의 손을 잡고 정류장으로 가 버스를 타고 이곳저곳 돌아다녔다.

컴퓨터 화면으로 본 사진보다 귤 농장은 더 예쁘고 넓었다. 거무튀튀한 녹색 이파리가 보이지 않을 만큼 나뭇가지 빽빽이 형광주황색 귤이 매달려 있었다. 음지의 잔설도 귤색을 빨아들였고 흐린 하늘조차 노랗게 눈이 부셨지만, 반의 시선은 황량한 들에 삐딱하게 선 허수아비에게로 갔다. 찬바람에 너덜너덜 흔들리는 허수아비가 자신인 듯 온몸이 시렸다가 노파인 듯 가슴이 저렸다.

바다로 곧바로 떨어진다는 동양 유일의 폭포는 또 어떠하던가. 춥고 한적한 바닷가 풍경 속에서도 반을 뺀 관광객 모두는 물론 파도조차 명랑하고 역동적으로 보였다. 바닷가 바위에는 폭포에서 튄 물이 맺혀 고드름이 얼어 매달려 있었다. 다해는 작고 큰 고드름을 따 반에게 가져다주느라 바닷가 바윗돌 사이를 지치지도 않고 뛰어넘었다. 아름다운 경치와 어여쁜 다해를 보고 있어도 반은 서글펐다. 다해 아빠가 갑작스런 사고로 가고 네 살배기 아이를 키우랴 생활을 하랴 동분서주하던 때가 반의 인생에서 가장 험난한 시절이었다. 인수가 훼방을 놓아 제주 여행에 흥이 안 일고 돈 좀 잃어버린 이번 건이야 그에 비하면 사소한 일이랄 수 있었다. 하지만 꼭 그때의 서러움이 살아난 듯 서글픈 마음이 들었다.

그저 발길 가는 대로 버스가 내려주는 대로 구경 다닌다고 생각했는데 어느 순간 고급 상가나 섭지코지 등 인수가 지명한 곳을 피해 다니고 있는 자신을 발견했다. 제주도의 모든 것, 보고 걸어 다니는 모든 행위가 인수의 말 한마디로 결정되었다. 인수 가라사대, 내 눈에 띄지 말지어다. 빌어먹을 인수. 인수 가라사대!

이튿날 반은 일부러 인수가 문자에 썼던 유명 관광지와 호텔만 골라 어슬렁댔다. 노파는 고추 꼭지를 따서 번 일당을 머리맡에 두고 나갔다. 그 돈으로 다해와 호텔에서 아이스크림을 사 먹었다. 그들의 하루 식대보다 비싼 아이스크림이었다. 이래도저래도 인수 부부와 마주칠까 신경이 곤두서는 건 여전했다. 마음이 전부라더니. 반은 오후가 시작될 즈음 노파를 찾았다.

고추방앗간은 반이 사는 동네시장에서와 마찬가지로 이곳 상가에서도 가장 구석지고 허름한 곳에 자리 잡고 있었다. 하지만 제주의 시장 규모는 반의 예상을 뛰어넘는 크기였다. 그 이유가 제주도에 장이 몇 개 없어서라고 했다. 넓은 지역 치곤 시장 숫자가 적었다. 그러다 보니 산골과 농촌, 어촌에서 채취해 내다 팔 특산물의 종류가 다양했고 채집 기구나 소용되는 물건도 가짓수가 많을 수밖에 없을 터였다. 제주 시장 자리는 옛날부터 교통 물류의 요지였다고 했다. 반이 고추 수매를 하러 간 첩첩산골에서 놀랄 만치 큰 장이 서는 것도 비슷한 이유일 것이다. 시장 규모와 비례하듯 고추방앗간 또한 반의 가게보다 훨씬 컸다.

일손이 부족한지 반이 일을 하겠다고 하자 주인은 망설이지 않고 마른 고추 무더기를 가리켰다. 사람의 앉은키보다 높게 쌓인 붉은 무더기 주위엔 여섯 명의 할머니들이 둘러앉아 고추 꼭지를 따고 있었다. 노파는 반을 한 번 쳐다보았을 뿐 아는 내색을 하지 않았다. 평소 하듯이 고추 쪼가리를 입에 넣고 우물거리고만 있었다.

반은 주인이 가리킨 자리에 앉았다. 새로운 이야깃거리를 만난 할머니들이 어디서 왔느냐, 왜 이 일을 하느냐 등의 질문을 했지만 반은 제주도 사투리를 못 알아듣는 척 웃어넘겼다. 제주 물정을 모르는 젊은이에게 가르쳐주려는 듯 어물을 다루는 바닷가 허드렛일 일당이 얼마나 좋은지 저마다 아는 예를 들었다. 나이를 먹어 고추방앗간에서 싸구려 일당밖에 못 버는 자신들의 처지를 한탄하다 잘 나가던 젊은 시절의 자랑으로 이야기 방향이 흘러갔다. 손으로는 기계처럼 고추 꼭지를 떼어내면서 남의 이야기를 듣고 부풀리다 반박하는 것에 온 힘을 쏟아붓는 고추방앗간의 뒷방 분위기는 육지나 섬이나 똑같았다. 이야기가 난무하는 맵싸한 공간이었다.

반은 동네시장을 떠돌던 유기견의 썩은 입냄새 같은 헛말, 악의적인 말과 소문을 떠올렸다. 사 년 전 노파는 고추 수매에서 돌아오는 반을 따라왔다. 행려병자로 보이는 노파를 거두자 동네시장에서 가장 착한 사람이 반이라고들 했다. 그때부터 반의 허름한 고추방앗간에 사람들의 이목이 쏠렸다. 과일가게에선 물렁한 홍시를, 떡집에선 김이 나는 찰떡을 노파에게 갖다 주었고 옷을 주는 이도 있었다. 축산유통 사장은 명절에 쇠고기를 선물하기도 했다. 노파를 먹이고 입히는 것이 제 일인 것처럼 동네시장 분위기가 돌아갔다.

그렇게 일 년이 지나 노파가 외아들과 연락해 왕래를 트고 인수가 반에게 생활비를 부치자 소문의 포커스가 바뀌었다. 인수의 아내가 노파를 내다버렸다는 것을 알게 된 시장 사람들은 저마다 인수를 중심인물로 소설 한 편씩을 썼다. 사람마다 인수에게 기대하는 이야기의 여정은 달랐지만 결말은 똑같았다. 인수가 아내를 어떻게 하건 간에 불쌍한 노파가 아들과 행복하게 사는 것이 결말이었다.

부자인 처가에 기생해 겨우 생활비나 부치며 어둠을 틈타 도둑처럼 잠깐 어미에게 다녀가는 인수를 사람들은 미워했다. 인수가 가게에 다녀간 날이면 인수의 모든 행동이 사람들의 가십에 올랐다. 발걸음이 얼마나 비겁했는지, 따뜻한 눈인사를 얼마나 냉정하게 외면했는지, 노파에게 들고 온 선물의 가치가 합당한지에 대해 누구나가 저울질을 했다. 하다못해 시장 뒷골목에서 폐휴지를 줍는 절름발이조차 인수의 이름 앞뒤에 욕을 섞어 부르기 일쑤였다. 준재벌의 사위이자 전무인 인수가 동네시장 사람들에게는 유리 진열장 안의 창녀보다 더 혹독한 평가를 받았다.

마른 고추를 우물거리는 노파에게 그런 소문을 전하는 사람도 있었다. 그런 사정을 모르는 인수가 작년 생일에 노파에게 들르지 못했다. 해외 출장과 일정이 겹쳐서였다. 올해 생일에 제주에 가기로 결정한 이유였다. 김장철과 음력설이 낀 이 시기가 고추방앗간의 호황기였다. 반은 막걸리 탓을 하며 제주도에 꼭 가야 한다고 우기는 노파의 말을 귀여겨 들을 수밖에 없었다. 고추 빻는 기계 여섯 대가 한꺼번에 돌아 시끄러웠지만.

여섯 명 점심상에 반주로 올린 막걸리가 두 병이었다. 노파는 술을 마시지 않았다. 그런데도 오후 내내 막걸리 냄새가 코끝에서 가시지 않아 머리가 지끈거렸다고 했다. “꽃처럼 앉혀놓을 체면잔도 없었어.” 노파가 중얼거렸다.

마른 고추 무더기를 가운데 두고 고추 꼭지를 따면서였다. 노파가 동네시장의 스피커나 다름없는 도우미 노파들 앞에서 이번 생일에는 인수가 제주도에 보내준다고, 없는 약속을 떠벌린 것이었다. 한겨울에 볼 것도 없는 제주도에 뭣 하러 가냐고 미뤘다 봄에 가라고, 누군가 지청구를 줬다고 했다. 노파에게 그 말은 대놓고 인수를 욕하는 것처럼 들렸다. "눈을 뒤집어쓴 빨간 귤이 예쁘다더만, 그거 보러 갔다 올란다." 노파는 동네시장에 온 이후 사 년 만에 처음으로 소리를 내질렀단다.

"내가 그런…… 실없는 소릴 했어."

한숨만 푹푹 내쉬는 노파와 달리 반은 숨통이 트이는 느낌이었다. 반이 알기로 노파의 비난 손가락은 늘 자신의 심장을 겨냥했다. 그런 노파가 막걸리로건 두통으로건 손가락 화살을 다른 방향으로 돌린 건 반가운 일이었다.

반은 노파들이 고추 무더기를 사이에 두고 주고받는 입씨름이 무림의 고수가 강호에서 벌인다는 혈전과 다를 바 없다는 것을 잘 알고 있었다. 달빛이 요요히 흐르는 대륙의 갈대숲에 마주 선 두 고수의 이력처럼 현란한 비유와 과장으로 이어진 노파들의 무협지(地)였다. 바람에 물결처럼 흔들리는 갈대의 검은 그림자를 겨냥해 적의 심장을 깊숙이 찌른 장검의 칼날처럼 단호한 억지, 무림의 판도가 바뀌려는 순간 번쩍이며 내리치는 천둥 같이 드센 목소리가 승리하는 전투였다.

툭툭. 반은 노파의 한숨을 끊어내듯 고추 꼭지를 비틀어 떼어냈다. 그래도 김장철의 가장 바쁜 시기는 지났고 곧 다해의 봄방학이었다.

"어쩌긴요. 가면 되지. 다해야, 할머니랑 십구일에 제주도 갈 거다. 너는 어쩔래. 혼자 집에 있을 거야?"

"나도 같이 가. 지금 간다고. 잠깐마안……."

당장 빵이라도 사러 간다는 말로 알아들은 아이가 다급한 대꾸를 뱉자마자 방문을 열고 고추 무더기를 밟으며 뛰어왔다. 엄마가 제게 고추 밟지 말라는 잔소리를 또 할까 봐 반의 눈앞에 카드를 팔랑이며 흔들었다. 반이 웃어넘기자 생일 카드를 노파의 무릎에 얹었다.

"생일 십 일 전이에요. 축하해요, 할머니."

평소 같으면 노파의 코밑에 카드를 들이밀고 제가 그린 그림을 일일이 설명하던 다해였다. 제주도에 대해 검색하라는 반의 말에 아이는 자기 방으로 되돌아갔다. 팔랑이는 치맛자락이 얼마나 경쾌한지, 반은 소리내 웃으며 노파를 돌아봤다. 노파는 맥을 놓아 형태가 흐물흐물한 사물처럼 고개를 수그리고 손가락 하나로만 생일 카드 모서리를 쓸고 있었다.

노파를 처음 봤을 때도 사람이 아니라 옷 무더기인가 의심했었다. 하기야 며느리 차에 실려 산골 벽촌에 버려지고 난 처지에 무슨 생기가 있었을까. 노파는 생의 남루함으로 시간이 사그라지길 꿈꾸는 수행자처럼 자신을 버렸다. 무엇이 먹고 싶은지 의견을 버렸고 하고 싶다는 의지를 버렸다. 오래된 객식구처럼 반과 다해의 생활 리듬에만 맞추어 하루와 한 시간을 견뎌냈다. 아들이 생활비를 보태줘 생색을 낼 법도 했던 지난 삼 년 동안에도 그 태도는 변하지 않았다. 그런 노파가 제주도에 가기를 소망했다. 지고지순한 탈출이었다.

제주 시장에서의 일을 마치고 방앗간을 나서자 굽은 등을 펴려는 듯 노파가 양손으로 허리를 짚고 고개를 젖혔다. 다해가 노파의 어깨와 옆구리를 토닥토닥 두드렸다. 반은 고개를 들어 시장 골목처럼 검고 축축한 겨울 하늘을 올려다보았다. 별이 몇 개 얼음처럼 반짝였다. 잊지 못할 제주의 밤하늘이었다.

"엄마, 인터넷에 보니 맛있는 빵집이 근처에 있대. 오늘 케이크 사자. 응? 안 돼?"

아이는 그새 제주 시장의 골목에 무엇이 있는지 다 알아 왔노라고 했다. 다해가 반을 향해 일부러 애처로운 표정으로 눈을 찡그렸다. 귤 쥬스와 초콜릿 케이크가 유명하다고 했다. 사실 케이크가 유명하진 않았다. 하지만 반은 고개를 끄덕였다. 돌아가는 날이 노파의 생일이었다. 그때 무슨 생일상을 차리겠는가. 그리고 이 지경에 생일을 앞당기는 게 무슨 대수일까.

수족관에 가득 찬 횟감용 생선을 하나씩 짚어가며 이름을 외는 다해의 손길을 따라가다 문득, 장터가 제 고향이라는 이유로 타지의 시장에 딸아이를 방치해도 될까, 하는 불안이 일었다. 동네시장에서야 다해가 삼촌, 이모, 할아버지 대하듯 상인들에게 인사하고 심부름도 하도록 가르친 반이었다. 다해는 늘 그랬듯 엄마의 더듬이가 저를 따라다니는 줄 믿고 있을 터였다. 아이의 얼굴은 자신이 학습한 물고기 이름을 알려주어 만족한 표정이었다.

다해의 안내에 따라 시장을 돌며 저녁을 먹었다. 내일 아침에 생일상을 차리기로 했다. 조리한 음식을 사다 덥혀 차리는 상이었다. 잡채와 생선구이, 밑반찬을 샀다. 밥 대신 전복죽도 샀다. 원래 계획엔 맛집으로 선정되었다는 성산포 식당에서 자연산 전복 회와 푸르스름한 내장 죽이 생일상의 주메뉴였는데, 시장에서 파는 죽도 TV에서 본 것과 비슷한 색이 났다.

여관에 돌아와 주인에게 들렀다. 아침에 음식을 덥히려면 조리 기구가 있어야 했다. 노파의 생일을 강조해 사정을 설명하고 전자레인지나 휴대용 가스버너를 한 번만 사용하자고 부탁했지만 여주인은 거절했다. 우리야 한 번이지만 자신은 주방을 내줘야 할 판이라고 했다. 낭패한 표정으로 서 있는 반에게 마당을 가로지르던 털북숭이 남자가 제 버너를 빌려주겠다고 했다.

반은 잠깐 잠만 자고 나가느라 지나쳐봤던 여관을 둘러봤다. 여관의 작은 마당을 향한 방문이 여덟 개였다. 전부 방인가요? 반의 질문에 털북숭이가 주인처럼 상세하게 설명을 했다. 방을 장기로 빌려 사는 뱃사람이 셋이라고 했다. 구체적으로 말하면 옛날에는 뱃사람이었지만 이제는 배를 타지 않고 시장에서 허드렛일을 하며 사는 독신 남자들이라고 했다. 저쪽 방엔 그림을 그리는 총각도 하나 살아으. 털북숭이의 손가락은 구석방을 가리켰다. 뭉뚱그려 반말을 하는 털북숭이에게선 술 냄새가 났다. 털북숭이의 말에 의하면 현재 반네는 여관의 붙박이 넷 이외에 유일한 뜨내기손님이었다.

반이 대꾸 없이 가만히 서 있자 털북숭이는 더러운 버너와 냄비를 반의 방문 앞에 가져다놓았다. 반은 노파와 다해를 남겨두고 시장으로 나갔다. 슈퍼에 가 가장 싼 휴대용 버너와 가스를 골랐다. 사람을 훑어내려 보는 술 취한 털북숭이에게선 아무것도 빌리고 싶지 않았지만 한 번 쓰고 버리려 버너를 사기엔 비싼 액수였다. 잠시 망설이다 네 개들이 가스만 샀다. 남는 가스 세 개를 사용료로 주면 되겠다는 계산이 섰다. 여관으로 돌아와 버너와 냄비를 윤이 나도록 박박 씻고 잠자리에 들었다.

"할머니."

다해의 높고 맑은 목소리에 잠이 깼다.

"제가 생일 카드 만들었어요. 할머니. 엄마 일어나면 케이크에 촛불 켜고 노래 불러드릴게요. 그래서 먼저 카드만 주는 거예요, 알겠죠. 하루 전 생일 축하해요."

이른 시간이었다. 반은 잠이 깬 기척 없이 가만히 눈을 뜨고 둘을 바라보았다. TV를 보고 앉은 노파에게 다해가 생일 카드를 건네고 있었다. 스케치북을 잘라 속지까지 오려붙여 그림을 그린 카드였다. 뒷면 군데군데에 울긋푸릇한 사인펜이 얼룩처럼 배어나왔다. 카드를 내민 아이의 손이 씩씩하게 뻗은 것에 비해 카드를 받으려는 노파의 손길은 멈칫거렸다. 억지로 손을 뻗은 노파가 끔찍한 것을 피하듯 손가락을 오므렸고 카드는 아이의 손을 떠나 노파의 손등을 스치고 방바닥으로 떨어져 모서리가 구겨졌다. 노파의 슬픈 생의 옆면을 이해하지 못하는 아이가 카드를 주워 펼치고 노파의 얼굴 앞으로 그림면을 들이밀었다. 그러곤 종잇조각과 풀, 색연필 들이 흩어진 바닥에 꿇어앉았다. 아이는 노파의 옆 이마에 제 머리를 맞대고 카드속의 그림을 설명했다.

"이것 보세요. 이건 화이트초콜릿 케이크예요. 초는 열 개만 그렸어요. 큰 거 한 개가 열 살이거든요. 할머니는 칠십세 살이니까. 큰 거 일곱 개, 작은 거 세 개 맞죠? 제 생일 거랑 초가 같아요. 전 작은 초만 열 개 꽂을 거니까요. 겨울이니까 눈사람하고 크리스마스트리도 있어요. 아 참, 선물 상자를 빠뜨렸네. 잠깐만요."

아이가 선물 상자를 그리려 바닥에 엎드렸다. 아이는 노파의 생일을 안 한 달 전부터 카드를 그리기 시작해 수시로 선물했다. 첫날, 노파는 친손녀가 직접 그린 생일 카드를 선물받은 양 감격 어린 표정이었다. 몇 번이나 카드를 꺼내 앞뒷면의 그림을 들여다보며 흐뭇한 미소를 지었다. 하지만 아이가 이틀 건너 한 장씩 들이미는 카드는 어느 날부터 노파를 고문하는 끔찍한 도구로 변했다. 노파의 초라한 삶에 환하게 들이댄 뜨거운 조명 같은 생일 카드였다. 아이의 의도와 달리 카드의 의미가 이상해진 것이었다.

"트리 옆에 앉아 있는 이건 사람이 아니에요. 키키 인형이에요. 핑키웨이 머리띠를 했어요. 보석이에요. 반짝이죠? 요기 이거요, 보이죠? 분홍색하고 파란 별이 달렸잖아요. 그리고 할머니 좋아하는 부처님도 그렸어요. 트리에 매달았잖아요. 봐봐요. 보여요? 금색이잖아요."

"……"

아이가 그림을 설명하느라 제 어깨에 몸을 기대자 노파는 하는 수 없이 카드를 품에 끌어안았다. 그래도 아이는 노파에게 온몸을 걸치다시피 안겨 설명을 되풀이했다. 찬사를 기대하는 다해의 응석이었다. 노파가 그것을 모를 리 없었다. 반은 노파가 거짓 칭찬이라도 해 무거운 아이를 떼어내길 바랐다. 하지만 노파는 신음을 참으며 아이의 몸무게를 견딜 뿐이었다. 다해를 밀치지 못하는 노파의 힘겹고 갑갑한 심경이 반에게 전해졌다. 반은 벌떡 일어나 기척을 했고 그제야 다해는 노파에게서 떨어져 어미에게로 다가와 안겼다.

오전 일이 끝나자 노파는 여관으로 돌아가 쉬겠다고 했다. 몸살기가 있었다. 반은 약을 사 온 다해를 노파와 함께 여관으로 들여보냈다. 아이가 안전한 노파의 품안에 있다고 생각하자 일에 더 집중할 수 있었다. 꼭지 딴 고추를 자루에 눌러 담아 창고로 나르는 힘쓰는 일도 마다하지 않자 주인은 반이 떠나는 것을 아쉬워했다. 그렇게 제주에서의 마지막 저녁이 끝나가는 시간이었다.

건너편에서 철물점을 한다는 여자가 방앗간에 들렀다. 주인이나 할머니들과 잘 아는지 파고의 변덕과 뱃사람들 얘기를 나누다 반이 누구인지 물었다. 노파와 아이와 함께 온 육지 손님이란 말에 고개를 갸웃거리더니 반에게 다가와 동네시장에 사는 누구냐고 물었다. 뜨끔한 기색을 숨긴 반이 아니라고 고개를 젓자 작은 눈의 철물점 여자는 의심스럽다는 표시로 눈살을 찌푸렸다. 그러자 여자의 눈은 감은 듯 보였다. 반은 여자의 얼굴에 집중하는 자신을 느꼈다. 여자가 눈을 뜬 것인지 감은 것인지 확인하고 싶은 마음이 든 것이다. 묘한 심리였다. 조금 지나 눈을 뜬 여자가 말했다.

"아니야. 혹시 싱글맘 아뉴? 과부 말이유."

여자는 반 앞으로 바짝 다가왔다. 반도 눈을 찡그리고 여자를 노려보았다.

"음, 그 사람이 말한 싱글은 천상 여자라던데 댁은 아니네. 쯧…… 아니, 육지 동네시장에서 고추간 하지 않으우? 제주에 온 거나 할망이나. 그런 건 똑같은데?"

반에게 심술을 부려보아도 반응이 없자 여자는 귀를 들이미는 할머니들과 속닥였다. 이야기 속에 다해는 모자라는 반푼이였고 반은 고추 수매를 하러 다니느라 트럭을 모는 것이 아니라 남자와 놀아나기 위해 전국을 누비는 난봉녀였으며 노파는 오죽 별났으면 아들에게까지 버림받은 독종이라고 했다. 반은 머릿속이 텅 비는 기분이었다.

동네시장이 집이라는 거야 다해 입에서 나온 정보였을 것이다. 바다 하나를 건너는 동안 이야기가 그렇게 변질되다니. 반은 고개를 숙여 자신을 내려다보았다. 두꺼운 솜바지에 보푸라기가 너덜너덜한 스웨터 차림이었다. 거울을 본 지가 언젠지 기억도 나지 않는 자신에게 스캔들이 따라붙다니. 여자 혼자 살면서 그런 소문도 나지 않으면 무슨 재미로 살까. 하지만 아주 기분 나쁜 부분이 있었다. 다해가 모자라다고?

"빌어먹을 년들. 애가 싹싹한 것도 몰라봐?"

반은 중얼거리며 여자와 할망들 사이에 있는 소쿠리를 휙 잡아당겨 버렸다.

여관으로 돌아오는 길에 반은 철물점 여자가 동네시장에 있는 누구와 통화를 했을까 추측해봤다. 같은 업종의 철물점 여주인을 떠올렸다. 나이가 반보다 스무 살쯤 많은 여주인이 깍쟁이이긴 해도 남을 함부로 낮춰 말하는 사람은 아니었다. 반에게 반감을 가진 사람을 골라보았다. 간섭이라 할 정도로 참견하다 핀잔을 듣는 생선가게 여자? 남편이 방앗간에 들락거리는 것을 싫어하는 채소가게 여편네? 반은 고개를 저었다.

언제부터 자신이 건너듣는 남의 말에 신경을 썼던가. 중요한 건 그게 아니었다. 동네시장에 돌아가면 그들이 제주까지 가 고추 꼭지나 땄다는 소문이 퍼졌을 터였다. 거짓말을 준비해야 했다. 인수가 보내왔던 문자의 내용을 곧이곧대로 전할 수도 없었다. 인수의 평판이 나빠지는 건 반도 싫었다. 사실 인수는 반의 가게에 처음 왔던 삼 년 전에 자신의 입장을 설명했다.

아내가 노모를 버린 일이 두 번째이고 다음번에도 그럴 거라고. 아내를 버릴 순 있어도 아이들을 떠나 살 수 없는 자신의 유약함이 한심하다고 했다. "나는 괜찮아. 너만 잘 살면 돼." 노모는 아들을 다독였다. 의남매를 맺어 반을 누님으로 모시겠다고 인수는 말했다. 매달

생활비를 보내는 것으로 인수는 의동생 노릇을 톡톡히 했다. 자주 들르겠다고 했지만 그러진 못했다. 하지만 노파는 가끔이라도 아들을 만나지 못할까 봐 전전긍긍했다. 수긍이 가는 걱정이었다.

여름 오후에 인수가 가게에 들른 적이 있었다. 어머니 곁에서 하룻밤 묵어 갈 만큼 시간이 빈다고 했다. 그 말을 듣자 노파는 벌떡 일어나 아들이 좋아하는 음식을 장만하기 위해 장을 보러 가고 인수는 잠깐 낮잠을 잤다. 학원에서 돌아온 다해는 잠자는 인수를 들여다보다 목욕을 했다. 가겟방 뒤쪽의 작은 마당에서 플라스틱 양동이에 물을 받아 첨벙거리는 게 다해의 여름 목욕이었다. 잠이 깬 인수는 다해의 물장난을 다정한 눈길로 바라보았다. 나도 어릴 적에 저렇게 목욕했는데…… 중얼거리기까지 했다. 물장구에 싫증이 나자 다해는 비누를 인수에게 내밀었다.

"아이고 얘는 무슨, 엄마가 씻겨줄게."

다해를 흘기며 반이 내딛는 걸음보다 인수가 비누를 받아든 것이 빨랐다. 인수가 마당으로 내려서자 다해는 인수에게 물을 뿌리고 둘은 물장난을 했다. "삼촌, 삼촌." 다해가 인수를 부르는 명랑한 목소리가 마당 가득 찰랑찰랑 울려 퍼지다 반의 가슴에 와 박혔다. 담을 넘어온 쪼가리 햇빛이 인수의 웃는 얼굴과 다해의 벗은 몸에 나뭇잎 무늬를 새겼다. 노파도 그 모습을 얼마나 흐뭇하게 바라보던지. 반은 인수가 다해에게 삼촌이라고 부르게 한 것이 진심이라는 것을 실감했다. 노파가 차린 저녁을 먹고 난 뒤 인수와 다해는 노파의 무릎을 하나씩 베고 누워 TV를 봤다. 둘이 귓속말을 주고받다 문구점에 다녀오기도 했다. 알고 보니 한 달이 지난 다해의 생일 선물을 사 왔다. 다해가 잠들고 인수가 노파 방으로 자러 갔다. 반은 엄마와 아들이 소곤소곤 주고받는 말소리를 들으며 잠이 들고 새벽에 깨어났다.

그때가 반이 본 노파의 가장 행복한 시간이었다. 말로 맺은 조카와 노는 것도 그렇게 보기 좋았는데…… 혹여 며느리에게 들켜 다시는 아들을 보지 못할까 봐 쉬쉬, 노파는 숨을 죽였다. 시장 사람들은 노파가 불쌍해 인수를 욕했지만 노파는 그 욕이 인수 귀에 들어갈까 봐 불안해했다. 조용히 숨고 싶은 노파의 심경을 시장 사람들은 다 알지 못했다. 제주에서의 일까지 알려지면 노파는 얼마나 더 처참해질까.

반은 다해의 입단속을 어떻게 시킬까 묘안을 궁리하며 시장 골목을 걸었다. 여관 대문을 들어서자 마당에는 술판이 벌어져 있었다. 숯불 위에 삼겹살이 익고 있었다. 돼지고기의 기름이 허기진 뱃속으로 달콤하게 스며드는 상상을 하며 남자들이 권하는 대로 자리에 낄 요량이었다. 방에 들어가 노파가 죽과 약을 먹고 자리에 눕는 것을 확인한 다음 마당으로 나왔다.

털북숭이가 마당을 돌아다니는 다해에게 손짓을 했다. 삼겹살을 젓가락에 끼우고서였다. 반은 털북숭이가 다해에게 고기를 먹인다고 추측했다. 하지만 쏜살같이 달려간 다해가 먼저 한 일은 입을 벌리는 게 아니라 고기가 꽂힌 젓가락을 낚아채는 것이었다. 그러곤 화가에게로 달려가 그의 무릎을 파고드는 것이 아닌가. 쪼그려 앉은 화가의 허벅지 깊숙이 엉덩이를 들이밀고 안긴 후에야 고기를 입으로 가져갔다. 털북숭이는 이리 와 앉으라며 빈손으로 자신의 허벅지를 두드렸다.

"제집아이가 몬딱 아우다. 허허헛."

노인 하나가 제주도 사투리로 아이가 털북숭이를 거절한 것이 당연하다고 놀렸다. 반은 왁자한 웃음에 끼며 자리에 앉았다. 털북숭이는 술을 들이켜곤 옆 사람에게 침을 튀기며 이야기를 하다 다해가 주위를 지나가면 와 안기라며 팔을 벌렸다. 반은 꼭 털북숭이가 반을 안으려고 팔을 벌리는 듯이 느껴져 비위가 상했다. 텁수룩한 구레나룻의 터럭마다 생선 비린내와 술 냄새가 배었고 바지에선 물고기 비늘이 떨어질 듯 때에 전 그의 품에 다해가 안기지 않은 게 얼마나 다행인지. 제 애비라 하더라도 더럽다고 밀어낼 늙은이였다.

반은 권하는 대로 소주를 몇 잔 들이키며 화가를 흘깃거렸다. 털북숭이가 총각이라고 해 이십 대인 줄 짐작했더니 반과 비슷한 또래로 보였다. 어두워 잘 보이지 않아도 준수한 얼굴과 조용하고 담백한 성격인 듯해 호감이 갔다. 반은 자신의 몸가짐이 다소곳해지는 것을 알아차렸다. 스스럼없이 화가에게 안기는 다해가 부럽기도 했다. 고기 몇 점과 술을 한잔 더 마신 직후였다. 여관 주인과 방앗간에 들렀던 철물점 여자를 포함한 몇이 술자리에 끼어 판이 커졌다.

동네시장의 누군가와 전화를 주고받았을 철물점 여자가 술자리에 끼자 반은 바짝 긴장했다. 다해를 빨리 방으로 들여보내고 싶은 조급증이 들었다. 시끄러워 잠들지 못할 게 분명한 노파와 어미에게서 벗어나는 다해 때문에 신경이 더 곤두섰다. 반푼. 아무리 들어가 자라고 해도 다해는 마당을 빙빙 돌다 화가의 무릎에 가 앉았다. 다른 사람들은 아이다운 어리광이라 이상하게 보지 않는 듯했지만 철물점 여자는 자꾸만 눈을 감듯이 찡그려 살폈다.

다해가 방으로 들어간 건 TV 드라마 때문이었다. 노파가 드라마 시작을 알려 다해를 불러들였다. 반은 안도의 한숨을 쉬었다. 드라마가 끝나 다해가 술자리로 돌아오기 전에 반도 아이에게로 가 잠자리에 들리라 마음먹었다. 화가도 들어가겠다는 말을 한 뒤에 사람들이 붙잡자 엉거주춤 다시 앉았다. 반은 자리에서 일어나 공동화장실에 갔다. 볼일을 보고 나오려던 참이었다. 화장실과 맞붙은 세면실에서 여자들 목소리가 들려왔다. 여관의 주인 여자와 철물점 여자였다. 물소리에 섞여 세세한 단어를 다 알아들을 수는 없었지만 다해 얘기인 것은 분명했다.

"열 살짜리가 어떻게나 잔망스러운지…… 어미 닮아 색기가 넘쳐."

"애들이 그렇지 뭐."

"사촌 말이, 애가 남자만 보면 환장을 한다고……."

"응?"

반은 화장실 문을 벌컥, 열었다.

"계집애가……."

"……"

더 듣고 있다가는 몸통이 없는 말 때문에 철물점 여자의 머리채라도 잡고 싸울 것 같았다. 부정적인 평판을 꼬투리 삼는다면 그것은 사실처럼 낙인이 찍힐 것이다. 반이 그 자리를 피한 것은 본능적인 일이었다. 마당으로 나오자 털북숭이와 남자들이 반에게 오라며 손짓을 했다. 반은 불빛을 들여다보고 앉은 화가를 일별하고, 돌아서 대문을 나가 발 닿는 대로 골목길을 걸었다. 오르막이어도 길바닥이 얼어 미끄러워도 상관없었다.

숨이 차도록 골목 끝까지 올라 시장을 포함해 바다가 훤히 내려다보이는 꼭대기에 다다랐다. 반은 헐떡이며 제주의 시장을 내려다보았다. 은성한 시장의 가게 불빛이 발 많은 다지(多肢)류의 곤충 같았다. 지네나 노래기가 꿈틀대는 모습이 떠올랐다. 눈을 찡그린 철물점 여자에게서 모든 말이 시작될 것이었다. 반은 인수와 속닥이던 다해와 술자리에서의 다해를 비교해 곱씹어보았다. 아무리 어린아이라 봐줘도 술자리에서 화가의 품을 파고든 다해의 행동은 지나친 것으로 결론이 돌아왔다. 하루 종일 아이를 감시하고 회초리를 들고 가르치리라 다짐했다.

하지만 그러기 전에 철물점 여자의 주둥이에서 흘러나온 시뻘건 말이 사람들의 귀를 두드릴 것이다. 바다를 건너간 말은 동네시장을 술렁이게 할 것이었다. 폐휴지를 줍는 비렁뱅이조차 다해가 그런 아이라는 걸 예전부터 알았다고 설레발치는 말을 들어야 하는가.

살아 있는 듯 부풀려져서 기어가고 걸어다니는 말의 이동을 생각하자 제주 시장의 곁골목들은 다지 동물의 발이 아니라 새끼로 변모했다. 제각각 꼼지락대는 까맣고 징그러운 다리를 가진 돌연변이들. 처음 서른 마리이던 새끼는 내용과 어감이 다른 돌연변이들을 낳아 삼백 마리로 아니 삼만 마리의 악의적인 말로 불어나 동네 시장으로 흘러들고, 어쩌면 다해의 이야기가 전국 방방곡곡을 유빙처럼 떠돌다…… 어디까지 번져갈지 몰랐다. 노파의 이야기가 더해져 기폭제 역할을 한다면 말이다. 얼마나 특이한 이야기인가. 막아야 했다. 무엇을? 어떻게? 반의 머릿속에는 수만 마리의 벌레가 다해를 뒤덮고 아이의 몸에 발자국을 남겨 더럽히는 생각만 우글거렸다. 그것은 반은 물론 노파를 때려눕힐지도 모르는 말, 소문이었다.

뾰족한 수가 생각나지 않아 한숨만 내리쉬며 여관으로 돌아오는 길이었다. 인수에게서 전화가 왔다. 반이 아직 제주도에 머무르는 것을 안 인수는 한참 동안 말을 잇지 못했다. 반은 인수의 긴 침묵을 진심으로 미안해, 그런 것으로 해석했다. 나중에 가게에서 보자고 하자 인수는 알았다고 대답했다.

여관으로 돌아오자 술판은 전을 접었고 화가가 통화를 하며 마당을 서성였다. 반을 보자 화가는 바다를 가리켰다. 따라오라며 손짓만 하고 골목을 나갔다. 반은 그의 손짓을 못 본 척 방에 들어가려다 밖으로 나갔다. 깜깜한 밤바다가 달빛을 받아 희끄무레했다. 바닷가엔 사람들이 모여 웅성거리고 있었다.

죽은 동물 같은 것이 모래사장 끝의 얕은 물결에 휩쓸려 흔들렸다.

누군가 막대기로 찔렀다가 뒤집어 보곤 바다짐승이 아니라고 소리쳤다. 남자 둘이 그것을 끌어와 마른 모래에 펼쳐놓았다. 코트였다. 물에 젖은 모피 코트는 짐승의 껍질처럼 보였다.

사람들이 해안을 따라 걸었다. 손전등이나 휴대폰의 플래시 불빛이 바닷가 모래사장에 어른거렸다. 반은 경찰과 통화를 하는 아저씨나 여자들이 주고받는 대화를 잘 알아들을 수 없었다. 다만 그들이 바닷가에서 뭔가를 찾으려는 것만 알아차렸다. 반이 무슨 일이냐고 묻자 화가는 사람을 찾는다고 했다. 한겨울에 겉옷을 벗어던진 사람이라면 제 삶도 그렇게 팽개친 게 분명할 것이란다. 반은 놀라 입을 막았다. 화가가 그런 반의 어깨를 가만히 다독였다. 하지만 해안을 몇 번이나 왕복해도 사람을 찾진 못했다.

아침에 짐을 꾸리다 바다에서 건진 코트 얘기를 했다. 노파는 여관 사람들에게 얘길 들었다며 그걸 보러 가자고 했다. 뛰어가는 다해를 잡았다. 꺼림칙했다. 하지만 반은 마지막으로 제주의 경치를 구경하는 셈치고 바닷가로 나갔다. 모래에 펼쳐 놓였던 모피가 도로와 모래사장 사이의 방죽에 걸쳐져 있었다. 밤엔 검은색으로 보이더니 실제론 연한 밤갈색이었다. "저번에 저거 봤는데, 뭐지……." 다해가 중얼거린 뒤 백사장을 뛰어다녔다.

반은 혹시 사람이라도 밀려왔는지 바닷가를 살폈다. 언뜻 봐도 흰 모래와 차가운 바닷물이 다였다. 노파는 소금물이 버석이는 모피를 더듬고 있었다. 반은 노파의 생각을 짐작할 수 있었다. 혹시 인수 처의 겉옷일까, 그 둘이 자신 때문에 싸우기라도 했을까. 그런 미련한 걱정을 하고 있을 터였다. 반은 노파의 눈길을 따라 바다 건너 육지와 코앞의 바닷물과 하얀 거품을 남기는 파도 자락을 바라보았다. 노파의 생일 아침이었다.

제주도에서 돌아온 후 가장 많이 변한 사람은 반이었다. 언젠가 인수에게 돌려줄 요량으로 모으던 생활비를 털어 고추 빻는 기계를 세 대 더 들여놓았다. 더 이상 고추를 수매하러 농촌으로 돌아다니거나 집을 비우지도 않았다. 수매꾼이 배달해주는 고추를 다듬어 빻아주기만 했다. 식당에서 주문받은 고추를 가루로 빻아 배달을 해도 집에 있는 시간이 배로 늘었다. 다짐했던 대로 다해를 가르치는 데 정성을 쏟았으며 예쁜 옷도 사 입었다. 여름방학이 되면 아이와 노파와 함께 시원한 나라로 여행을 가기로 일정도 잡아두었다.

인수도 많이 변했다. 아직도 아내와 어머니를 마주 앉히지는 못했지만 가게 나들이가 공식적인 일이 된 건 분명해 보였다. 지난 삼 년 동안보다 더 자주 가게에 다녀갔고 올해 노파의 생일에는 식당을 빌려 시장 사람들에게 밥도 한 끼 대접하겠다고 했다. 고개를 숙이고 시장 골목을 지나가던 옛날과 달리 요즈음 인수는 사람들과 스스럼없이 인사를 나눴다. 노파는 여전히 마른 고추를 우물거리며 고추를 다듬었다. 그러다 가끔 혼자 웃었다. 아무리 고개를 파묻어도 노파의 주름 깊은 뺨이 웃는 것을 알 수 있었다. 반도 노파가 알아차리지 못하게 고개를 돌리고 웃었다.

노파의 생일이 다가오는 어느 날이었다. 반은 TV에서 방영하는 다큐멘터리를 보았다. 극지의 바다가 배경이었다. 고래들의 먹이사냥이었다. 범고래는 많았고 밍크고래는 단 한 마리뿐이었다. 밍크고래 한 마리를 범고래들이 떼거지로 포위했다. 도망치는 밍크고래도 뒤쫓는 사냥꾼들도 전력을 다해 헤엄쳤다.

반에게는 푸르고 시원하게 보였던 바다일 뿐이었다. 하지만 밍크고래에겐 죽음의 수영이었다. 그리고 범고래에겐 조직력을 정비한 사냥이었다. 자리와 방향을 바꿔가며 힘을 안배해 밍크고래를 추격하는 범고래의 사냥 방식 중 두 가지가 소개됐다. 밍크고래를 모래사장으로 밀어내는 범고래들의 작전은 실패했다. 이젠 추격만이 열 마리 범고래의 배를 채울 유일한 방법이었다. 세 시간이었다. 밍크고래 한 마리와 범고래 열 마리는 세 시간 동안 황량하고 차가운 극지의 바다에서 생존을 건 수영을 했다. 그리하여 밍크고래는 익사했다.

물속에 사는 고래가 익사하다니. 내레이션의 말에 따르면 사냥이 실패할 때도 많다고 했다. 사람의 삶과 다를 바 없는 고래의 최후였다. 반이나 노파처럼 어떤 말이나 소문에 굴하지 않고 버티는 데까지 버티는 방식이 사람도 마찬가지라는 생각이 들었다.

반은 고추 쪼가리를 입에 넣었다. 제주도 여행 후에 새로 생긴 버릇이었다. 노파를 따라 해본 게 어느새 습관이 되었다. 검붉게 마른 고추 쪼가리를 입안에 넣고 불려 오래 빨아 먹었다. 고추 꼭지를 따다말고 혹은 고추 분쇄기를 돌리며 다해가 팔짝팔짝 뛰어 시장 골목에 나다니는 것을 보면서. 밤 바닷가의 달빛으로 흔들리던 화가의 긴 그림자가 생각나면 고추를 입 안 가득 우겨넣었다. 제 살을 뜯어먹듯 마른 고추를 녹여 먹는 노파가 이상했는데 이젠 반도 고추의 제맛을 알게 되었다. 달콤한 고추를 씹고 있으면 묵은 체기처럼 갑갑하던 속이 후련해졌다. 가끔 눈물이 날 만큼 매운 날도 있었다.

속불꽃

속불꽃

남편은 오늘이라도 입양 서류를 접수시키라고 했다. 먼저 경찰서에 신고를 해야 된다던데. 어정쩡 우물대는 내게 그런 절차는 이미 끝냈다는 대답이 돌아왔다. 나는 남편이 건네는 일호 봉투를 외면했다. 꽁꽁이 마저 끝내야 해. 서각 동아리에서 하는 전시회가 다가오고 있었다. 나무에 새기는 글씨와 그림. 나는 둘 다 준비하는 중이었다. 남편의 눈길이 나와 지담을 오갔다.

세로 일 미터 가로 삼십 센티미터의 나무판에 일자 조각도를 세워 딱, 꽂았다. 그 다음 조각도의 머리를 두 번 두드리고 칼날을 옆으로 옮겨 다시 자리를 잡고 딱, 꽁꽁 딱 꽁꽁 딱. 리듬에 맞추다 보면 어느새 칼집 모자이크 모양이 나무판에 번졌다. 꼬박 일주일을 두드려 나무판의 바탕 세 겹을 걷어내니 위로 도드라진 글자가 제 형체를 드러냈다. 이제부턴 바탕에 물결무늬를 넣을 차례였다. 집중해야 한다.

우리, 아이 가질까? 내 질문에 남편은 고개를 저었다. 결혼 약속 중 하나였다. 자신의 아이는 낳지 않겠다면서 업둥이에겐 왜 그렇게 애정을 쏟는가. 꽁꽁. 어떡해야 좋을까. 지담과 성 선생님. 콩콩콩. 선생님과 아이를 함께 내쳐야 하는가. 콩콩콩콩. 대체 그들은 내게 무엇을 바라는가. 콩콩콩콩콩.

아! 나는 비명을 삼켰다. 나무망치가 빗나가 손등을 때렸다. 부풀어 오른 자리에 금세 멍이 배어나왔다. 손가락을 오므렸다 펴고 팔을 휘둘러봐도 아픈 게 가시지 않았다. 나무망치를 구석에 던져버렸다.

멍든 손등이 문제가 아니었다. 같은 자리에만 조각도를 꽂았던가. 꽁꽁이판 한가운데에 거친 소용돌이 무늬가 파였다. 잔잔한 물살은 커녕 나무판에 구멍이 뚫릴 지경이었다.

똑똑똑. 잠시 쉬었다 현관문을 다시 두드리는 소리가 났다. 선생님의 신호였다. 벨 소리에 지담이 놀라거나 잠에서 깰까 봐 정한 신호였다. 열쇠 돌리는 소리가 나고 문이 열렸다. 덥죠?…… 나는 선생님께 인사를 하러 고개를 내밀었다가 다시 주방으로 몸을 들였다. 선생님이 신발을 정리하고 있었다. 아무리 말려도 선생님은 현관을 들고 날 때마다 신발을 가지런히 모았다. 차라리 못 본 척하는 게 최선이었다.

선생님이 내게 비닐봉지를 건네고 아이 방으로 들어갔다. 봉지에는 유기농 야채와 쇠고기가 들어 있었다. 아이의 이유식 재료였다. 나는 봉지를 냉장고 안의 다른 봉지 곁에 넣었다. 선생님이 매일 사다 나른 봉지가 수두룩했다. 많다고 말려도 소용없었다. 나는 소리 없는 한숨을 쉬며 선생님의 뒷모습을 봤다.

유아용 침대 옆에서 잠든 아이를 들여다보고 있는 선생님. 웅크리고 앉은 선생님의 뒷모습은 뭐랄까, 해탈을 갈구하는 구도자의 등처럼 염원과 체념이 동시에 묻어났다. 그곳에 깊이를 알 수 없는 소용돌이가 시커멓게 겹쳐졌다. 아이는 선생님께 어떤 존재인가. 시종처럼 아이 곁에 머무는 스승과 돌이 채 안 된 지담. 그들 둘이 나를 찾아온 건 여섯 달 전이었다.

업둥이요! 복도가 시끄러웠고 우리 집 초인종이 울렸다. 소리를 지르는 사람은 선생님이었다. 얼마 전 옆집으로 이사 왔는데……. 더 생각할 겨를이 없었다. 업둥이요! 우리 코앞에서 선생님이 소리를 질렀다. 아파트 복도에는 구경꾼들로 북적였다. 나와 남편은 현관에서 다시 집 안으로 뒷걸음질을 해 거실 구석까지 몰렸다. 선생님을 선두로 복도에 있던 사람들이 거실에까지 따라왔다. 선생님은 나와 남편을 번갈아 바라본 후 안고 있던 것을 앞으로 불쑥 내밀었다. 아기가 바닥으로 떨어질 것 같았다. 남편과 나는 본능적으로 팔을 내밀었고 그렇게 아이가 우리에게로 왔다. 아기는 어쩌고 있나? 이튿날부터 선생님은 아이의 안부를 물으러 우리 집에 드나들었고 나는 어정쩡한 구경꾼이 되었다.

선생님은 초등학교 교감선생님으로 퇴직해서인지 아이를 잘 다뤘다. 나는 선생님에게 아이 업는 법이라든가 심장 가까이에 아이의 귀를 대고 우유 먹이는 방법을 배웠다. 아는 아이인지, 어떻게 우리 집 앞에 놓인 아이를 발견했는지 물어도 선생님은 그저 웃기만 했다. 내가 초등생이었을 때의 선생님도 저렇듯 부드러웠다. 동창생들이 선생님을 회상하는 얘기를 들으면 아이를 어르고 달래는 자상한 할아버지 인상 그대로였다. 하지만 나는 웃는 모습 그대로의 선생님을 온전히 믿지 않았다.

육학년 봄이었다. 하굣길에 선생님은 나를 불러 학교 근처에 있는 자신의 집으로 데려갔다. 연지야, 내일부터 선생님 점심 좀 갖다 줄래?…… 나는 머뭇머뭇 길을 외우며 선생님 뒤를 따라갔다. 한옥 마당에 들어서자 사모님이 있었다. 내일부터 얘가 점심 가지러 올 거예요. 우리 아빠는 엄마에게 반말을 했는데, 선생님에게 존댓말을 듣는 사모님이었다. 사모님은 상냥하게 인사를 건넸다. 하지만 나는 낯선 집 마당에서 화장실이 가고 싶었다. 사모님은 허둥대며 돌아서는 내 손에 오렌지를 쥐여줬다.

시골에서 전학 와 학반의 아이들과 쉽게 어울리지 못했던 나는 선생님의 반찬통과 계란찜을 나르며 도시 아이가 되어갔다. 도시락을 배달하는 대신 청소를 하지 않아 아이들의 부러움을 샀다. 성적도 올라 선생님의 인정을 받으며 그 어느 때보다 재미있는 학교 생활을 하던 중이었다.

어느 날이었다. 다른 때보다 일찍 선생님 댁에 도착했다. 따스한 햇볕이 내리쬐는 마당가 화덕에는 가마솥에서 하얀 김이 났다. 구수한 고깃국 냄새에 뱃속이 요동쳤다. 나는 사모님이 밥과 반찬을 담고 있는 부엌을 기웃대며 종알거리다 어느 순간 입을 다물었다. 평소와 달랐다. 사모님은 나를 쳐다보지 않았다. 도시락을 주고받을 때에야 나는 그 이유를 알게 되었다. 투명하여 푸른 실핏줄이 보이던 사모님의 뺨 한쪽에 든 시퍼런 멍. 환한 햇빛이 사정없이 비추던 사모님의 슬프게 흔들리던 눈빛.

그날 나는 상냥하고 예쁜 사모님의 기우뚱한 모습이 목구멍을 막아 점심밥을 다 먹지 못했다. 하지만 선생님은 여느 날과 다름없이 입맛을 다시며 도시락 뚜껑을 열었다. 나는 한동안 선생님과 사모님을 똑바로 쳐다보지 못했다.

남편과 선생님은 자주 바둑을 뒀다. 그때도 선생님은 조용한 미소를 입가에 매달고 있었다. 입양을 서두르라고 조르는 남편은 뭔가 알고 있는 눈치였다. 우리 아이가 아니면 누가 집 앞에 데려다 놓았을까. 인연이란 이런 걸 거야. 난 키우고 싶어. 당신이 싫다면 어쩔 수 없지만……. 남편은 지담이 좋다고 말하면서 내 결정을 따르겠단다. 나는 남편에게 내 커리어는 어떻게 되냐고 따지듯 물었다. 남편은 대답이 없었다. 잠깐 쉬었다 다시 일을 하려고, 집에서 가까운 사무실에 이력서를 넣어놓은 상황이었다. 짙은 안개가 눈앞을 가린 것처럼 답답했다. 손을 휘휘 저으면 선생님과 아이가 내 인생에서 사라져줄까. 남편과 선생님은 나의 결정을 기다리고 있었다. 공모라도 한 것 같은 둘의 침묵이 숨통을 조이는가 하면, 고개만 끄덕이면 되는 일처럼, 간단해 보이기도 했다.

지담아, 우리 한지담. 아이 이름을 부르는 선생님의 목소리에 생기가 돌았다. 유명한 작명가에게 이름을 지었다고 했다. 지담. 흔한 이름은 아닌데 뜻이 뭐예요? 남편이 묻자 선생님은 대답했다. 호수같이 깊고 고요하게 한마음으로 살라는 뜻이라네. 선생님은 남편의 한씨 성까지 붙여 해석을 했다.

이름을 지은 후 선생님은 나와 남편을 지담 엄마, 지담 아빠, 라고 대놓고 불렀다. 낯선 티를 감추지 못해 얼굴이 굳는 나와 달리 남편은 싱글벙글 웃으며 한술 더 떴다. 한지담 이름 진짜 좋다. 지담아, 내가 아빠야. 아빠라고 불러봐. 압. 빠. 남편은 아이에게인지 내겐지 모르겠지만 자신이 지담의 아빠라는 사실을 수시로 각인시켰다. 지담아 이리 와. 아빠 배 긁어줘. 여기야. 남편은 지담의 작은 손을 잡고 배로 가져갔다. 지담은 불룩한 배에서 어떤 소리가 나는지 궁금한 듯 뱃가죽을 통통 내리쳤다. 때리는 아이는 지치지도 않는지 같은 장난을 반복하다 남편의 배 위에 엎드려 잠이 들곤 했다.

나는 그들의 모습에 기꺼이 즐거워하면서도 막상 아이에게 나의 속살을 드러내 만지게 하지는 못했다. 어쩌다 아이가 옷 속으로 손이라도 집어넣으면 기겁을 하고 아이를 밀어냈다. 남편에게 안겨 울고 있는 지담에게 미안해서 다시 안 그러려고 마음먹었지만 나도 모르게 똑같이 반응했다.

"내가 좀 데리고 나갔다 와도 될까?"

선생님이 낮잠에서 깬 애를 안고 주방으로 나왔다. 선생님은 지담이 내 아이인 양 매번 허락을 구했지만 나는 선생님이 보호자라 생각하고 대답했다. 당연하지요. 내가 기저귀와 우윳병을 챙기는 동안 선생님은 지담의 손을 잡고 걸음마를 시키며 거실을 돌았다.

"우리 지담이 잘 걷네. 할아버지랑 물고기 보러 가자. 잠자리도 잡고."

둘을 배웅했다. 땀이 묻은 아이의 이불을 널고 난 후 저녁을 준비했다. 좋아하는 가수의 노래를 크게 틀어놓고 따라 불렀다. 지담이 집에 있을 때 선생님은 클래식과 지능을 발달시키는 음악을 틀었다. 며칠 그것만 듣고 지내면 기분이 처졌다. 남편이 그 눈치를 챘다. 아이를 안고 뛰면서 내가 좋아하는 노래를 불렀고 그러면 마음이 조금 풀리곤 했다. 저녁 준비를 하던 중에 이불을 뒤집으러 베란다로 나갔다. 난간 너머로 선생님과 지담이 산책하는 연못 둑이 보였다.

먼 산의 푸른 숲과 연못가의 들꽃을 스치며 걷는 사람들. 선생님은 지담이 탄 유모차를 밀고 못 주변을 돌고 있었다. 산 아래가 어둑해지면서 둘의 머리 위 서쪽 하늘엔 쥐색 구름이 산능선을 따라 길게 펼쳐졌다. 내가 하늘과 연못 사이의 드넓은 경치를, 숨을 쉬듯 느끼는 사이 노을이 짙어졌다. 금세 하늘은 물론 산이나 연못, 들판과 사람 모두에게 붉노란 물이 들었다. 그 노을 속으로 선생님이 아이를 안아 올렸다. 지담은 온통 붉은 하늘로 팔다리를 좍 펼쳤다. 착시였을까. 태양의 흑점이 폭발하듯, 노을의 핵과 같은 불덩이 하나가 그들을 감쌌다. 대자연의 거대한 불꽃에서 작은 불씨로 응결되는 선생님과 지담. 그 속불꽃은 하늘과 하나인 듯 엉켜 일렁였다. 그 모습에 전율이 일었다.

콩콩 딱. 나무망치로 조각도를 내리칠 때마다 밤색 나방이 날개를 퍼덕였다. 조금 전부터 방충망을 치는 소리가 약해졌다.

매화를 새기던 중이었다. 칼날에 이파리 끝부분인 나무판의 조각이 날아갔다. 톱밥 속에서 깨알만 한 조각을 찾아놓고 본드를 꺼냈다. 비닐봉지에 든 본드는 입구부터 마르고 있었다. 굳은 본드를 넉넉하게 떼어내 방충망에 붙였다. 그런데 그 본드 웅덩이에 털북숭이 나방의 발 하나가 빠졌다. 보고도 믿지 못할 일이었다.

몸통이 엄지손가락보다 큰 나방이 실 같은 제 다리 하나를 빼내지 못해 발버둥을 치다 나머지 다리마저 본드 늪에 빠져버렸다. 날개를 퍼덕이는 기운이 빠지고 그 삶이 사멸되는 과정을 지켜보는 것이 처참했다. 귀찮아도 휴지를 찾아볼걸, 왜 본드를 방충망에 붙였을까, 뒤늦게 후회했다. 하지만 어쩌랴. 한 가지 방법밖에 떠오르지 않았다.

날이 긴 일자 조각도를 쥐었다. 칼날을 다리에 겨냥하자 나방이 마구 퍼덕였다. 날개에서 떨어져 나온 비늘 가루가 뜨거운 여름 바람을 타고 얼굴로 날아왔다. 눈살을 찌푸렸지만 뒤로 물러설 순 없었다.

본드 덩이 아래에 칼날을 붙이고 방충망을 훑어 올렸다.

"와, 재 좀 봐. 발 없이 잘도 날아가네."

얼마나 열중했던지 마당에 있던 회원들이 모여든 것도 알아채지 못했다. 누군가 본드 덩이를 눈앞에 내밀었다.

"다리 좀 봐. 검정색이네. 벌써 도랑까지 날아갔어. 자기야, 이거 좀 보라니까."

나는 본드 조각에 머리를 맞대고 있다 내게 내미는 회원들을 두고 서각실을 나왔다.

"이봐, 지담 엄마."

놀이터 앞에서 뒷동에 사는 혜지 할머니를 만났다. 할머니는 가끔 내가 모르는 선생님의 모습을 얘기해주는 터라 가까이 다가섰다. 저번에 만났을 때는 선생님이 다른 사람에게 혜지가 멍청이라 얘기하고 다닌다며 화를 냈다.

"미친 영감쟁이. 어제는 내가 떡집 아줌마랑 얘기하는 사이 뭔 일이 있었나 봐. 집에 와보니 애 허벅지에 멍이 들었더라고. 분명 영감이 꼬집었을 거야. 아, 가끔 혜지가 지담일 때리기는 하지. 기집애가 드세거든. 그렇다고 어른이 애 몸에 멍을 들여놓다니. 이놈의 영감을……."

설마. 나는 선생님에 대한 험담을 귓전으로 들으면서도 미심쩍은 부분을 짚었다. 지담이 걷지? 행동 발달 단계가 사내아이 치고는 굉장히 빠른 거야. 혜지는 얘보다 넉 달이나 빠른데 아직도 기어 다녀. 선생님이 지담의 머리를 쓰다듬으며 하하, 웃었다. 지담과 혜지를 비교하면서 선생님은 늘 그렇게 유쾌해했다. 나는 선생님이 할머니의 살쾡이 같은 눈을 피해 혜지를 꼬집는 모습을 상상하자, 웃음이 나왔다. 나는 할머니에게 어른이 그러면 안 되죠, 라고 호응을 해줬다.

지금은 화를 내지만 혜지 할머니와 선생님 사이가 쉽게 틀어지진 않을 것이다. 둘은 친구 혹은 경쟁자니까. 선생님과 혜지 할머니는 육아에 대한 정보를 교환하고 건강한 이유식 재료를 사러 다녔으며 손자손녀 자랑을 앞다투어 했다. 노인정이나 놀이터에 유모차가 나란히 섰으면 두 분도 근처에 있었다.

얼마 전이었다. 빨간 포대기로 혜지를 업은 할머니와 파란 포대기로 지담을 업은 선생님을 뒤에서 따라간 적이 있었다. 사람들이 쌍둥이 손자, 손녀를 업고 가는 부부인가 보다, 고 소곤댔다. 포대기 색깔이 맞춘 듯 남녀 짝이 맞았고 아이를 업은 할아버지가 보기 좋아서 하는 말일 터였다. 선생님께 그 말을 전하려다 그만두었다. 속상해할 것이었다. 혜지 할머니는 목소리가 크고 성격도 드세다고 고개를 젓는 선생님이었다. 사모님과 비교하면 그 말도 틀리진 않았다.

혜지 할머니와 헤어져 우리 동 입구에 들어선 참이었다. 우리 층쯤에서 현관 벨 소리가 들렸다. 나는 소포라도 왔나 싶어 서둘러 올라왔다. 선생님 집의 현관 앞에서 십 대로 보이는 여자애가 벨을 누르고 있었다. 여자애와 눈이 마주쳤다.

"저기요, 여기가 성 교감선생님 집이라던데. 맞나요?"

"곧 돌아오실 거예요."

"……"

내 대답에 여자애는 눈만 끔벅였다. 나는 여자애의 어깨에 걸려 있는 세 개의 가느다란 끈 중 분홍색이 가슴싸개일 거라는 짐작을 했다. 집에 들어가 물 한 잔도 마시기 전에 우리 집 벨이 울렸다.

"제가요, 오늘 교감샘을 꼭 만나야 해요. 아줌마 집에서 좀 기다리면 안 될까요?"

"……"

내가 문고리를 잡고 우물거리는 사이 여자애가 집 안으로 냉큼 들어왔다. 선생님을 어떻게 아세요? 나는 차가운 음료를 여자애의 앞에 놓으며 물었다. 가슴 옆에 새긴 검붉은 불꽃 문신이 턱을 찌를 듯 타오르고 있었다.

"며느리예요. 뭐, 법적으로 그렇다는 얘기는 아니고, 아들이랑 살았고 자식도 낳았으면 며느리 아니겠어요?"

"아……."

나는 몇 해 전 동창생들과 가졌던 옛 스승 찾기 행사를 떠올렸다. 간단한 식을 마친 우리는 선생님 집에 들렀다. 나는 사모님을 뵙고 싶었지만 이미 고인이 됐다고 했다. 아들은 독립했고 선생님은 혼자 살았다. 나는 집 안 곳곳에 놓인 사진을 보며 사모님의 옛날 모습을 회상했다. 내 기억 속에 있는 고운 모습의 사모님을 사진으로라도 봐 반가웠다. 당연하지만 갓난아이를 안고 있는 사모님이 가장 젊었고 내가 보고 싶던 얼굴이었다. 아이의 성장과 함께 선생님과 사모님도 나이가 들었다. 고등학생이 된 아이는 제 부모의 아담한 골격과 달리 남자다운 체격과 시원한 이목구비를 갖췄다.

여자애는 며느리라면서 왜 혼자 선생님을 찾아왔을까. 여자애의 애인이라는 선생님의 아들은 어디 있을까, 궁금했다.

"오빠요? 사고가 있었어요. ……근데 아줌마는 교감샘을 어떻게 알아요?"

나는 은사님이라 말하고 왜 교감선생님이라 부르는지 물어보았다. 여자애가 부르는 교감선생님은 우리가 부르는 선생님이란 호칭보다 왠지 초라했다.

"예? 아, 오빠는 교감샘을 아버지라 부르지 않았어요. 진짜 아버지가 아니래요. 오빠 말이 씨가 없대요. 알죠?"

"예?……"

그녀는 우리 둘뿐인데도 내 귀에 손나팔을 들이대 귓속말을 했다.

"비밀 이야기 해줄까요. 오빠 엄마가 교감샘이랑 싸우고 나가 밤거리에서 그만 일을 당했대요. 그러니까 밖에서 오빠를 가진 거지요. 중학교 때 엄마와 싸우는 교감샘을 죽인다고 뭐, 오빠가 그랬다나. 그 후부터 아버지라 부르지 않았대요. ……오빠 사진 볼래요? 정말 하나도 안 닮았어요."

사진엔 액자 속 고등학생과도 다른 낯선 사내의 얼굴이 있었다. 선생님 내외와 닮지 않았음에도 낯익은 얼굴이었다. 내가 물었다. 아이는 어디 있나요? 저어기, 외국에……. 여자애는 더듬거리며 다시 제 얘기를 계속했다.

“오빠는 사실, 내가 임신한 줄도 몰랐어요. 날 만나러 오다가 오토바이 사고가 났어요. 장례식도 치르기 전에 교감샘이 따로 부르더라고요. 아이는 꼭 낳아달라고 부탁했어요. 저도 오빠의 분신이 태어났으면 했죠. 막상 아이를 보내고 나니 교감샘이 원망스러웠어요. 계속 생활비만 대주었어도 내가 키울 수 있었는데. 기관 사람들이 데려갔어요. 어쩔 수 없죠, 뭐.”

여자애는 말의 내용과 달리 홀가분한 표정이었다. 빤히 쳐다보자 내 눈길이 부담스러운지 거실을 둘러보았다.

“혹시 샘이 언제쯤 오는지 아세요. 오늘 꼭 만나야 하는데…… 어, 애기가 있네요. 몇 개월이에요?”

애를 낳았다는 것이 진짜구나 싶게 지담의 사진에 관심을 보였다. 여자애가 싫증도 내지 않고 거실과 방을 오가며 사진을 들여다보고 있을 때 선생님이 돌아왔다. 여자애는 내게 안기는 지담을 빤히 쳐다보며 선생님을 따라 문을 나섰다. 여자애는 현관 앞에까지 가서도 지담과 선생님을 번갈아 쳐다보았다.

혹시? 여자애의 시선을 모를 리 없는 선생님의 표정을 나는 주시했다. 뻣뻣이 굳은 선생님을 따라가는 여자애의 반항적으로 튀어나온 입술을 아슬아슬한 마음으로 바라보았다.

저 여자애가 지담에게 중요한 존재라면. 그럴 수는 없었다. 지담이 불쌍해 보호하고 싶다는 생각이 처음으로 들었다. 하지만 지담을 받아들이고 난 뒤 내 아이가 생긴다면……. 영화 〈AI〉에서 친아들이 깨어나자 로봇 아이는 버려졌다. 울면서도 어쩔 수 없다고 변명하는 영화 속 엄마처럼 나도 지담을 폐기물 취급하게 될까?

꼬리를 무는 혼란 끝에 사모님의 얼굴이 떠올랐다. 끝까지 선생님을 떠나지 않았다는 사모님. 그분의 손자라 생각하자 마음이 홀가분했다. 나는 아무것도 밝히지 않으며 모르쇠로 일관하는 선생님이나 무분별하게 어깨끈이 흐르도록 버려둔 여자애를 머릿속에서 털어버리고 대신, 사모님과 지담을 연결 지었다.

붓글씨로 쓴 우리 세 식구의 이름을 원장에게 건넸다. 향나무 명패를 주문했다. 선생님이 지담의 이름을 지어온 직후 내게 준 글씨였다. 선생님이 내 솜씨로 새겨달라고 했지만 입양 서류처럼 미뤄온 터였다. 명패는 원장이 잘 만드는 분야였다.

"저건 어쩌려고?"

원장이 소용돌이가 어지럽게 파인 나무판을 가리켰다. 일주일이나 공들였던 꽁꽁이가 아깝다고 했다. 내게 정말 꽁꽁이 판을 버리겠냐고 물어 그렇게 하겠다고 대답했다. 나는 매화붓통만 완성하여 전시할 생각이었다.

담이 이모, 우유 줘. 지담을 받아들이기로 마음먹은 줄 모르는 남편이었다. 나는 우유 컵을 들고 목욕탕으로 들어갔다. 남편은 우유 컵은 본 체 만 체, 내게 물을 뿌리며 손목을 잡아끌었다. 같이 하자. 남편의 얼굴이 장난기로 가득했다. 나는 못 이기는 척 옷을 벗었다. 욕조에 들어가자 남편은 나를 자기 앞으로 끌어당겼다. 우리의 움직임으로 욕탕의 물이 출렁거렸다. 지담은 수도꼭지에서 떨어지는 물줄기를 때리고 흩뿌리며 놀다, 우리 사이에 비집고 들어왔다. 매끄러운 아이의 맨몸이 가슴에 닿았다. 반사적으로 몸을 뒤로 빼자 남편이 다가앉으며 고개를 끄덕였다. 아이의 젖은 살갗이 우리 품안에서 요리조리 미끄러졌다. 옷 한 겹을 벗긴 감촉이 놀랄 만치 달랐다. 마시멜로보다 더 말랑했다. 남편은 물장난을 쳤고 지담은 넘어갈 듯 꺄르륵대며 웃었다. 통통한 엉덩이를 들썩이면서. 비누칠을 하는 동안 나와 마주 앉은 아이는 신기한 것을 발견한 양 내 젖꼭지를 들여다보았다. 지담아, 그게 세상에서 제일 예쁜 가슴이야. 잘 봐. 엄마 거야. 우리 엄마 해볼까. 엄. 마. 평소에 남편이 먼저 해보이면 곧잘 음마 음마 따라하던 아이였다. 하지만 지금은 피곤한지 머리를 긁다, 도저히 궁금증을 못 이긴 손을 젖꼭지 위에 살며시 얹었다. 아이의 손은 금방 아래로 미끄러졌으나 내 가슴에 남은 저린 감촉은 지담이 머리를 기대도 가시지 않았다. 나는 아이를 껴안았다. 아무것도 아니었다. 열은 열기에 달뜬 고단한 아이일 뿐이었다. 목욕을 마친 나는 아이를 안고 누웠다. 지담은 품에 안긴 채 고른 숨소리를 냈다. 묵직하고 따스했다.

새벽녘에 문 두드리는 소리가 다급했다. 남편이 현관으로 뛰어가는 동안에도 누군가 발로 문을 찼다. 문을 열자 시끌벅적한 바깥의 소리가 몰려왔다 문이 닫히는 소리와 함께 물러갔다. 지담이 깨어나 울음을 터뜨렸다. 나는 아이를 업고 복도로 나갔다.

남편이 쓰러진 선생님을 안고 있었다. 술이 취해 올라오는데 여기가 밝은 거예요. 첨에는 더워서 문을 열어놨나 했죠. 옆집 아저씨는 가슴을 쓸어내리며 자신이 본 것을 되풀이 얘기했다. 남편이 몸을 흔들었지만 선생님은 미동도 하지 않았다. 나는 선생님 집에 들어가 물과 약을 가져왔다. 몇 알? 두 알이지? 남편이 숟가락으로 약을 부숴 물을 부었다. 선생님의 입에 흘려 넣었지만 턱으로 허연 약물이 흘러내렸다.

사이렌 소리가 나고 남편은 들것에 실린 선생님을 따라나섰다. 구급차가 떠나고 사람들이 흩어지자 나는 선생님 집으로 들어갔다. 주방에는 밥그릇과 수저 한 벌이 싱크대에서 물에 불어 있을 뿐 평소와 다름없이 정갈했다. 안방에는 삼베 이불이 누운 고드름처럼 문을 향해 뾰족하게 놓였고 휴대폰이 이불 주름에 묻혀 있었다. 한 시간 전에 통화한 이력이 있었다. 나는 재통화 버튼을 눌렀다. 아무도 전화를 받지 않았다.

이불을 개며 문득 그런 생각이 들었다. 선생님은 현관으로 가는 도

중에 왜 약을 먹지 않았을까. 선생님은 자신의 병을 잘 관리하는 분이었다. 장식장 위에 놓인 아들과 사모님의 사진 속 눈길과 마주쳤다. 그들의 웃는 얼굴이 죽은 사람의 것이라는 생각이 들자 소름이 돋았다. 등에 지담이 잘 업혀 있는지 더듬으며 그곳에서 나왔다.

남편은 중환자실이라며 문단속 잘 하고 자라고 했다. 태풍이 온다더니 밤새 유리문이 덜컹댔다.

여자애가 찾아온 건 선생님이 입원한 며칠 후였다. 남편이 병원에서 돌아와 늦은 출근 준비를 하던 중이었다.

"얘가 내 아이라는 걸 당신들은 알고 있었죠?"

"……"

선생님 퇴원 후에 다시 얘기하자고 남편이 설득했지만 여자애는 고개를 세차게 저었다.

"알고 있었잖아요. 유전자 검사 할까요?"

남편이 여자애의 눈길을 외면하는 것으로 대답을 대신했다.

"이제부턴 단 하루도 내 아들과 헤어지지 않겠어요. 당신들 돈 때문에 아이 데리고 있는 거 알아요. 아직 입양도 안 했잖아요. 내가 다 알아봤어요. 그까짓 돈, 안 줘도 그만이에요. 아이는 꼭 데려가야겠어요. 지금 당장!"

"……"

나는 바쁘다는 핑계로 화장대 서랍에서 핸드백으로 자리만 옮겨서

묶힌 입양 서류를 떠올렸다. 마음을 먹었다지만 그건 누구에게도 보이지 않는 것이었다. 여자애에게 항변할 수가 없었다. 칠 개월이 넘는 유예 기간이 있었지만 나는 그 시간을 그냥 흘려버리지 않았던가. 며칠 생각해보자고 여자애를 설득하자 여자애는 주저앉아 울음을 터뜨렸다. 셔츠의 파인 골로 젖무덤이 허옇게 보였다.

"당신들은 엄마 마음이 어떤지 모를 거예요. 내가 아무리 나쁜 년이라도 엄마는 엄마예요. 교감샘한테 애 뺏기고 좋아서 술 마신 줄 알아요. 아직 눈도 제대로 안 떨어진 아기 얼굴이 자꾸 어른거려 잠을 잘 수가 없었어요. 엄마라는 게 그렇더라고요. 젖은 줄줄 흐르는데……."

여자애는 멍하게 선 우리를 두고 자기 손으로 빨랫줄에 널린 아이의 옷가지를 걷어 챙겼다. 젖병과 장난감을 비닐봉지에 넣으며 여자애가 훌쩍이자 지담도 따라 울어 집이 상가 같았다. 여자애는 어떤 남자의 이름을 부르며 제 설움에 통곡을 하느라 짐 싸는 것을 잠시 멈추기도 했다. 아마 지담의 아빠일 터였다. 나는 여자애의 핸드백에 선생님이 만들어준 통장과 카드를 넣었다. 그건 아이 몫이었다. 여자애는 사진도 몇 장 챙긴 뒤 지담을 데리고 떠났다. 남아 있는 아이의 물건을 싸두면 며칠 내에 가지러 오겠다고 했다.

선생님을 보러 병원에 가자 남편이 여자애가 다녀갔냐고 물었다. 고개를 저었다. 며칠 동안 우리는 그 여자애의 연락을 지겹도록 기다렸다. 지담의 물건을 챙긴 라면 박스 다섯 개가 현관 앞에 놓여 있었다. 여자애에게 먼저 전화할까, 생각했지만 지담과의 인연을 빨리 끊으려는 일 같아 그만두었다.

나는 선생님의 상태가 어떤지 물었다. 의식은 조금 돌아왔는데 산소호흡기를 꽂아 말씀을 못 해. 나중에 뵙지. 나는 고개를 저었다. 혹시 선생님이 퇴원하지 못할까 봐 걱정이 됐다. 선생님께 꼭 하고 싶은 말이 있었다. 남편은 나를 말리는 대신 당부를 했다. 지담이 보낸 걸 얘기하지 말자고 했다. 회복되면 그때 천천히 말씀드리자, 알지? 나는 남편의 말에 고개를 끄덕이며 중환자실로 들어갔다.

마스크를 끼고 초록색 무균복을 입고 환자들의 얼굴을 둘러봤다. 얼굴로는 찾을 수 없어 결국 이름표로 선생님을 찾았다. 눈을 감고 꼼짝도 안 하는 선생님은 산소호흡기 덮개가 부예졌다 맑아지는 것으로 살아 있다는 것을 알렸다. 미지근한 뼈가 만져지는 선생님의 손을 잡았다. 마르고 가느다란 손목을 만지며 가만히 한숨을 내쉬었다. 손자를 안아 올리던 강인한 팔뚝은 어디 갔을까.

고개를 들어 창밖을 바라보았다. 내리는 빗줄기 모양대로 병실 안 풍경이 죽죽 빗금을 그은 채 되비치고 있었다. 주렁주렁 매달린 링거 튜브들, 가습기가 뿜어내는 흐린 물방울, 깜빡이는 숫자들. 나는 선생님의 숨소리를 좇았다. 가늘게 숨을 쉬는 소리가 귀를 찌르는 기계음 사이로 속삭이듯 들려왔다. 몸을 굽혀 선생님의 귓가에 숨소리보다 작은 소리로 웅얼거렸다. 죄송해요, 정말 죄송해요…….

선생님이 인생을 걸고 추진한 일을 무산시킨 것이 죄송했다. 애를 키우기 가장 적합한 사람은 생모가 아니겠느냐 따위의 변명조차 생각나지 않았다. 선생님이 지담을 찾으면 뭐라고 해야 하나. 내가, 과연 내가 그렇게 결정해서 아이를 보내도 되었을까. 아이는 어떻게 지내는가. 선생님과 지담이 없는 집은 북적이던 파티가 끝나 쓰레기만 남은 해변처럼 황량했다.

아이만 없으면 마음대로 늦잠을 잘 것 같았는데 어지러운 꿈이 한없이 길었다. 여자애는 왜 아이의 물건을 찾으러 오지 않는가. 나는 허둥댔고 입이 쓰고 갈증이 났으며 오래 걸어도 다리가 아픈지 어떤지 알 수 없었다.

"이봐요…… 이봐, 업둥이 엄마. 이리 와서 애 좀 봐. 새댁."

슈퍼마켓을 지나치는데 주인 여자가 소리를 질렀다. 햇빛 속을 걷다 그늘에 들어가자 어지럼증이 좀 가라앉았다. 물 좀 주세요. 나는 기어들어가는 목소리로 말했다.

"지금 물이 문제야? 몇 번을 불러야 해. 애 좀 봐."

나는 주인 여자가 가리키는 곳을 바라보았다. 지담이었다. 유모차에 아이가 잠들어 있었다.

"두 시간 전에 여기 데려다놓고 금방 온다던 계집애가 안 와. 애 본다고 장사도 못 했어. 어떡하면 좋아."

나는 유모차 옆에 쪼그려 앉아 지담을 내려다보았다. 열흘 동안 아이는 키가 컸고 살이 빠져 홀쭉했다. 아이 귓바퀴에 말라붙은 우유 찌꺼기를 털어냈다. 아이의 말랑한 살갗을 만지자 멍했던 감정이 서서히 살아났다. 하늘에서 뚝 떨어진 것처럼 지담이 무사히 돌아와 내 곁에 있다니. 선물 같았다. 지담의 얼굴로 날아드는 파리를 쫓았다. 유모차 배낭 속에는 젖병과 장난감, 옷가지들이 때가 묻은 채 뒤섞여 있었다.

"아이구, 더러워. 여름인데 애 꼴이 저게 뭐야. 지는 여우처럼 화장을 했더구만. 저번에 와서 업둥이랑 새댁에 대해 이것저것 묻더라고. 동네가 다 아는 얘기인데 숨길 게 있나. 글쎄, 오늘은 저기 그늘에 앉은 동네 사람들한테 음료수를 하나씩 돌리며 자기가 애 생모라고 하던데. 그 말 진짜야?"

"……"

"은행에 잠깐 들렀다 온다더니 몇 발짝 안 가 오토바이 뒤에 냉큼 올라타더라고. 좀 이상하긴 했지. 그래도 그거 타고 빨리 오겠다 싶었지. 아 근데, 오늘 장사 못 한 건 어떻게 해? 업둥이 엄마가 책임져."

내가 아무 대답도 하지 않자 주인 여자는 주변 사람들에게 업둥이 생모가 아이를 버리고 갔다고 떠들었다. 나는 유모차를 밀어 슈퍼마켓을 빠져나왔다.

설마? 애를 낳긴 너무 어리던데. 몇이 반박하자 주인 여자가 목소리를 높였다. 내가 가게 앞에서 물을 뿌리다가 택시에서 내리는 걸 봤다니까 그러네. 업둥이 엄마, 말 좀 거들고 가. 새댁! ……나는 슈퍼 여자가 부르는 소리를 뒤에 두고 걸음을 빨리 했다.

지담이 돌아오고 얼마 지난 뒤 선생님은 병원에서 외출을 나왔다. 선생님은 산책을 가자고 했다. 지담은 선생님이 앉아 있는 휠체어를 잡고 매달려 몸을 끄덕끄덕 흔들며 아는 체를 했다.

"지담이 혼자 걷는구나. 할아버지랑 물고기 보러 갈까?"

선생님의 목소리에 지담이 활짝 웃었다.

선생님은 기력이 돌아오자마자 산소호흡기를 매달고 집에 오겠다고 했단다. 하지만 의사와 남편이 만류하여 겨우 오늘에야 외출을 허락받았다. 지담은 휠체어에 달라붙어 쇠다리를 쥐고 일어섰다 앉으며 아무 데나 퍽퍽 두드렸다. 선생님은 자신의 무릎에 지담을 앉히겠다고 우겼다.

인사를 건네는 동네 사람들을 지나쳐 산책길로 접어들었다. 남편이 선생님과 지담이 탄 휠체어를 밀고 나는 빈 유모차를 끌며 잡초 사이로 난 말간 흙길을 걸었다. 태풍이 지나간 늦여름 오후는 시원했다. 고추잠자리가 유모차에 와 앉았다 날아가고 샛노란 나비가 바람결에 살랑살랑 떠다녔다.

선생님이 손짓을 하자 남편은 지담을 안아 내게 건네고 휴대용 산소호흡기를 선생님의 입에 갖다 댔다. 지담은 선생님이 숨을 헐떡이는 모습을 보자 내 가슴에 얼굴을 묻었다. 뭔가 아는 듯 다시 고개를 돌려 선생님을 쳐다보곤 얼굴을 찌푸리고 칭얼댔다. 선생님의 고통이 지담에게 전해지는 걸까……. 돌아갈까요? 남편이 이마의 땀을 닦으며 묻자 선생님은 손을 저었다. 방법이 없느냐는 질문에 의사도 고개를 저었다고 했다. 걱정 마세요. 남편은 산소흡입기를 갈아 끼우며 같은 말을 되풀이했다. 저 사람 이제 진짜 지담 엄마예요. 서류 정리도 끝냈어요. 좋은 엄마가 될 거예요. 아시죠? ……흰 막이 한 꺼풀 내려앉은 선생님의 눈동자가 잠시 나를 바라보더니 지담을 오래 붙잡았다.

선생님이 지담과 산책 다녔던 못 둑에 도착했다. 작은 연못 주변에 벤치 몇 개가 놓였고 산책객들이 쉬고 있었다. 평지에 자리를 잡고 앉자 지담이 익숙하게 주변을 돌아다니다 산소통과 휠체어가 궁금한지 선생님에게로 돌아왔다. 선생님은 지담이 멀어지면 노는 모습을 지켜보다 다가오면 안고 쓰다듬었다. 아무리 만지고 바라보아도 그리운 사람이 있는 법이었다.

늦여름 야외의 살아 있는 생물과 공기, 반짝이는 연못의 수면을 가르는 아이의 웃음소리. 지상의 모든 것이 어우러져 밤으로 가는 오묘한 혼돈의 시간이었다. 지담이 내는 웃음과 칭얼대는 소리가 남편에게 몸을 기울이는 선생님의 모습에 묻혀들었다. 저녁, 붉은 노을이 내리기 시작했다.

선생님이 돌아가신 후 남편은 수시로 지담과 산책을 다녔다. 가끔 베란다에서 둘의 모습을 바라보고 있으면 내 눈에는 그 곁을 따라가는 선생님이 보이곤 했다. 어느 순간, 아이를 노을 지는 하늘로 던졌다가 되받아 안고 아이와 함께 맴을 돌기도 하는 젊은 날의 선생님.

어느 날은 아이가 뛰어가자 그 뒤를 허겁지겁 따르다 멈춰 선 선생님이 숨을 고르는 사이, 훌쩍 자란 지담이 되돌아와 할아버지의 손을 잡는 장면. 내 집 베란다에선 뚝뚝 떨어지는 불덩이에 휩싸인 그들의 모습이 모두 보였다.

거실엔 노을색으로 바탕을 칠한 꽁꽁이 나무판이 걸려 있었다. 원장은 내가 실패했다고 생각하는 소용돌이 자리에 우리 식구의 이름을 새겼다. 굽이치는 글씨체가 절벽에서 피어난 꽃나무처럼 혹은 커다란 파도처럼 소용돌이 바탕과 잘 어울렸다. 불협화음인 듯 서로 등을 기댄 인물 추상화인 듯 그렇게.

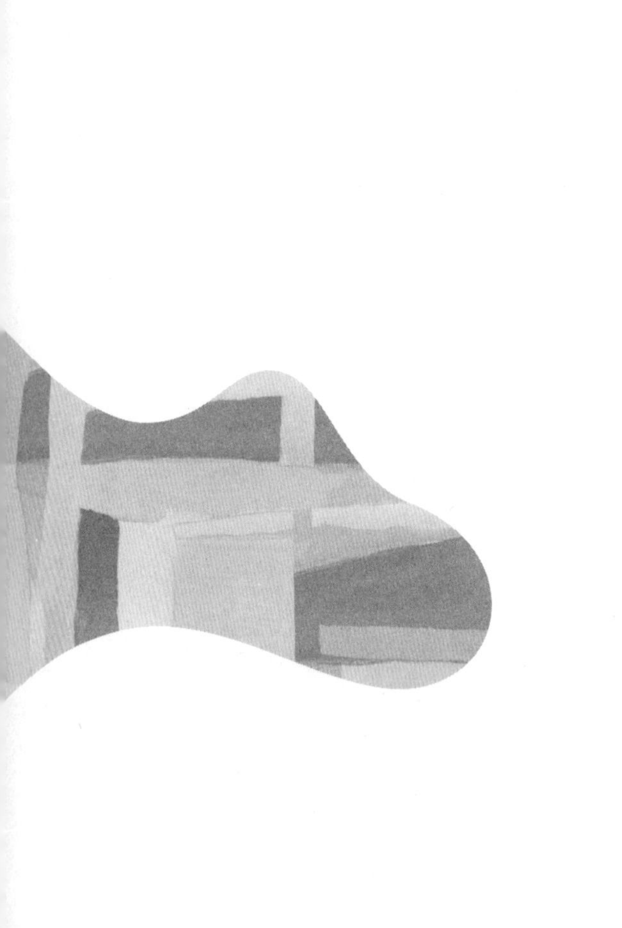

바닷가에
고양이의자가 있었다

바닷가에 고양이의자가 있었다

철궁. 모정이 대문을 툭 밀어서 닫는 소리가 들렸다. 문간에 서서 걸쇠가 맞물리는 진동을 확인한 다음에야 마당으로 내려서는 남편과 달리, 저 철문이 닫힌 지금쯤 모정은 현관 앞에까지 다가왔을 것이다. 거실을 서성이던 여자는 닌자가 어둠에 스며들듯 문간방으로 숨어들었다. 곧 현관문마저 제 손으로 따고 들어온 모정이 자목련 봉오리가 새겨진 거실 테이블 위에 열쇠 꾸러미를 내려놓는 소리가 들렸다. 크고 작은 열쇠 여섯 개가 엉키고 부딪치며 내려앉는 소리였다. 여자는 저 소리 때문이라고 생각했다. 딸아이 뒤를 밟아야겠다는 얄궂은 결심을 하게 된 것이.

하지만 여자가 잠자는 병에서 깨어난 첫날에 그 결심을 한 것은 아니었다. 그날, 여자는 흰색 바둑알처럼 명료한 각성 시간이 지속되자 남편과 모정을 불러 축하 파티라도 벌이고 싶었다. 거실 벽에 매달린 화이트보드엔 둘의 휴대폰 번호가 또렷이 적혀 있었다. 여자는 전화기를 들고 번호를 누르려다 그들을 수없이 실망시켰던 첫날 중 하루일지도 모른다는 생각이 들어, 그냥 자신의 상태를 지켜보기로 했다.

네 시가 되어 학교에서 돌아온 모정이 깨어 있는 여자를 보자 뛰듯이 다가와 다정하게 껴안았다. 여자가 차려준 간식을 먹으며 선생님과 친구들 얘기를 조잘조잘 쏟아냈다. 여자는 정애, 영민이라는 모정 친구들의 키가 얼마인지 얼굴 모양은 동그란지 궁금했지만 묻지 않았다. 모정에게, 지난번과 똑같은 대답을 되풀이시키기 싫어서였다. 여자는 모정에게 학원을 하루 쉬고 엄마와 분갈이나 하자고 권할까 갈등했다. 모정도 비슷한 생각을 했을까. 오늘 땡땡이칠까? 모정의 물음에 여자는 힘차게 고개를 가로저었다.

여자는 어느 때부터인가 모정과 남편의 일상에서 자신의 자리를 지워나갔다. 기약할 수 없는 약속이나 무책임한 일탈이 그들의 생활을 흐트러뜨릴까 염려가 되어서였다.

여자가 놀란 일은 그 다음에 일어났다. 모정이 가방을 매고 화이트보드 앞으로 다가가 뭔가를 지우고 다시 쓴 다음 여자의 손을 꼭 잡았다. 아쉬운 듯 머뭇거리며 현관을 나가는 모정을 배웅한 뒤 거실로 돌아온 여자는 화이트보드에 쓰인 글자를 읽었다.

호루라기 열쇠 휴대폰

엄마 모정이 학원 갔다 올게요

쑥 미나리 두부

혹시 여자가 외출할 때를 대비해 써놓은 첫째 줄, 호루라기에 붉은 동그라미를 여러 개 둘러놓은 것도, 장 봐올 반찬거리를 써놓은 줄도 한 시간 전에 본 그대로였다. 다만 모정이 중학교 갔다 올게요, 줄에서 '중학교'가 '학원'으로 바뀌어 있었다. 학원은 독서실이기도 했다가 시내나 친구 집으로 바뀌기도 했다. 학원으로 바꿔 쓴 모정의 심리를 다 짚어내기도 전에 온몸에 소름이 쏴아 돋았다. 모정이 방금 손잡고 얘기한 여자는 누구인가. 자신은 딸아이와 얼마나 먼 시공의 아가리를 사이에 두고 있는가. 여자가 잠을 잔 육 년 팔 개월 이십사 일의 간극이 안개 낀 로렐라이 언덕의 노랫소리보다 아득할지도, 아니 빙산을 수 킬로미터나 갈라놓는다는 북극의 크레바스보다 더 깊을지도 모르겠다. 인식이 불명료할 경우 눈에 보이는 물질로부터 현상을 파악해야 한다는 사상이 있었지. 간극이 어느 정도인지 알아야 했다. 여자는 필기도구를 챙겨들고 모정의 방을 샅샅이 훑어나갔다.

2학년 4반 26번, 수학 문제지 67쪽 2문제 틀림, 일기장, 강촌입시학원

느티나무침대, 곰 인형, 장미꽃이불에 묻은 생리혈

화이트칼라 5단 서랍장에 든 속옷, 바지 혹은 치마들, 여자의 키만 한 겨울 코트

혹시 모정이 포옹이라도 하려 이불을 들춘다면 외출 차림인 것이

들통날 것이다. 여자는 이불깃을 온몸에 돌돌 말고 깊은 잠에 빠진 듯 눈을 감은 채 소리로만 모정의 동선을 따라다녔다. 변기에 물 내리는 소리, 서랍장을 여닫는 마찰음, 후루루룩 국물 마시는 소리에 이어 사이드 테이블에서 열쇠를 집어든 모정이 여자의 방 문을 열었다.

"아직 태평양이야? 엄마, 모정이 간다이."

엄마가 잠에서 못 깨어나는 건 바다 때문이야. 엄마는 먼 바다 깊은 곳에서 잠을 자거든. 모정에게 엄마의 기면(嗜眠)증이 표류와 같다는 말을 했던가? 어느 날부터 모정은 엄마의 잠이 동해쯤인지, 하와이 근해인지 농담처럼 묻곤 했다.

대문 닫히는 소리가 들리자마자 여자는 이불 밑에 숨겨두었던 선글라스와 선캡을 꺼내 쓰고 모정의 뒤를 밟았다. 간다이? 말끝에 전라도 사투리가 남아 있던 사람은 미스 최였다. 잠수 이전의 메모리 무더기에서 여자는 미스 최의 수줍은 미소를 떠올렸다. 미스 최가 아직 남편의 가구점에 근무하는가.

모정이 골목을 돌아나갔다. 모정을 놓칠세라 골목을 뛰어나가 삼거리 경희슈퍼 앞에서 중학교 방향으로 난 내리막길에 들어서서야 여자는 자신이 깨금발로 걷고 있음을 깨달았다. 며칠 만에 눈 뜬 시간이 새벽이나 한밤중인 적이 많았다. 살금살금 걸레질을 하고 누렇게 마른 나물을 다듬어 된장국을 끓이면서 발소리를 내지 않으려 애쓴 습관 탓이리라. 발꿈치를 들고 걷는 걸음걸이는 남의 눈에 쉽게 띨 것이었다. 오랜만에 운동화를 신은 것도 어색했다. 몸이 뒤뚱대는 느낌 때문에 얼음 위를 걷듯 발을 끌었다.

혹시 모정이 돌아볼까 건물 그늘에 붙다시피 따라갔지만 모정은 또래 아이 몇을 지나치며 손을 흔들었고 길가에 나와선 가게 주인에게 인사를 하는 등 앞만 보고 걸어가 입시학원이라 적힌 건물로 들어갔다. 여자는 간판에 적힌 번호로 전화를 걸었다. 모정은 밤 아홉 시가 되어야 수업을 마친다고 했다.

여자는 훗 웃었다. 탐정놀이 첫날, 모정의 동선이 짧은 것이 다행이란 생각이 들었다. 토요일인 내일이 기다려졌다. 여자는 뒤돌아서 오르막을 오르며 내리막 끝을 돌아보았다. 절대 욕심내지 말자 다짐해도 모정의 학교 앞 벚나무가 가득 심어진 그 담을 돌아 가구점까지 걸어보고 싶은 미련이 남았다. 지금쯤 학교 앞길엔 훌훌, 벚꽃이 날릴 텐데.

바깥 걸음이 피곤했던지 모정이 돌아오는 걸 기다리지 못하고 여자는 잠이 들었다. 여자의 잠은 너무나 겹이 많아 며칠 혹은 몇 생애 이전의 시간 층이 현재의 기억과 소망들에 섞여 들었다. 수억 톤의 수압 같은 꿈을 가르고 쫘르르 열쇠 내려앉는 소리, 저 소리의 희미한 징후를 잡아채 미행을 결심한 순간이 진짜 깨어난 시점이라고, 여자는 단정했다. 이렇게 정리된 생각도 잠의 일부였다. 여자는 잠 속에서 생각하는 방식에 오랫동안 익숙해져 있었다. 그곳엔 뚜렷한 장면들만이 구성이 느슨한 영화처럼 산만하게 흩어져 있었다. 모정의 것만 추려냈다.

임신 팔 개월째 진눈깨비가 날리는 날 여자는 뱃속 아기가 공주라는 걸 알았다. 가구 디자이너인 여자와 남편은 원목으로 아기 침대와 흔들의자를 만든 후 색을 고르던 참이었다. 여자아이일 경우 침대에는 분홍색을, 흔들의자에는 녹색을 칠할 예정이었다. 페인트 냄새를 견디지 못하는 여자가 바람이 잘 통하는 문간에 앉아 있는 동안 남편은 색을 내느라 작업장을 여러 번 가로질러 뛰어다녔다. 아이보리 톤이 도드라진 분홍색. 여자가 남편에게 요구한 침대 난간 색깔이었다. 남편의 시색용 막대기가 경계가 불분명한 분홍 터치로 가득 찼을 때 여자는 고개를 끄덕였다. 대신 수입 가구점에서 이미 샘플을 보았던 흔들의자의 색은 쉽게 결정이 났다. 둥글게 굽은 의자 다리엔 짙은 녹색을 칠하고 몸체는 연두색, 아이의 시선이 닿는 손잡이엔 보색인 빨강을 칠하기로 했다. 노랑 포인트를 주는 센스도 잊지 않았다.

모정의 나이 네 살이 되던 때 여자는 아이 키높이에 맞는 책상을 만들었다. 그때 여자는 일주일씩 잠을 못 자 새빨간 눈동자를 가리려 선글라스를 끼고 작업장에 출근했다. 불면이 깊어지자 무섭게 살이 빠졌다. 망치 손잡이 굵기밖에 안 되는 얇은 팔뚝으로 모서리를 둥글게 깎아내고 망치질을 해 꼬마 책상 세트를 완성했다. 모정이 그곳에 앉아 간식을 먹고 뚝딱뚝딱 블록도 끼우고 영어를 배우는 걸 보며 여자의 잠은 불면에서 기면으로 옮겨갔다.

여자의 수면 주기는 해와 달의 영향을 받지 않고 은하의 외계별과 닿아 있는 것일까. 수면제가 아무런 효과를 내지 못한 것과 마찬가지로 각성제도 여자의 잠을 조절하지 못했다. 기면이 심각한 정도에 다다르기 직전 여자는 백 년이 넘은 느티나무로 모정의 침대를 만들었다. 학교에 입학해서도 혼자 잠들지 않으려는 모정과 그 침대에 함께 누워 책을 읽었다. 얕은 난간을 두른 침대에서 잠이 든 여자는 아침이 되어도 깨어나지 못하기 일쑤였다. 갈수록 잠꼬대와 몸부림이 심해져 소리까지 격리된 문간방으로 이동했다.

툭 잘린 의식 안으로 모정의 방 풍경이 펼쳐졌다.

한쪽 벽면에 놓인 느티나무 침대에는 여자가 새로 꺼내놓은 보라색 이불과 곰 인형이 놓여 있었다. 유명 상표가 붙은 주니어 옷장과 서랍장. 남편은 더 이상 가구를 만들지 않는 것인가. 서랍장에 든 옷은 평상복 하나도 세련되지 않은 것이 없었다. 그 모두 아빠가 골라준 것들일까. 책상 위에 시선이 꽂혔다. 모정은 2학년 남녀 합반이었고 유격수라는 수학 문제지를 푸는 중이며 알퐁스 도데의 「별」이란 소설을 읽고 있었다.

눈에 익은 일기장을 책꽂이에서 뽑아 펼쳤다. 아이는 일기장에 엄마가 체체파리에 물렸다고 써놓았다. 아빠가 그렇게 말했다는 것이다. 여자는 기억했다. 여자의 잠이 바닷속 깊이 침잠하기 전이었다. 수면 가까이 헤엄치는 물고기 등 위로 햇빛이 투과돼 보일 만치 잠이 얕았다. 여자는 모정과 어울려 노는 친구들 이름을 기억하고 체험 학습을 떠나는 날 아침이면 억지로라도 눈을 떠 김밥을 싸주던 때였다. 그러다 자신을 어디로 싣고 가는지 모르는 고래등 같은 잠에 납작 엎드려서도 아이의 일기장을 훔쳐 읽고 남편에게 몇 시에 귀가하느냐고 전화를 걸던 시절이 한동안 이어졌다. 참을 수 없는 분노와 미안한 마음이 분열적으로 엇갈리던 시기였다. 이후 체념과 함께 여자는 해일이나 태풍을 감지할 수 없는 깜깜한 암흑에 갇혔다. 여자가 잠의 바다에서 발광(發光)하는 물고기밖에 볼 수 없었고, 물속으로 구부러진 손을 들이밀던 빛살 따위 완전히 잊어버렸던 때, 모정의 일기는 멈춰 있었다. 여자의 잠 속에서 재구성되는 나쁜 기억은 생시보다 더 생생하고 끔찍했다. 잠결에도 여자의 손이, 푸들푸들 떨렸다.

토요일 아침, 여자는 다른 엄마들이 등교 준비를 위해 일어나는 시간에 깨어났다. 두부를 조리고 된장을 끓여 상을 차리고 운동화를 털어놓아도, 모정은 조금도 망설이지 않고 '학원'을 '중학교'로 바꿔 썼다. 그냥 학교도 아닌 '중'학교!

바다에 똑같은 그물을 자꾸 던져 넣는 어부는 자신이 원하는 것을 채우지 못했기 때문이라고 누군가 말한 적이 있었다. 중학교라고 반듯하게 쓴 모정의 글씨가 여자를 향해 던진 낚싯바늘처럼 보였다. 모정이 여자에게서 건져 올리고 싶은 것은 무얼까. 대신할 것이 없는 허전한 위안, 그리움이라는 글자만 그득한 빈 시간들, 원망을 삼켜

늘 서걱대는 왼쪽 가슴 아래. 가느다란 낚싯바늘에 매달아 건네고 싶은 여자의 소망도 모정의 것과 별반 다르지 않을 것이다.

여자는 화이트보드 앞으로 가 중학교라고 쓴 아래에 잡채 재료를 적었다. 쇠고기 채썰어 300g, 옛날당면과 야채. 막 젓가락질을 배운 어린 모정이 잡채만큼은 손으로 먹겠다고 고집을 부렸다. 커다란 접시를 제 앞으로 당겨 배가 부른 후에야 상 중앙으로 밀어 다른 이가 먹도록 허락했다. 입이 짧아 음식에 욕심내지 않던 모정이 장난감을 가지고 놀다 문득 제 앞섶에 묻은 잡채 가닥을 떼어 먹는 것을 보고 얼마나 웃었던지. 그 모양을 구경하려 자주 잡채를 만들었고 그때마다 남편은 으르렁 곰돌이야 잡채 먹어, 라며 한동안 모정을 놀렸다.

그 밥상에 함께 앉았던 남편은 어디에 있을까? 느닷없이 치솟는 눈물을 삼키며 거울 앞에 가 앉았다. 모정과의 간극에 아이의 시공간이 느껴진다면 남편은 어떨까.

바싹 마른 칫솔, 녹슨 면도기, 바닥이 보이는 남성용 로션

체육복 한 벌과 파자마, 구멍 난 양말, 목과 소매 깃이 늘어진 셔츠들

자목련 테이블

여자는 잠깐씩 깨어 있을 때 늘 그랬던 것처럼 화분을 꺼내 씻었다. 담 너머로 노랑 빨강 꽃잎을 업어 가던 바람결을 눈으로 좇던 여자가, 대문간을 하염없이 서성이던 날 찾아낸 일이 꽃씨를 심는 일이

었다. 아이의 책상 위에 식목일 숙제로 받아온 채송화 씨앗이 첫 파종이었다. 야생화들은 씨앗만 뿌려놓으면 몇 달을 손보지 않아도 제각각의 생명력을 뽐내듯 작고 앙증맞은 꽃을 피웠다.

그저께 인터넷으로 주문한 씨앗이 도착했다. 화단엔 새싹과 봄꽃이 가득했다. 담 아래 음지엔 파설초(破雪草)라 불리는 노루귀가 두툼히 내려앉은 낙엽을 피해 삐딱하게 대를 뻗고 자랐다. 연필심만 한 꽃대에 탐스러운 꽃망울이 매달려 있었다. 여자는 인터넷에서 본 사진을 떠올렸다. 겨우내 켜켜이 쌓인 잔설을 동그랗게 녹이며 돋아나 작가의 사진에서 살아난 푸르고 흰 자태의 노루귀.

여자는 사진에서보다 더 예쁘고 귀한 분홍노루귀 주변의 낙엽을 걷어내며 상상했다. 이곳이 자신의 좁고 그늘진 마당가가 아니라 봄볕이 따스하게 든 산기슭 바위틈이라고. 여자는 연지색 등산모를 쓰고 화질이 좋은 수동 사진기를 들고 있었다. 바위의 경사에 따라 삐딱한 자세로 쭈그려 앉은 채 지름 1.5센티미터의 경이로운 꽃송이에 감탄하며 앵글을 잡았다. 탁 트인 산등성이를 넘어온 차가운 바람조차 얼마나 달콤할 것인가.

여자는 작게 콧노래를 부르며 부토와 거름을 섞은 밑흙을 화분 바닥에 깔고 분홍노루귀를 한 삽 떠 넣었다. 흙을 채워 꼭꼭 누른 뒤 마른 낙엽을 부수어 흙 위에 덮었다. 솜털이 저리 많은 노루귀는 분명 추위를 많이 타는 식물일 것이다. 노랑제비꽃은 무리 지어 피어나니 항아리 뚜껑처럼 넓은 그릇이 제격이었다. 곧 화단이 빈 만큼 흙갈이를 끝낸 화분이 마당에 가득했다. 새 장소에서 몇 날 며칠 동안 비와 바람을 견딘 꽃은 가구점으로 옮겨갈 것이다.

사실 여자는 원목을 다듬고 싶었다. 집 안에 작은 작업실을 들이겠다는 여자의 제안을 남편은 반대했다. 전기톱만 위험한 공구가 아니라 작은 조각도라도 치명적인 무기일 수 있다고 했다. 티끌만 한 사고는커녕 숨소리조차 내지 않으려 집 안에 들어앉은 여자가 반박할 수 없는 말이었다.

빈 화단에 씨앗을 뿌리고 잡채까지 만드느라 오후 세 시가 지났는데도 모정이 돌아오지 않고 있었다. 토요일이라 학교에서 점심을 주지는 않을 텐데. 햄버거로 끼니를 때우고 학원으로 곧바로 간 것인가. 벌청소라도 받는 것일까. 꾸덕꾸덕 마르고 있던 잡채를 데워 먹고 난 여자는 모정의 휴대폰으로 전화를 걸었다. 며칠 동안의 일을 다 고백하고서라도 모정이 보고 싶었다. 잠깐만 엄마야. 수화기를 입에 대기 전 누군가에게 양해를 구하는 딸아이의 목소리에 여자는 감동했다.

"엄마?"

"……"

"여보세요, 엄마!"

"으응, 모정아. 어디니?"

"학교. 우리 축제 기간이야. 이제 일어났어?"

"아니, 왜?"

"그럼, 학교에 올 수 있어? 친구들이 내가 최고래. 내가 만든 모형…… 안 되겠다."

"갈게. 교실로 가면 돼?"

"응? …… 안 돼, 오지 마! 여기 시끄러워. 완전 야단이야. 그리고 나 이따 시내 갈 거야, 친구랑 약속 있어."

"엄마 금방 갈 수 있는데……."

"나 지금 가봐야 해. 엄마, 집에서 봐."

모정과의 연결 공간이 닫히고 있었다. 잠깐만! 바닷물을 가르기라도 할 듯 여자가 허공을 향해 손을 쭉 뻗었다. 축제? 가벼운 장난질인 탐정놀이 때문에 모정의 축제에 가지 못한다면 너무 억울했다. 아니다. 모정의 약속을 방해하지 않으면서 아이를 볼 수 있는 방법이 있지 않은가. 여자는 모자를 쓰고 거울 앞에서 탐정 포즈를 으쓱 취해보곤 집을 나섰다.

어제는 모정을 따라가느라 경희슈퍼가 새로 지은 옆의 큰 건물에 가려 부러진 몽당 이처럼 조그마한 것도 알아채지 못했다. 여자는 이혼녀인 경희슈퍼 주인이 아직 카운터에 앉았는지 궁금했지만 고개를 돌리고 지나쳤다. 몸무게가 불었지만 눈썰미 좋은 주인이 자신을 알아채면 금세 모정 귀에 들어갈 것이었다. 모정은 화이트보드에 쓰인 찬거리를 사거나 군것질을 하러 경희슈퍼에 들락거렸다.

산동네 같았던 골목이 명동 뒷길만큼이나 번성했다. 휘돌아 굽은 길목이 낯익은 그대로 남아준 게 고맙다는 생각이 들 지경이었다. 여자의 예상대로 학교 앞길엔 벚꽃이 만개해 있었다. 중학교와 초등학교 담을 따라 이열종대로 마주 선 벚나무 길엔 하얀 꽃잎이 하늘을 뒤덮고 있었다. 눈처럼 흩날리는 꽃잎 사이를 오가는 아이들이 모두 모정의 친구처럼 보여 정겨웠다. 중학생 아이들의 들썩이는 생기가 행복한 꿈결인 양 여자를 들뜨게 만들었다.

여자는 굳게 잠긴 2학년 4반 유리창 너머로 교실 안을 기웃거리다 강당으로 갔다. 강당에 아이들의 작품이 전시되어 있었다. 여자는 작품보다 이름을 유심히 살폈다. 그러곤 뜻하지 않게 로봇과 집 모형 앞에서 모정의 이름을 발견하곤 소리 없는 대소를 터뜨렸다. 모정이 이과(理科)로 컸구나. 여자는 건축과를 반대하는 부모님의 의견에 밀려 미대로 진학했던 자신의 젊은 날을 기억했다. 로봇과 집 모형 옆엔 프리지아 꽃다발과 장미 한 송이가 붙어 있었다. 꽃 한 송이 없는 작품이 거의 전부였다. 모정을 좋아한다는 전교부회장이 프리지아 다발을 붙였을 거라고 여자는 멋대로 상상했다. 아닌 척하지만 모정도 그 애를 좋아했다. 그렇지? 라고 물으면 제 감정을 숨기려 펄쩍 뛸 나이의 모정. 여자는 사탕꽃을 모정의 이름 옆에 붙였다.

여자는 강당 밖에 나와 학부모들이 떡볶이나 어묵 등을 만들어 파는 간이 매점을 지켜보았다. 모정이 음료수라도 사 먹으러 들르면 볼 수 있는 위치였다. 벌써 시내에 나간 건 아니겠지. 작품 철수는 만든 본인이 직접 한다고 했으니 모정이 아직 교정 어딘가에 있을 것이다. 운동장 곳곳엔 아이들의 참여를 유도하는 알록달록한 전시 부스나 체험 공간이 십여 개 흩어져 있었다. 페이스페인팅을 그려주는 부스 앞에는 팔뚝을 걷은 아이 몇이 줄을 서 있었고 다트판을 향해 철심이 꽂힌 화살을 날리는 아이도 있었다. 농구 코트엔 여자애들이 공을 따라 뛰어다니고 있었다. 남학생 몇이 농구 코트를 흘깃거리며 저희들끼리 키득대고 있었다. 혹시 모정이 섞였을까 농구 코트를 살피던 여자는 수돗가 옆 코너로 눈길을 돌렸다. 대부분의 부스에 안내자 혼자 앉았거나 두세 명의 아이만 서성이고 있는 것에 비해 수돗가 옆 공간엔 아이들은 물론 선생님과 학부모까지 그득 둘러서 있었다. 그 원 안에서 무슨 일이 벌어지는지 몰랐지만 와와, 정기적으로 함성과 박수가 터졌다. 여자도 무리들 틈에 슬며시 끼어들었다. 합판에 동그란 구멍을 뚫어 그 안에 들이민 얼굴로 물풍선을 던지는 코너였다. 합판에 못을 박아놓아 던지기만 하면 풍선은 뻥 소리가 나며 터져 얼굴로 물이 끼얹혔다. 물풍선을 맞은 아이나 던진 아이나 뒤끝 없이 웃는 모양이 천상 축제였다. 구경을 하면서도 주변을 살피는 시야에 강당 쪽으로 씩씩하게 뛰어가는 아이 하나가 모정처럼 보였다. 여자는 아이가 고개를 돌려 옆얼굴이 보일 때까지 잰걸음으로 따라갔다. 모정이 아니었다.

"모원아, 여기야."

의외로 모정의 목소리가 바로 뒤에서 들렸다. 여자는 선글라스를 여미며 몇 걸음 떨어져 섰다. 모정이 모원이라 부른 꼬맹이에게 로봇 자동차와 꽃다발을 안기고 둘은 나란히 교문을 나섰다. 여자는 그들을 뒤따랐다.

그들은 집으로 향하고 있었다. 여자는 당황했다. 모정이 방문을 열어 엄마가 없으면 무슨 생각을 할까. 경희슈퍼 앞에까지 왔다. 더 이상 물러날 곳이 없다고 생각한 여자가 막 모정 앞에 나서려던 참이었다. 아이스크림 먹을래? 모정이 꼬맹이에게 묻자 아이는 고개를 끄덕였다. 모원? 아이들이 가게 안으로 들어가자 여자는 집까지 뜀박질을 했다. 호루라기와 열쇠, 휴대폰은 원래 놔두던 자목련 테이블 위에 올려두고 선캡과 선글라스는 이불 밑에 던져 넣었다. 누워 있으려니 심장이 튀어나올 듯 퉁탕거렸다. 익사보단 심장마비가 낫구나, 여자는 이불을 여며 잡고 키득키득 웃었다. 이렇게 재미있을 줄이야. 그새 여자는 탐정놀이 시작한 일을 잘했다고 변덕스럽게 생각했다.

"엄마, 모원이 왔어요."

그래, 이 방에 누워 모정의 목소리를 들으니 생각이 났다. 모정이 가끔 데리고 와 놀던 동생이었다. 동생? 여자는 어떤 동생일까 자세히 알고 싶었다. 안녕하세요. 모원이 방문을 조금 열고 인사를 했다. 금세, 누나 옷 갈아입고 어쩌고 하는 말이 들리더니 안녕히 계세요, 라고 바뀐 모원의 인사말이 현관으로 멀어질 때 여자는 벌떡 일어나 선캡을 꺼내 썼다. 대문 잠그는 소리가 들리자마자 마당으로 뛰어나왔다.

순정만화에서 튀어나온 소년처럼 긴 다리가 돋보이는 바지 차림의 모정이 큰길에서 친구들 무리에 합류했다. 모정에게 손을 흔든 모원은 저 혼자 길을 꺾어 대로변 인도를 터덜터덜 걸어갔다. 손에는 여자가 모정의 작품에 붙여주었던 막대사탕을 쥐고 있었다. 여자는 모정이 친구들과 버스에 오르는 정류장을 지나쳐 꼬맹이 뒤를 따랐다. 모원이라고 했지. 모정과 이름을 나눠 가진 너는 누구니?

모원은 문구점에 들러 뽑기통을 흔들어보고 손바닥만 한 전자오락기에 잠시 한눈을 팔았지만 곧바로 페인트 가게를 지나 사거리로 향했다. 가구점? 모원이 향하는 곳이 가구점이란 걸 알아차린 순간부터 여자의 가슴이 뛰었다. 꼬맹이를 앞질러 길을 건너고 흩날리는 봄볕을 가르고 달려가고 싶은 마음을 누르면서 여자는 낯익은 거리까지 모원 뒤를 따랐다.

소형 가구점 네 개가 나란히 들었던 사거리는 많이 바뀌어 있었다. 신호를 지킬 필요도 없이 분식점과 단위농협으로 건너다니던 소로는 넓어져, 보고만 있어도 위협을 느낄 정도로 차량의 왕래가 많아졌다. 그에 맞춰 가구점 또한 웅장한 모습으로 거리를 덮칠 듯 내려다보고 서 있었다. 중저가 브랜드 매장과 수입 가구가 들어찬 10층 건물 두 채. 브랜드 매장이 선 자리는 옛날에 작업장으로 쓰던 공터였다. 여자는 먼저 가구점 주변을 한 바퀴 돌았다. 소형 가구점은 하나만 남아 있었다. 어느 매장이 남편의 가구점일까 고민할 필요도 없었다. 두 매장 가구들 사이사이에 여자의 마당에서 옮겨온 야생화 화분이 장식되어 있었다. 여자는 자신이 당연히 그곳의 일원인 듯 문을 열려던 참이었다. 등 뒤에서 모원의 목소리가 들렸다.

"아빠!"

아빠? 여자는 지나가는 행인인 척 몸을 돌려 그들을 지나쳤다.

"우리 모원이. 누나 학교는 잘 갔다 왔어?"

"응. 사탕 먹을래."

"그래, 사탕이 진짜 크다. 누나가 줬어?"

여자는 멈춰서 뒤를 돌아보았다. 저녁 어스름이 내리고 있었고, 아이를 안아 올리고 있는 탓에 머리가 숙여지긴 했지만 옛 가구점 자리에 선 남자는 남편이 분명했다. 훤칠한 키며 커다랗고 선한 눈빛이 하나도 변하지 않았다. 남편도 가로수 아래에서 자신을 바라보고 선 여자를 알아본 것일까? 여자는 그제야 자신의 탐정놀이가 얼마나 비겁한 짓이었는지 깨달았다. 오늘은, 여기까지만. 여자는 뒤돌아섰다.

집으로 돌아온 여자는 수만 리 바다 아래 암흑이 들어찬 문간방에 들어가 누웠다. 열어놓은 방문 밖엔 자목련 테이블이 희미하게 서 있었다. 모정이 열쇠를 내려놓을 때마다 자신의 존재를 알리던 테이블이었다.

아직 아이가 없던 신혼이었다. 가구점 진열장엔 여자와 남편이 핸드메이드한 가구가 절반 이상 채워져 있던 시절이었다. 여자는 원탁 테두리에 도넛 모양 홈을 파 그 안에 목련 봉오리를 새겼다. 완전히 입을 다문 목련, 반쯤 핀 목련, 활짝 핀 목련꽃 여섯 송이가 탐스럽게 새겨졌다. 실제 목련에 근사(近似)한 밀키화이트 색을 만들어 꽃에 발랐다. 흐린 날의 노을 색과 검정으로 바탕색을 바꿔도 꽃 색은 여자의 마음에 들지 않았다. 여자는 블랙 레드를 꽃봉오리 위에 들이부었다. 다시 그 위에 밀키 그린을 스치듯 덧입히자 예쁜 자목련 테이블이 완성되었다. 문제는 몇 번이나 색을 덧입히는 바람에 꽃잎이 돌출해 덮개 유리가 덜컹덜컹 논다는 것이었다. 여자는 포기하지 않았다. 이번엔 깊이를 주어 음양각으로 새겨 진열하자 작품 다섯 점이 금방 팔려나갔다. 실패한 첫 번째 테이블을 집에 들이고 자축을 벌이던 시기 어디쯤에서 모정이 태어났다.

여자가 자는 동안 자목련 테이블이 가장자리부터 뜯어지며 세모 모양으로 입을 벌리고 갈라졌다. 여자가 잠자는 병에 걸린 것은 목련꽃 색을 섞듯 선택할 수 있는 일이 아니었다. 남편도 분명, 그러했을 것이다.

눈물이 나는 것도, 억울한 일도 아닌데 여자는 숨을 헐떡였다. 길을 걷는 것도 아닌데 또다시 길거리에 주저앉을까 봐 두려워 이렇게 헐떡이는지도 모르겠다고 생각했다. 상추 잎이 엉덩이에 깔려 짓뭉개지고 고등어 핏물이 바짓단을 적셔도 피할 수 없었던 발작적인 탈력(脫力)을 다시는 경험하고 싶지 않았다. 여자가 갑작스레 힘이 빠져 털썩 주저앉을 줄 모르고 달려오던, 배달원 오토바이가 부러뜨리고 지나간 새끼발가락. 숨이 차면, 낌새가 있으면 호루라기를 불어.

달려갈게, 알았지? 여자가 발가락 깁스를 풀고부터 외출을 하지 않기로 결심한 것도 모르고 남편은 몇 번이나 반복해 다짐을 받았다. 그랬던 남편이었다.

여자는 잠자려 노력했다. 기억을 분류해야 했다. 남편의 부재와 모정의 잦은 외박. 임신을 고백하며 고개를 들지 못하던 최. 여자는 자신이 모든 정황을 내내 알고 있었다는 사실을 깨달았다. 미스 최, 나 따위는 잊고 잘 살아. 남편 대신 자신을 업고 뛰던 최에게 여자가 해줄 수 있는 덕담은 그것뿐이었다. 여자는 절대 남편과 최가 엮였을 리 없다고, 뻔한 결말까지 부정하지 않았던가.

조용조용 아이를 달래던 노랫소리, 또닥또닥 도마질 소리와 집 안에 스며들던 햇살 향기. 어느 낮이었다. 빛을 등지고 방문을 살그머니 열어보던 그림자 곁으로 날을 세우고 달려들던 빛칼. 참을 수 없이 눈이 부셨다. 느릿느릿 몸을 굴려 빛살을 비끼는 사이 그림자는 어느덧 평온한 어둠만 남긴 채 사라지고 난 후였다. 또 한 번은 그랬다. 잠에서 막 깨어나던 중이었을까. 대나무 돗자리가 뜨거워 방바닥으로 굴러 누운 참이었다. 샤워기 물줄기가 목욕탕 타일 바닥으로 떨어지는 소리가 희미하게 들려왔다. 누구세요……. 잠시 수면 위로 부상했던 의식이 태풍에 밀려 먼 바다로 떠내려갔다. 누구인가요? 화다닥, 혼절에서 깨어나듯 여자가 정신을 차렸을 땐 거실 바닥에 방울방울 떨어진 물방울과 목욕탕에서 풍겨오는 비누 향이 집 안을 떠돌고 있었다. 여자는 목욕탕의 축축한 습기가 암호라도 되는 듯 뚫어지게 응시했다. 이곳은 여자와 다른 누군가가 공유하는 복층 시간이 존재하는 바닷가이며 자신 이외의 거주자와 맞닥뜨릴 기회였는데. 거울처럼 깨끗이 닦인 거실 바닥에 쪼그리고 앉아 말라가는 물방울을 손가락으로 찍어 맛을 보았다. 그것은 달큰한 비누 향이었을까, 비린 갯내였을까.

그런 일이 한두 번이 아니었다. 그 모두가 최였다고? 생존에 대한 슬픔이, 분노보다 부끄러움이 여자를 뒤흔들었다. 자목련 테이블에서 눈을 돌려 획 돌아눕자 벨벳 커튼이 시커먼 바다뱀처럼 출렁댔다. 여자는 벌떡 일어나 주름마다 먼지가 낀 두꺼운 커튼을 확, 잡아 뜯었다. 먼지 뭉치가 풀썩풀썩 얼굴로 날아들었다. 창문 또한 뜯어낼 듯 열어젖혔다. 쏟아져 들어온 달빛에 심해의 오물이 고스란히 드러났다. 죽은 물범의 늘어진 몸뚱이 같이 낡고 냄새나는 이불, 빈 조개 무덤처럼 구석구석에 쌓아놓은 약 뭉치, 썩은 해초처럼 이리저리 쓸려 다니는 머리카락 덩이들.

여자는 누군가를 쫓아가듯 밖으로 달려나갔다. 확인해야 했다. 작업실과 남편, 모정까지 도둑질해간 이가 정말 최인지 알아야 했다. 그렇다면 빼앗아 오면 그뿐일 것이었다.

여자의 예상이 빗나가지 않았음을 증명하듯 최가 카운터를 지키고 있었다. 옛날 미스 최도 장부 정리를 하느라 늦게 퇴근하곤 했다.

"다른 사람은?"

"내실에, 저녁 먹어요, 올라가시면……."

최는 두 팔을 화살표처럼 안쪽으로 든 채 여자를 안내하려 계단 입구로 몸을 돌렸다. 단발머리 최의 뒷모습은 체념과 긴장으로 엉거주춤 경직되어 있었다. 여자가 제자리에 꼿꼿이 서 꼼짝도 하지 않자 최는 다가와 말없이 여자의 어깨 너머를 가만히 쳐다보고 섰다. 최는 예전과 똑같이 조용하고 당당했다. 수수한 듯 고급스러운 최의 옷차림은 가구의 일부처럼 그곳에 어울렸다. 여자는 돌아섰다.

최가 따라 나왔다. 집으로 가는 직선로를 두고 학교로 우회하는 길로 방향을 잡았다. 만약 최도 이곳을 떠나면 여자와 마찬가지로 벚꽃길을 그리워할 것인지 궁금했다. 모원이 초등학교에 입학하지 않았으니 여자와 비슷한 추억을 가지지 않았을 수도 있다. 아니다. 여자가 잠바다로 간 이후 모정의 손을 잡고 거닌 이 길을 여자보다 더 선명하게 기억할 수도 있었다. 슬픈 불순물 없는 명징한 기쁨으로.

최와 여자는 공평한가? 먹먹한 슬픔이 몰려왔다. 순간, 여자는 바닥에 털썩 주저앉았다. 최가 여자를 들쳐 업고 대로까지 뛰었다. 옛날과 똑같았다.

"형님……."

최의 말문이 트였다. 숨이 차 헉헉대면서도 최는 말을 멈추지 않았다.

"사모님……, 언니……, 저는 언제든지 떠날 수 있어요. 깨어나세요. 일어나요. 저는 갈 데가 많아요. 지방에 분점이 있어요. 베트남에도 사람이 필요하고요. 언제든 깨어나시면…… 저는 갈 데가 많아요.

우리 모원이만…… 헉헉.”

여자는 이제야 최와 자신이 조금 공평해졌다고 생각했다. 모정과 남편을 잃을지도 모른다는 공포에 얼마나 많은 시간을 떨면서 보냈던가. 여자는 택시에서 내리자 몸을 곧추세워 똑바로 걸었다.

“그래요 미스 최. 내가 결정할게. 잠시만, 잠시만 시간을 줘.”

눈을 커다랗게 뜨고 쳐다보는 최의 얼굴 앞에 대문을 쾅 닫았다.

최는 여자에게 형님이나 사모님, 언니 중에 무엇으로 불릴지 선택하라고 한다. 그리고 여자가 원하면 다시는 자신을 보지 않아도 되는 먼 곳으로 가겠다고 했다. 최만큼이나 여자도 자신이 깨어나면 어떻게 살고 싶은지 생각해둔 게 있었다. 지금은 그게 뭐였는지 기억나지 않지만 분명 그곳에는 최와 모원이 포함되어 있지 않았다.

여자는 자신이 왜 최를 따라 내실로 올라가지 않았는지 생각해보았다. 최는 착한 여자처럼 굴었다. 그럴 수는 없었다. 최는 여자의 것 전부를 훔친 나쁜 여자였다. 언제든 떠날 수 있어요……. 자신이 한 말대로 모든 것을 순순히 버릴 수 있다면 최는 인간이 아닐 것이다. 그런데, 주저앉은 여자를 업고 뛰던 최의 따스한 체온은 진심처럼 느껴졌다. 최는 정말 천사일까. 자신이 대여했던 육 년여의 시간을 모두 돌려주겠다고 하지 않는가. 모원까지 곁들여. 최는 남편과 모정, 모원까지 공유하자고 여자에게 제안한 걸까. 여자는 착한 체하는 최를 벼랑 끝까지 밀어붙이기로 결심했다. 모정의 열쇠를 들고 집을 나섰다. 새벽이었다.

딱 한 번만 초인종을 눌렀다. 자신이 다시 올 것을 예상하고 최가 기다리고 있다면 한 번의 차임벨도 지옥의 천둥처럼 위협적으로 들릴 것이었다. 하지만 최는 나오지 않았다. 잠든 것이 차라리 잘됐다는 생각이 들었다. 여자는 모정의 열쇠를 꺼내 대문을 열었다. 매장을 왼편에 두고 실내 통로를 따라 걷는 동안 촘촘하게 설치된 센서등이 동시에 두 개씩 켜졌다. 세심한 남편의 마음이 뭉클 다가왔다. 자신이 아닌 최를 배려하느라 움직였을 남편의 마음 조각들. 간질거리던 발바닥에서부터 해일처럼 일어난 질투심을 누르느라 여자의 눈매가 사나워졌다. 엘리베이터와 현관 벨을 누르는 여자의 손길이 거칠었다. 문을 열어주러 나온다면 남편의 따귀라도 올려붙일 기세였다. 하지만 몇 번 더 벨을 울려도 마중 나오는 사람 하나 없었다. 이렇게 흥분한 상태에선 아무도 나오지 않은 것이 차라리 고마웠다. 그래도 한구석 섭섭한 마음이 드는 것도 어쩔 수 없는 감정이었다.

여자는 내실 열쇠를 만지작거리다 뒤돌아서 계단을 내려갔다. 어딘가에서 신선한 톱밥 냄새가 여자를 인도했다. 건물 전체에 밴 새 가구의 화공약품 냄새를 비집고 어디에서 이 향기가 나는 것일까. 여자는 몸을 부르르 떨며 자신이 이 냄새를 얼마나 그리워했는지 실감했다.

몇 개의 층계를 내려왔을까. 향나무 냄새에 섞여 솔향이 진하게 풍겨 나오는 문 앞에 섰다. 손잡이가 잠겨 있었다. 열쇠 꾸러미를 뒤졌다. 망설이지 않았던 여자의 손놀림대로 열쇠는 꼭 맞았고 문이 열렸다. 불을 켜자 대형 환풍기가 천장을 꽉 채워 매달린 작업실 풍경이 한눈에 들어왔다. 창문 가까이엔 염료나 페인트가 색색별로 갖춰 놓였고 입구 쪽엔 작업 중인 원목이 흩어져 있었다.

소품을 훑어보던 여자는 깜짝 놀랐다. 자목련 테이블이었다. 여자가 만들었던 테이블과 색이나 크기가 달랐지만 분명 비슷하게 흉내 내려 애쓴 흔적이 역력한 목련이었다. 네모 판에 새긴 자목련, 길쭉한 판에 새긴 백목련, 둥근 판에 새긴 백합, 장미, 교과서 크기만 한 해바라기까지. 누가 여자를 따라 음양각으로 꽃을 새긴단 말인가. 거기다 꽃을 벗어나 고양이의자까지. 형상을 단순화시켰지만 굽실하고 게으르게 늘여놓은 곡선으로 보아 고양이를 표현한 것이 분명한 의자들이었다. 검은 고양이, 발톱을 세운 고양이, 낮잠 자는 고양이 등. 가구의 추상화라 할 만큼 모서리 처리가 독특한 문양도 눈에 띄었다. 고양이 꼬리를 표현한 것들이었다. 여자는 눈을 부릅뜨고 그것들을 노려보았다. 최구나!

최가 자신을 따라 했구나. 여자가 잠을 자는 동안 최는 아이들과 남편을 돌보고 가구점을 확장하고 여자를 보듬어도, 도저히 어찌할 수 없는 불안한 간극을 여기서 메우고 있었구나. 오래된 나뭇결에 스며든 불그스름한 얼룩이 최의 핏자국처럼 느껴졌다. 여자를 흉내 내어 나무를 깎은 최의 지난한 세월이 가슴 아프게 다가왔다. 울컥, 여자의 눈에 눈물이 차올랐다. 이곳은 또한 최의 바다이기도 하구나.

문득 여자의 속을 가득 채운 검은 해류가 쿨렁, 작업실로 흘러들어 밝고 환한 빛무리에 섞여 공기 중으로 흩어지는 듯한 착각이 들었다. 바닷가는 많은 것의 시작이자 종말 또 다른 출발지였다. 여자는 작업대 앞으로 가 조각도를 집어 들었다. 얼마 동안이나 고양이의 부드러운 곡선에 몰두했던가.

두런두런한 목소리가 위층에서 들려왔다. 여자는 곧바로 이곳을 떠나야 할지 잠시 더 머물러도 될지를 가늠했다. 우선 환풍기를 모두 껐다. 망치도 멀찌감치 밀쳐놓고 사포로만 마무리를 했다. 욕심대로라면 똑같은 판을 하나 더 깎아 장식장 문으로 꾸미고 싶었다. 고양이 꼬리를 치켜 올려 손잡이로 쓰려면 엉덩이를 더 아래쪽에 파묻어야 할 것이다. 백과사전만 한 크기의 나무 판에 실눈을 뜬 새끼고양이 한 마리가 엎드려 졸린 눈으로 여자를 바라보고 있었다. 여자는 졸고 있는 고양이 판을 마주 보게 작업대 위에 세우고 자신은 사인용 고양이벤치에 앉았다. 에게해와 지중해가 만나는 곳에서 유럽의 문명이 싹텄듯 여자는 자신의 의식이 이곳 최의 바닷가에서 새 출발을 할 것이라 확신했다.

그렇게 결심을 했음에도 발소리가 작업실 문 앞에서 멈추자 여자는 분리대 뒤로 숨었다. 분리대 뒤엔 대패와 글라인더 등 먼지가 많이 나는 작업을 하는 공간이었다. 여자가 쪼그려 앉은 작업대 아래엔 톱밥이 작은 무더기를 이루고 흩어져 있었다. 그 무더기 능선을 꼬불꼬불 개미 떼가 줄지어 넘어가고 있었다.

"봐요. 문이 열렸잖아요. 이곳에 들른 게 분명해요."

최의 말소리와 뒤듯이 걸어오는 발소리가 분리대 건너에서 멈췄다.

"몇 번째지?"

"아홉 번째요."

"……"

아홉 번? 개미들은 세워놓은 원목 뒤를 원형으로 돌아 나오는지 줄이 끊이지 않았다. 여자는 대열에서 가장 작은 개미를 눈으로 좇으며 아홉 번이 무슨 순서인지 알아보려 귀를 바짝 세웠다.

"이번엔 짝문을 만들려나 봐요."

"응?"

"엉덩이 부분을 밀어 넣다 말았잖아요, 손잡이로. 크기가 똑같은 판을 옆에 둔 것도 그렇고요."

잠시 그들의 대화가 멈췄다. 이번이라면, 여자의 몸에서 힘이 쭉 빠졌다. 작은 개미가 여자의 눈앞 톱밥 능선을 한 번에 올라가지 못하고 나동그라져 대열에서 이탈했다. 누군가 나무 가루를 털어내는지 슥슥 툭툭. 한동안 나무 판을 쓸고 터는 소리 사이로 작은 개미가 장단을 맞추듯 미끄러지기를 반복했다. 그 장단에 맞춰 여자의 의식 또한 명료했다 깜빡깜빡 흐려졌다.

"이젠 당신이 나보다 이 사람을 더 잘 아는군."

"내실 문을 열어놓고 나갈걸 그랬나 봐요."

"당신, 너무 늦게 돌아오는군……. 저번엔 계단참이었나? 앞으로 내실 문은 늘 열어둡시다."

"마음이 안 내키는 거예요. 여기 들어온 걸 봐요. 열쇠도 갖고 있는데……. 미안해요. 당신은 집으로 가봐요. 저는 내실에 들렀다 아래층을 훑을게요."

그들이 이곳을 떠나려 하고 있었다. 여자는 벌떡 일어나 그들을 가로막고 무엇이 아홉 번이고 이곳은 어디인지 물어야 한다고 생각했다. 이곳이 최의 작업실이 아닌 자신의 것인지. 한 번에 깎지 못해 뜯긴 듯 거친 칼자국은 분명 초보자의 솜씨였다. 또한 아홉 번 들러 여기 작품을 다 완성할 수는 없었다. 아홉 달이면 몰라도. 그렇다면 이곳 작업실도 복층 시간대의 공간일까. 기억을 퍼 올리려 애쓰는 의식과 달리 감정은 한없이 아래로 가라앉았다. 눈앞의 작은 개미는 여전히 나동그라지기를 반복하고 있었고 의식은 아직 명료한 각성이 남아 있는 가수면의 상태였다. 동아줄을 손에서 놓듯 밝은 의식의 문을 스스르 닫으며 여자는 치욕의 너울에 둘러싸인 이 잠이 영원히 깨지 않았으면 좋겠다고 생각했다. 잠을 잔 이후 처음으로 돌아오지 않기 위해 발버둥을 쳐 아래로 더 아래로 수면 깊이 내려가려 애썼다. 이렇게 도망가는 것이, 처음일까? ……

얼마나 시간이 흘렀을까. 사방이 고요했다. 퍼뜩 눈앞에 초점을 맞추자 작은 개미가 톱밥 무더기 정상에 올라 아래를 향해 내려가고 있는 광경이 보였다. 잠깐 졸았을 뿐이던가. 기대 앉은 작업대 다리에서 몸을 일으켜 쪼그려 앉았다. 어디론가 가야 했다. 가만히 개미 줄을 바라보던 여자는 톱밥 더미 사이로 손가락을 넣어 기찻길 같은 평행선을 만들어 작은 개미를 따라갔다. 작은 개미는 곧 원목 더미 뒤로 사라지려 하고 있었다. 길은 더 이상 이어지지 못하고 끊어질 것이다. 여자는 톱밥을 한 줌 쥐어 작은 개미 위에 조금씩 천천히 흘려 내렸다. 순식간에 검정색 줄은 흩어지고 톱밥 가루에 묻힌 큰 개미들은 하나둘 모습을 드러냈다. 그들은 열을 가다듬어 앞으로 전진했다. 조금 돌아가는 새 노선의 시작과 끝은 여전히 원목 더미에 가려 보이지 않았다.

여자는 손을 털고 일어섰다. 어디로 갈 것인가. 고개를 위로 치켜들었다. 저 위 내실 풍경엔 모정과 모원이 나란히 앉아 있을까. 창 가득 햇빛이 드나드는 밖엔 갯내음이 나는 여자의 집이 있다. 그곳엔 최와 남편이 자신을 기다리고 있을 것이다. 어디로 가야 하는가. 걸음을 옮기기 전 여자는 자신이 만든 새 톱밥 무더기를 흘깃 돌아보았다. 개미의 열 어디에도 작은 개미는 섞이지 못했다. 여자가 바라보고 섰는 동안 능선의 옆구리 한쪽이 씰룩댔던가. 여자는 뒤돌아서 작업실을 나섰다.

기억을 소환하는 방식
— 가족 이데올로기의 빛과 그림자

황현희

집은 구겨진다
쓰레기차가 쓰레기봉투를 쓸어담듯
마지막 아버지를 최대한 쓸어담고서
— 김소연, 「혼자서」 중에서

이근자의 작품은 가족서사다. 그녀의 작품에 등장하는 가족은 소재를 넘어 갈등을 드러내는 주제의 중심이기도 하다. 다양한 시공간에서 다르게 변주되는 가족의 형태를 보면서 가족은 대체 무엇인가를 고민하게 하고, 가족의 정의를 다시 규정하도록 그녀의 작품은 독자에게 요구한다. "가족이란 남성과 여성 사이, 그리고 부모와 자녀 사이의 장기적인 관계 혹은 공동 거주를 바탕으로 한 애매함과 모순으로 가득 차 있는 이데올로기적 관념"(최시한, 「가족 이데올로기와 문학 연구」)이다. 가족은 이 사회를 지배하는 규범의 중심이기에 우리 사회는 심지어 국가나 민족조차도 확대된 가족으로 보기에 가족의 외부를 상상하기조차 힘들게 한다.

감춰진 욕망을 작동시키는 기제인 가족 이데올로기는 구성원의 갈등을 표면으로 드러내기 전에는 인식할 수 없는 집단무의식처럼 감추어져 있다. 사회 구성원의 정서와 삶의 경험을 채색하는 이데올로기, 가족은 누구도 피할 수 없는 존재 양식이다. 특히 가족의 중심에 있는 가부장은 가족의 삶을 통제하는 힘의 구심점이다. 가부장이란 절대 권력은 단순히 가정경제의 중심만이 아니라 가족 구성원의 정서적 중심축이기도 했다. 이제 가족의 중심축인 가부장제도 서서히 균열의 조짐을 곳곳에서 보인다. 이근자의 작품은 이러한 것을 여지없이 보여주면서 동시에 가족도 상상의 공동체, 가상의 구축물임을 보여준다.

1. 봉합된 가족, 이어붙인 균열선－경계를 밟다(경계에서 서성거리다) : 위선

「댈러스의 침묵」은 댈러스에서 예기치 않게 낯선 사람의 집에 머물게 된 친구의 이야기다. 단지 "사투리"에 이끌려서 친구를 자신의 집에 데려간 그는 "딱 한 발밖에 없"는 총알이 삶의 유일한 위안이다. 딸을 둔 아버지이지만 그는 여전히 타인의 접근을 허락하지 않는 삶을 산다. 그의 불안과 냉소의 근원에는 "돈이 필요할 때만 자신을 찾는" 원가족의 이기주의와 위선에 대한 기억이 도사린다.

그러나 가족을 정상적인 삶의 형태로 믿는 이와 가족을 거부하는 이의 불안이 같을 수는 없다. 그의 과장되고 불량배 같은 몸짓과 극진한 손님 대접은 모두 똑같은 거리두기의 방식이다. 이러한 '거리'는 자신의 실존을 보호하기 위한 안전장치다. 그림자 사이에 끼어든 사람들과 사물들로 그와 나 사이가 점점 멀어지는 물리적 거리처럼. 그녀가 "낯선 나라에 불시착해 낯선 남자에게 적응하려 죽도록 참고 있는 처지"인 것처럼 그도 다를 바가 없다. 가족조차도 이해관계로 얽힌 차가운 사물 같은 관계라는 것을 알아버린 그에게는 그 어떤 관계도 의미가 없다.

인간관계에서 '거리두기'는 반드시 필요하다. 거리는 너와 나의 관계를 반성하고 재구성하여 건강한 윤리성을 회복하는 데 도움을 준다. 가족 사이의 거리 조절에 실패하면 지나치게 밀접한 관계가 오히려 고슴도치의 가시처럼 서로를 찌를 수도 있으니까. 이러한 상처 회복을 가능하게 하는 거리는 '윤리적 거리'라고 부를 수도 있다.

「지하철과 달팽이」도 가족 사이의 거리가 가족의 귀환, 분열된 가족을 치유하는 유일한 대안이라는 것을 보여준다. 새 외제차에 치인 피투성이 노파(죽음과 늙음의 상징)를 외면한 여자의 극단적인 가족 이기주의를 보여주는 것이 이 작품이다. 가장 안전하고 안온한 공간이자 가정의 축소판이기도 한 차 안으로 불길한 죽음의 그림자를 여자는 들이고 싶지 않았다. 그 이후 가족은 흩어진다. 출근길의 전동차의 '몸길질'에 시달리면서도 그녀는 "온기 충전을 위한 순례"를 한다. 전동차는 차가운 쇳덩이 같은 남편의 신체를 의미한다. 외제차에서 타인을 밀어낸 여자가 전동차의 사람 속으로 몸을 밀어 넣는 행위는 서로 모순된다.

"가족이 병에 걸리거나 다치면 다른 가족이 칼로 찌르는" 지옥도, 딸이 말하는 '니플하임'은 여자의 행동에 대한 신랄한 비난을 숨기고 있다. 이 지옥도는 여자의 이기적 행위를 빗댄 은유이자 희수의 마음속 상상화다. 추억 속의 시공간으로 회귀하여 과거를 여기로 불러내거나 육체적 접촉의 시도로 여자는 거리를 좁히려 애쓰지만 실패한다. 달팽이의 아우성은 니플하임의 지옥도다. 시간이 지나면서 "희수와 남편으로부터 거리를 두는 것"이 이들을 돌아오게 할 수 있는 방법이라는 것을 여자는 깨닫는다. 그들이 자신을 내 몬 것이 아니라 자신이 그들을 내 몬 것이라는 것. 너무 가까워서 자신이 밀어낸 그 차가운 거리가 가족을 이어주는 따뜻한 거리로 바뀔 수 있을까.

「옥시모론의 시계」에서 '싱크홀'은 이 가족의 평화로운 풍경 아래 도사린 블랙홀이다. '내조의 여왕'이자 '시인'이지만 아내는 갈수록 가족 밖으로 탈주하고자 하는 욕망을 내면에서 키워나간다. 가족을 지키는 것, 가장의 역할을 다하고자 하지만 그도 자신의 욕망을 숨기고 있다. 집을 나간 아버지를 기다리던 어머니는 기억 속의 과거이지만 대주에게는 현재 진행형이다. 대주는 과거의 기억과 현재의 실존 사이에서 찢기면서 자신의 욕망을 직시한다.

욕망의 자리바꿈을 보여주는 대주는 욕망을 억압하고 누른다. 아내의 욕망에 자신의 욕망을 맞추고, 아내가 숨길수록 자신도 욕망을 숨긴다. 밤새 아내를 기다리며 그는 꿈속에서 아버지가 준 시계의 초침 소리를 듣는다. 그 소리는 자신에게 다가오는 누군가의 발소리 같기도 하고 자신에게서 멀어지는 발소리 같기도 하다. 기다림과 불안(떠남)을 모두 암시하는 시계 소리는 그 자체가 모순어법이다. 결코 가정을 해체시키고 싶지 않은 대주의 소망, 그러나 해체시켜버리고픈 그의 욕망 중에서 이 가족은 어떤 선택을 하게 될는지 알 수 없다. 이미 가족의 심층에서는 단단한 지반이 갈라지는 소리가 들리는데.

2. 시간의 지질층을 탐사하는 가족 – 경계를 넘다 : 중첩되는 욕망들

「여섯 번째 직녀」의 '나'는 오른손 엄지 뿌리의 통증으로 손을 감싸는 버릇이 있다. 이러한 버릇으로 인해 육손이의 비밀은 감춰지면서 드러난다. "옷이나 옷감에 대해서는 지독하게 인색한 시어머니"의 옷감이 지닌 이중성과 이러한 행동은 묘하게 겹쳐진다. 감추어도 드러나는, 드러나지만 감춰지는 옷의 이중적 의미는 닮은꼴이다.

나는 "돌출된 여섯 번째 손가락이 나를 가리키"는 상상을 하며 "그것이 잡아달라며 손끝을 내밀어 꿈틀대고 있"다는 생각을 한다. 육체의 적취(積聚)는 사라졌어도 "목줄이 묶여 멀리 가지 못하는 개"처럼 통증으로 신호를 보낸다. 통증은 자기 존재를 정직하게 바라보기를 두려워하는 나의 무의식으로부터의 호출이다. 학질로 죽은 아이들에게 입힌 수의도 "내가 지어준 옷"이었다는 시어머니의 말은 잘라버린 여섯 번째 손가락에 대해 나도 나 나름의 죽음의식이 필요하다는 생각이 들게 한다. 나는 그걸 "따스한 진흙덩이"로 부르면서 이걸 자신의 가슴속 차가운 곳으로 퍼 나른다. 여섯 번째 손가락이 조용히 순명(順命)하는 순간이다. 원가족의 비밀과 형성가족의 아픔 등이 겹치는 「여섯 번째 직녀」는 관계가 중첩되면서 다층적으로 관계들이 변모하는 모습을 보여준다.

다층적 관계는 「생일」에도 나타난다. 반과 반의 딸인 다해, 우연히 같이 살게 된 노파, 노파의 아들인 인수, 시장 사람들이 이 작품의 등장인물이다. 노인을 처음 본 순간, 반은 "노파는 생의 남루함으로 시간이 사그라지길 꿈꾸는 수행자처럼" 보였다. 제주도 여행도 인수의 문자로 인해 어긋나고 노파와 반은 공간 이동을 한 것처럼 고추방앗간에서 일을 한다. "유기견의 썩은 입냄새 같은 헛말"이 떠돌던 동네시장의 풍경이 고스란히 옮겨진 이곳에서 반은 떠도는 말에 의해 상처를 받는다.

그사이 이곳에 적응한 다해는 자신이 살던 동네시장처럼 다니며 말을 퍼뜨린다. "다해는 모자라는 반푼이고, 반은 난봉녀였으며, 노파는 아들에게 버림받은 독종"이라는 소문이 시장판을 떠돈다.

> 살아 있는 듯 부풀려져서 기어가고 걸어다니는 말의 이동을 생각하자 제주 시장의 결골목들은 다지 동물의 발이 아니라 새끼로 변모했다. …(중략)… 막아야 했다. 무엇을? 어떻게? 반의 머릿속에는 수만 마리의 벌레가 다해를 뒤덮고 아이의 몸에 발자국을 남겨 더

렵히는 생각만 우글거렸다. 그것은 반은 물론 노파를 때려눕힐지도 모르는 말, 소문이었다.

열 마리 범고래의 추격을 따돌리다 결국 익사하는 한 마리의 밍크고래를, 반은 떠올린다. "반이나 노파처럼 말이나 소문에 굴하지 않고 버티는 방식이 사람도 마찬가지라는 생각"을 반은 한다. 소문은 인간을 침몰시키는 깊은 바다이기도 한 것. 관계는 중첩되지만 그 중심축에는 아들 혹은 남자들이 있다. 가부장의 얼굴은 각각 다른 가면을 쓰고 있다. 말 역시 강력한 에너지로 사람들을 밀어붙인다. 말에는 가부장의 모순이 겹친다. 저항할수록 강해지는 힘과 투항하는 순간 패배자의 실재를 지우는 힘을 가진 가부장의 실체와 말은 닮은꼴이다.

「바닷가에 고양이의자가 있었다」는 '말'이 존재의 암호를 푸는 열쇠이자 무의식의 기표처럼 읽힌다. 이 가족의 실체를 푸는 실마리를 우선 읽어보자.

"아직 태평양이야? 엄마, 모정이 간다이."
엄마가 잠에서 못 깨어나는 건 바다 때문이야. 엄마는 먼 바다 깊은 곳에서 잠을 자거든. 모정에게 엄마의 기면(嗜眠)증이 표류와 같다는 말을 했던가? 어느 날부터 모정은 엄마의 잠이 동해쯤인지, 하와이 근해인지 농담처럼 묻곤 했다.

나는 이 작품을 무의식의 지층에서 움직이는 기억, 욕망의 무의식으로 읽었다. 기면증으로 인해 6년 8개월 24일간 잠을 잔 여자와 딸 사이에는 깊은 간극이 있다. 그 간극을 메우려 나는 딸의 뒤를 밟는다. "모정과 남편의 일상에서 자신의 자리를 지워나"간 여자는 지워진 일상을 되찾으려고 시도한다. 딸의 뒤를 미행하다가 나는 비밀의 문을 열게 된다. 여자의 잠은 겹이 많아서 시간 층이 다양하다. 깨어난 시점도 잠 속이고 생각하는 순간도 잠 속이다. 잠 속의 잠은 여자의 삶이기도 하지만 인간 실존의 본질이기도 하다.

나의 잠 속을 들락거리는 것은 딸뿐이다. "남편의 부재와 모정의 잦은 외박, 임신을 고백하며 고개를 들지 못하던 최"를 기억해내면서 여자는 서서히 가족의 비밀에 다가간다. 여자가 있는 곳은 "다른 누군가가 공유하는 복층시간이 존재하는 바닷가"다. 기면의 시간 동안 가족의 시간은 어떻게 되었을까. 여자는 "착한 체하는 최"의 실체를 보기 위해 가구점 지하실로 숨어든다. 여자는 거기서 자목련 테이블과 고양이의자를 발견하고서 최가 "자신을 따라"했다고 오해한다. 뒤이어 나타난 남편과 최의 말이 아니었다면 여자가 "아홉 번"이나 이곳을 들렀다는 것을 몰랐으리라.

잠이 여자의 의식과 무의식을 뒤섞여버렸기에 시간의 층위도 혼재되어 있는 것이다. 수심 깊은 바다로 내려갔다가 올라오기를 반복하는 그녀의 잠, 겹겹의 수면층으로 이뤄진 기면의 시간 속에서 그녀는 아주 가끔 잠의 바다에서 나오기도 했으리라. 이 작품에서는 여자의 가족과 최의 가족은 겹치면서 어긋난다. 공통분모는 남편이자 아버지뿐이다. 여자에게는 부재하는 남편이지만 아이들에게는 존재하는 아버지, 아버지가 다른 아이들. 찢겨 있지만 교묘하게 이어 붙어진 가족이란 굴레는 어떤 형식으로 변모할는지 아무도 모른다. 두 개의 중심처럼 둘로 나뉜 가족은 타원처럼 영원히 중심이 겹친 상태로 있을지도 모른다. 기면의 여자도, 6년 이상을 안주인 노릇한 최도 모두 자신의 가족을 지키고자 한다.

3. 가족은 상상의 공동체일 뿐－경계를 지우다(전복되는 중심)

「선사기 정원」은 치매 환자인 노파를 중심으로 나와 완이 엮어가는 역할극이다. 나는 종종 사이버 공간에서 '시공간의 혼돈'을 경험한다. 이 혼돈은 노파의 시간이동과 겹친다. '선사기(먼 과거시점 : 행복한 어린 시절)에서 완기(현재시점)나 철기(귀염둥이 손자 철이 태어난 이후의 시기)로 이동'하는 노파의 치매 패턴은 늘 나를 긴장하게 한다. 치매에 걸리면 환자들의 본능은 "자신이 가장 편안한 장소와 시간으로의 회귀"를 꿈꾸고 "무의식이 의식을 쉽게 지배"하게 된다. 무의식을 지배하는 것은 행복했던 과거의 시공간이며 의식을 지배하는 것은 고단하고 힘든 현재의 시공간 같다.

이복동생 철의 소개로 나는 공무원시험 전까지 갈 곳 없고 돈도 없어서 얹혀 사는 처지다. "선사기만의 메모리 회로가 있어서" "노파는 완을 아재라고 부르며 어리광도 부리면서 따라다닌다."

노파가 완 하나를 두고 완과 철, 아재 등을 오가며 자신의 시간대를 넘나들면 완 또한 그 상대역으로 변신했다. …(중략)… 완의 연기도 나날이 능숙해졌다.

완은 치매 노인의 욕구를 잘 읽고 있다. "완은 노파와 같은 시간대에 잠을 자고 귀염둥이 손자 철, 자상한 아재" 역할을 한다. "노파의 완을 향한 미움과 철에 대한 사랑의 무게도 수평을 유지"해서 나는 애착과 미움이 같은 속도로 자라는 노파의 마음속을 더더욱 이해하기가 힘들다. 선사기만 되면 겹겹의 시간대의 지층에서 길어 올린 자신만의 시공간을 찾는 노파. 완기로 돌아오면 할머니는 어김없이 완을 구박하고 밀어낸다.

선사기로 후퇴한 노파를 보며 나는 "선사기가 그렇게도 좋은가요. 나도 할머니가 행복했으면, 영원히 그랬으면 좋겠어."라고 되뇌인다. 시공간의 이동이 자유로운 사이버 공간에서 완은 행복해 보인다. 노파의 욕망은 치매라는 상태를 빌려 행복한 과거를 현재로 불러낸다. 비록 노파와 완, 나는 가족은 아니지만 운명공동체 같은 가족을 구성한다. 가족은 상상의 구축물일 수도 있으니까.

「속불꽃」은 입양 가족에 대한 이야기다. 나는 "같은 자리에만 조각도를 꽂아서 거친 소용돌이 무늬가 파"여버린 "서각동아리 전시회 작품"을 보고 난감해한다. 아이를 낳지 않기로 약속했지만 남편은 업둥이에겐 지나치게 애정을 쏟는다. "업둥이요!" 하면서 아기를 우리에게 안긴

장본인은 나의 초등학교 교감선생님이다. "지담이"라는 이름까지 지어 준 아이를 보러 온 선생님의 뒷모습은 "구도자의 등처럼 염원과 체념"이 묻어난다. 자상한 얼굴 뒤의 이면이랄까. 남편은 지담을 받아들이지만 나는 아이를 자꾸만 밀어낸다. 어느 날 아이의 생모가 나타나면서 교감선생님 가족의 비밀은 밝혀진다.

> "예? 아, 오빠는 교감샘을 아버지라 부르지 않았어요. 진짜 아버지가 아니래요. 오빠 말이 씨가 없대요. 알죠?" …(중략)… 오빠 엄마가 교감샘이랑 싸우고 나가 밤거리에서 그만 일을 당했대요. 그러니까 밖에서 오빠를 가진 거지요. 중학교 때 엄마와 싸우는 교감샘을 죽인다고 뭐, 오빠가 그랬다나. 그 후부터 아버지라 부르지 않았대요. ……오빠 사진 볼래요? 정말 하나도 안 닮았어요."

그러나 아들의 죽음 뒤에 아이를 데려온 교감선생님. 속죄처럼, 후회처럼 사라진 가족을 부활시키려는 소망일까. 그 여자애를 보는 순간 나는 "지담이 불쌍해 보호하고 싶다"는 생각을 한다. 남편과 지담의 산책을 지켜보며 나는 선생님의 모습이 되살아난 것만 같은 착각에 빠진다. 불행한 가족사를 다시 쓰기는 불가능하지만, 거실에는 "소용돌이 자리에 우리 식구의 이름을" 새긴 나무판이 걸려 있다. 자칫 버려질 뻔했던 작품이 새롭게 탄생하는 순간이다. '불협화음인 듯 글씨체는 바탕과 잘 어울린다.' 불협화음이 하모니로 변하는 과정을 이 작품은 보여준다. 가족은 아픔을 서로 공유하는 정서적 공동체이기도 하니까.

「히포가 말씀하시길」은 아버지를 희화화하면서 가족의 실체를 폭로하는 작품이다. 히포라는 별칭의 아빠는 급성 신부전증이라 혈액 투석을 받고 있다. 가족들은 아빠에게 신장을 이식해주려는 검사를 받기 위해 모두 병원에 모였다. 히포는 감격해서 말한다.

> "너희들이 나를 위해 이렇게 해주니 정말 고맙다." …(중략)… 명이 영어 노래의 음을 시작했고 히포히포히포…… 우린 합창을 했다. 히포히포 히포포타무스…… 히포는 자신이 오랜만에 가족의 중심에 선 것을 흐뭇해했다. …(중략)… 병원에 있으면서 우리는 화목한 가족이란 표본적 틀을 체험했다.

하지만 나의 인생 목표는 '하지 않을 것을 선택한 것, 싫은 일은 하지 않는 것', '무위(無爲)'이다. 큰누나 명, 작은누나 현지, 자형은 신장이식 이야기가 나오자 모두 뒤로 물러난다. 나는 여자 친구의 환심을 살 방법만 궁리한다. 엄마는 꼭 "하 여사"라 부르고 아빠는 "아빠"라고 부르는 나는 엄마가 집안일 안팎을 쥐고 흔드는 가족의 중심이라는 것을 안다. 아빠의 일은 "서른여섯 군데의 가게에서 들어오는 월세를 확인하는 것"뿐. 백수나 다름없기에 아빠의 인생 목표도 어쩌면 '무위'인지도 모른다.

가족들을 "영화 속 좀비 같다"고 키득거리는 나는 "인간은 세포까지 철저하게 자기중심적"이라는 생각을 한다. 본격적으로 신장이식의 이야기가 오가면서 파편화된 가족들은 더 부서진다. 결국 내가 가장 유력하지만 나는 어떻게든 피하고 싶다. 신장이식의 부작용을 되뇌며 모

든 걸 자기에게 맡기라고 말하는 하 여사는 내게는 신이다. 히포는 나와 자형을 두 팔로 꽉 껴안으면서,

> "내게, 하나만 다오." …(중략)… 아버진 아이처럼 훌쩍였다. 무위가 생의 목표인 내가 이런 태풍에 휘말리다니, 믿을 수 없었다.

돈 쓰는 것 외에는 배울 게 없는 아버지, 나의 가치관, 무위의 근본인 히포에게 나는 신장 하나를 내놓아야 하는 걸까. 히포는 신장 하나를 떼어주기 싫어하는 가족들의 기미를 알아차렸다. 히포는 울면서 아들에게

> "제기랄, 내게 주지 말라고. 콩팥 말이다. 못 들었어? 네 콩팥 따위 필요 없단 말이다!"

라고 말한다.

아버지는 무너졌다. "가족이란 애매모호함과 모순으로 가득 차 있는 이데올로기적 관념"이란 것을 확인하는 순간이기도 하다. 아버지는 허울뿐인 중심이었고, 어머니가 가족의 의사결정권을 쥔 진정한 가부장이자 가족의 중심이었던 것. 철저한 이기주의자들인 가족들은 위기 상황을 어떻게든 비껴가고자 한다. 가족은 혈연공동체도 운명공동체도 아니다. 가족은 단지 상상의 공동체이며 욕망의 가건물이다. 무위의 공동체가 가족임을 보여주는 이 가족의 표상은 가족이 무엇인가를 이

제 재정의해야 한다는 것을 보여준다. 가부장이란 구심점(중심)이 이동한 자리에 어머니가 가족의 또 다른 중심이 될는지, 아니면 가족이란 공동체가 개체들의 무의식적 욕망을 실은 폭주하는 기관차가 되어 달려오다가 전복할지는 그 누구도 예측할 수 없다. 가족 이데올로기를 추동하던 아버지는 이제 사라졌다. 중심은 사라졌다. 아버지는 주변부로 밀려났다. 이제 새로운 가족의 서사가 씌어져야 한다.

이근자의 소설은 기억을 소환하는 방식의 하나로 가족서사를 다룬다. 그녀의 작품에 보이는 가족은 어떤 식으로든 결핍을 보인다. 그 결핍은 충족될 수도 영원히 거부될 수도 있다. 왜냐하면 부재하는 가족 구성원은 죽음이나 이유 없는 가출로 귀환을 약속할 수 없기 때문이다. 하여 기다림은 가족서사를 이끌어가는 주제가 되었다. 남편과 딸을 기다리는 여자(「지하철과 달팽이」), 아내를 기다리는 남편(「옥시모론의 시계」), 아버지를 기다리는 딸(「루비 왕관」), 아들을 기다리는 노파(「생일」), 남편을 기다리는 아내(「바닷가에 고양이의자가 있었다」), 아들을 기다리는 아버지(「속불꽃」)는 기억의 서사이기도 하다. 기억은 과거이면서 현재로 끊임없이 호출당하는 타자이지만, 실존의 한가운데를 예리하게 균열 내는 진행형의 시간 속에서 살아가는 유령이다. 여기서 기억은 욕망의 동의어다. 부재하는 가족을 움켜잡고 싶은.

그러나 나와 너의 욕망이 서로 어긋난다면 서로는 영원한 타자일 수밖에 없다.(「지하철과 달팽이」)하여 가족의 귀환은 영원히 실현될 수 없는 약속이 되기도 하는 것. 시간의 지층이 뒤섞인 치매 노파(「선사기의 정원」)나 기면증으로 시간이 사라진 여자(「바닷가에 고양이의자가 있었다」)에게 기다림은 무의미하다. 기억은 서사가 되지 못하고 흩어진 낱장처럼 아무 페이지에나 뒤섞인 책처럼 돼버리기 때문이다. 그럼에도 불구하고 기억을 소환하는 방식의 하나로 가족서사를 다루는 것은 의미 있다. 무의식에서 작동하는 욕망의 지도는 가족만이 해독할 수 있으니까.

黃炫熙 | 문학평론가